नक़्क़ाश

नक़्क़ाश

मुकेश भारद्वाज

वाणी प्रकाशन

प्रकाशन के उत्कृष्टतम 61 वर्ष

सजिल्द प्रथम संस्करण : 2024

vaniprakashan.com

वाणी प्रकाशन

4695, 21-ए, दरियागंज, नयी दिल्ली-110 002

फ़ोन : +91 11 23273167, 23275710

शाखाएँ

अशोक राजपथ, पटना-800 004, बिहार

कॉफ़ी हाउस कैम्पस, महात्मा गांधी मार्ग, प्रयागराज-211 001, उत्तर प्रदेश

महात्मा गांधी अन्तरराष्ट्रीय हिन्दी विश्वविद्यालय, वर्धा-442 001, महाराष्ट्र

36/ए, शेक्सपियर सरणी, रानी बिरला गर्ल्स कॉलेज के पास, कोलकाता-700 017, प. बंगाल

sales@vaniprakashan.in
vaniprakashan@gmail.com

Nakkash
by Mukesh Bhardwaj

ISBN : 978-93-5775-496-5
Novel

मूल्य : ₹ 495

जी.एस. ऑफ़सेट, दिल्ली-110 095 में मुद्रित

वाणी प्रकाशन का लोगो मक़बूल फ़िदा हुसेन की कूची से

एक

रह-रह के मेरी बेचैन नजर बार के दरवाज़े की ओर भटक जाती थी। हर केस मिलने की सुगबुगाहट के पहले मेरी यही हालत होती थी। ऐसा कहा तो नहीं गया था कि मुझे आज कोई काम मिलने वाला है। लेकिन अब फ़िज़ा सूँघने की आदत-सी हो गयी है और यह कभी ग़लत भी साबित नहीं होती। जासूसी की दुनिया में आने के बाद ज्ञानेन्द्रियाँ सोते हुए भी सक्रिय रहने लगी थीं। बार का शान्त माहौल इशारा कर रहा था कि आने वाला समय बड़ा अशान्त रहने वाला है। हल्के अँधेरे से कोई ऐसा आता नज़र आ रहा था जिसकी कोई छवि नहीं थी, कोई ख़ास रूप-रंग नहीं था। जासूसी की दुनिया में आने के बाद अजीब-सी कैफ़ियत हो गयी थी। दिल व्यावहारिक तो दिमाग़ शायराना रहने लगा था।

वेटर तीन बार ऑर्डर पूछकर जा चुका था। लेकिन मेरी आसामी का कोई अता-पता नहीं था। मेरे वॉलेट में सिर्फ़ एक पाँच सौ का नोट था जिसे ख़र्च करने की मेरी कोई मंशा नहीं थी। आधे घण्टे से भी ज़्यादा इन्तज़ार के बाद जब मैं उठने को हो रहा था, तभी रेस्टोरेंट की फ़िज़ा महक उठी और जगमग करती एक असाधारण सुन्दरी ने अँधेरे बार में जैसे दिन का उजाला कर दिया। वक़्त जैसे ठहर-सा गया। हर निगाह का मरकज़ वही दिलकश हसीना थी। हॉल में बैठे अकेले मर्द अपनी बग़ल की ख़ाली कुर्सी पर उसका तसव्वुर करने लगे। लेकिन वह सबसे बेख़बर अपनी हाई हील की सैंडल पर अहसान-सा करती हुई दरवाज़े से चार क़दम आगे आकर रुक गयी और फिर उसकी नज़र हॉल में हर टेबल पर थिरकने लगी। लेकिन, जैसे ही उसकी नज़र मेरी टेबल पर पड़ी, वह स्तब्ध खड़ी वीनस की मूर्ति जैसी साकार हो उठी। एकटक मेरी तरफ़ देखती जब वह टेबल के पास पहुँची तो मुझे जैसे दिल का दौरा पड़ते-पड़ते रुका था।

'अभिमन्यु?'

उसने जैसे मेरा नाम पूछा न हो बल्कि बताया हो।

'नाचीज़ को इस नाम पर आज और अभी ही गर्व महसूस हुआ है,' मैंने बेलाग फ़्लर्ट की तरह पहला शॉट मारा।

मेरी हाज़िरजवाबी का उस पर कोई असर हुआ हो, ऐसा मुझे नहीं लगा।

'मौलश्री।' उसने अपना नाम किसी तथ्य की तरह पेश किया।

'वो तो मुझे आपकी आमद के पहले ही आयी गन्ध से मालूम पड़ गया था।' मैंने फेंका।

'लेकिन मैंने तो हॉट लेमन सेंट लगाया है।'

सेर को आज पहली बार सवा सेर के दर्शन हुए थे। लेकिन इतनी आसानी से हथियार डाल देता तो बन्दे को अभिमन्यु नाम का फ़ख़्र कैसे हासिल होता जो महाभारत में आख़िरी दम तक लड़ता रहा हो।

'तो आज पहली बार 'हॉट लेमन' को अपनी औक़ात पता चली है जब वह मौलश्री से मात खा चुका है।' ऐसे लगा जैसे मन्दिर में घण्टियाँ बज गयी हों उसकी खिलखिलाहट से। हॉल का हर कोना उसके दाँतों की चमक से रौशन हो गया। सभी मर्द मुझे रश्क-भरी निगाहों से ताक रहे थे।

'मेहमान को बैठने के लिए कहने का आपके यहाँ कोई रिवाज़ मालूम नहीं होता!'

मैंने अपने वॉलेट को छूकर तसल्ली की कि मेरा क्रेडिट कार्ड भी मौजूद है। पाँच सौ का नोट तो मुझे क़ुर्बानी को तैयार ही दिखा था।

'जहे नसीब। बन्दे को यह रूतबा हासिल हुआ।'

मैंने सीट से उठकर सीट पेश करने की नीयत से उसे सिर से पाँव तक निहारा। पाँच फ़ीट आठ इंच के करीब क़द। जिस्म का हर कोना इस तरह तराशा हुआ कि किसी मँजे हुए नक़्क़ाश का काम दिखायी दे रहा था। अचानक जैसे जगमगाते हॉल में बिजली गुल हो गयी हो या केक काटने से पहले ही उसमें किसी बदमाश बच्चे ने अपना सिर घुसा दिया हो, इसी अन्दाज़ में केदार की कर्कश आवाज़ ने दो सितारों के मिलन से पहले ही अपना दावा पेश कर दिया।

'माफ़ करना भाई, मैं थोड़ा लेट हो गया। मौली से मिले?' उसने पूछा।

'नहीं। मिलने की नौबत नहीं आयी। पहले ही हड्डी गिर गयी।'

उसने मूर्खों की तरह पलकें झपकायीं। 'मैं समझा नहीं।'

'समझोगे भी नहीं।' केदार तीर की तरह सीधा भी खड़ा हो जाता तो उसकी छातियों के नीचे तक ही रहता। मैंने इस लम्हे को ख़राब करने के दण्ड के तौर पर

एक जिल्लत-भरी नज़र उस पर डाली और फिर धम्म से अपनी सीट पर बैठ गया। साथ ही केदार ने भी कुर्सी सँभाली। वो अब भी खड़ी थी। तभी हॉल को रफ़्तार से चीरता हुआ वो वेटर जो तीन बार मेरी टेबल से ऑर्डर के नाम पर बेरंग जा चुका था, नमूदार हुआ और कुर्सी को पीछे खींचकर उसने अदब से मैडम को बैठने का इशारा किया।

'आप कुछ कह रहे थे?' उसने अपनी नाज़ुक उँगलियों से इशारा करते हुए मुझसे पूछा।

ऐसा कहाँ से लाऊँ कि तुझ सा कहें जिसे?

मैं बुदबुदाया। जिस एक पल को केदार ने डिस्टर्ब किया था, उसमें यही मेरे होंठों पर था। तभी नाज़ुक होंठों से फूल जैसे अशआर झड़े—

'ग़ालिब बुरा न मान जो वाइज़ बुरा कहे

ऐसा भी कोई है कि सब अच्छा कहें जिसे'

बार की रोशनी में उसकी ज़ाफ़रानी ख़ूबसूरती और उसकी हाज़िरजवाबी मेरे अन्दर के शेर को ढेर कर चुकी थी। हड़बड़ाकर मैं बोला, 'जी, मैं कह रहा था कि विलायती गन्ध का जैसा भी असर हो पर अफ़ग़ानिस्तान के इत्र का रुतबा कोई हिला नहीं सकता सिवाय मौलश्री की गन्ध के।'

'भई यह शायरी-वायरी फिर कभी।' इतने ज़बरदस्त ख़याल को ख़ारिज करने के लिए मैंने उस पर एक सरसरी नज़र डाली। लेकिन उसकी पहले की हाज़िरजवाबी को देखने के बाद मेरी आँखें पूरी तरह समर्पण की मुद्रा में थीं।

केदार और मेरे लिए सिंगल माल्ट और मैडम के लिए वोदका विद ओरेंज जूस के और साथ चिकन और मशरूम टिक्के का ऑर्डर दिया गया। मैं बेपरवाह था क्योंकि केदार के आते ही मेरे पाँच सौ के नोट की जान बख़्शी हो गयी थी। अब क़ुर्बानी की सारी ज़िम्मेदारी उसके पर्स पर थी। ड्रिंक्स का पहला दौर सस्पेंस में गुज़रा। मेरे लिए तय करना मुश्किल हो रहा था कि कबाब में हड्डी मैं हूँ या केदार। दूसरे दौर से पहले केदार और मौली की आँखें मिलीं और उसने धीरे से मुझे कहा, 'मैं चाहता हूँ कि तुम मौली की मदद करो।'

'ज़रूर', कहकर मैंने आबरा का डाबरा गुनगुनाना शुरू कर दिया।

'क्या कर रहे हो?'

'जादू से जानने की कोशिश कर रहा हूँ कि क्या मदद चाहिए।' मैंने कहा।

उसने 'हो-हो' करके एक फ़रमाइशी ठहाका लगाया।

'आप मेरी ओर देखिए, उसकी ज़ुबाँ से निकलने से पहले ही मेरी नज़र उस पर गड़ गयी थीं। अचानक उसकी एक दिलफ़रेब मुस्कान ने मुझ पर नवाकज़िश की और वो बोली– 'कोई यह समझने लगा है कि उसे मुझसे ख़तरा है। किसी ख़ास आदमी की ज़िन्दगी में मेरी मौजूदगी उसके उभरते हुए करियर में रोड़ा अटका सकती है।'

'क्या ऐसा है?' मैंने पूछा।

'बुलशिट। दैट पर्सन इज़ वेरी इम्पोर्टेंट टू मी। हालात को यूँ समझो कि मैंने उसकी ख़ातिर अपने किरदार तक को दाँव पर लगा दिया। कैन यू इमेज़िन?'

मैं बदस्तूर उसे आँखों ही आँखों में पी जाने के साथ-साथ समझने की क़ोशिश कर रहा था।

'क्या आप जानते हैं कि ऐसे में जब मैं यहाँ हूँ तो यह हो सकता है कि कोई आसपास मौजूद सब देख रहा हो और अपने अन्दाज़ा लगा रहा हो।'

मैं अब भी उत्सुकता-भरी नज़रों से उसे उस टीवी दर्शक की तरह देख रहा था, जिसे आधे घण्टे के टाइम में 28 मिनट तक 'अब होगा सबसे बड़ा खुलासा' की पंक्ति को दर्जनों बार झेलना होता है।

'मैंने अपना करियर और चरित्र सब दाँव पर लगा दिया। वह अपनी राजनीतिक उड़ान पर सीढ़ी-दर-सीढ़ी चढ़ता गया और मैं एक सभ्य परिवार की बेटी से किसी संयुक्त परिवार की बहू बनने के बजाय उसकी रखैल कहलाने लगी।'

उसके तौबाशिकन हुस्न से कुन्द हो चुके मेरे दिमाग़ में जैसे बिजली-सी कौंध गयी। मुझे समझ आ गया कि बात देश के सम्भावित गृहमन्त्री की हो रही है। फ़ैसला तीन दिन बाद घोषित होने वाले मन्त्रिमण्डल की पूर्व संध्या पर होना था। केदार फिर बीच में टपका– 'देखो यार, यह तो तुम्हें करना ही है। मैडम ने मेरा बहुत बड़ा काम करवाया है। मेरे पर अहसान है इनका। इनको कुछ हो जाने की सूरत में तुम्हारे यार की क़िस्मत को भी ग्रहण लग जायेगा।'

ड्रिंक्स का तीसरा दौर टेबल पर आ गया था। वो पूरे सुरूर में थी।

'ख़्वाब देखना कोई मर्द का ही अधिकार है? अपने सामाजिक रुतबे से इतना बड़ा समझौता जिसके लिए किया, उसे आज मैं आँख की किरकिरी लग रही हूँ। कभी मैंने भी तो कुछ बनने का ख़्वाव देखा था। उसको भंग करके मैंने जिस पर अपना सब कुछ न्योछावर कर दिया, वो अब मुझे कुछ देर के लिए अपनी ज़िन्दगी से दूर भेजना चाहता है। आख़िर क्यों?'

'कहते हैं कि एक सफल मर्द के पीछे एक औरत का हाथ होता है। पंजाब के खेतों से लेकर दिल्ली के सियासी गलियारों तक का मेरा यही अनुभव रहा है कि एक

असफल औरत के पीछे पूरी मर्द क़ौम का हाथ होता है। मर्द क़ौम के विकास की मीनार को आईना दिखाया जाये तो अपनी रीढ़ पर उसे झेलती औरतों की बुनियाद ही नज़र आयेगी' मौली की आँखों की बेबसी देखकर मेरे दिल से जो दिमाग़ वाली आवाज़ निकली, उसने मौली की आँखों में मेरे लिए एक भरोसा-सा पैदा कर दिया। उसके होंठ चुप थे लेकिन आँखों ने शुक्रिया अदा किया। आमतौर पर औरतों के साथ हँसी-मज़ाक़ करने वाले तो बहुत होते हैं लेकिन ऐसा शख़्स दुर्लभ ही होता है जो महसूस करके बात करे। मौली के पढ़े-लिखे दिमाग़ ने किसी धर्म-काँटे की तरह मेरे वजूद को तौल लिया था।

तभी दो लम्बे-तगड़े आदमी सीधे हमारी टेबल पर पहुँचे। 'मैडम, सर आपको याद कर रहे हैं।' उन्होंने टेबल पर बैठे बाक़ी दो लोगों को नज़रअन्दाज़ करते हुए कहा। 'चलती हूँ,' उसने मेरी तरफ़ अपना हाथ बढ़ाया। मुझे उसकी और अपनी हथेली के बीच किसी काग़ज़ के अस्तित्व का अहसास हुआ। एक विजिटिंग कार्ड का। जिस ख़ुफ़िया तरीक़े से उसने मुझे थमाया, उसी सावधानी से मैंने उसे अपनी मुट्ठी में बाँधकर जेब के हवाले कर दिया था। ड्रिंक्स की महफ़िल चली पर नशा गुमशुदा हो चुका था।

दो

देवराज सिंह ने ख़ोज-भरी निगाह से अपने दोस्त और शहर के नामी बिल्डर अमृतलाल को देखा। लाल के चेहरे पर नेता जी के लिए एक आश्वासन-भरी मुस्कान थी।

'कल ही मेरी बात हुई। आपके लिए गृहमन्त्री की कुर्सी तय है। हालाँकि मेरा तो बड़ा नुक़सान होगा पर आपकी यह तरक़्क़ी मेरी भी तो है।' लाल ने रहस्यपूर्ण स्वर में कहा। इशारा साफ़ था। सिंह के पास अभी तक शहरी विकास मन्त्रालय था और लाल के कई प्रोजेक्ट मंज़ूरी के लिए मन्त्रालय में पड़े थे।

'जाने से पहले अपने डेस्क को क्लियर करके जाऊँगा। बेफ़िक्र रहो।' सिंह ने लाल की भावी आशंकाओं का फ़ौरी शाब्दिक समाधान पेश किया। तभी दरवाज़े पर सिंह के निजी सचिव अंजनी कुमार के क़दम पड़े। सिंह ने उसे आँखों ही आँखों में डिसमिस करने की कोशिश की। लेकिन उनके संकेतों को नज़रअन्दाज़ करते अंजनी उनके सिर पर आ खड़ा हुआ। सिंह ने खीझकर पूछा–'क्या है?'

'सर, मैडम।' इससे पहले कि वह कुछ आगे कह पाता, सिंह ने लगभग ग़ुस्से से कहा, 'देख नहीं रहे, कितनी ज़रूरी मीटिंग में हूँ। कह देते, बाद में बात करूँगा।'

अंजनी ने एक नज़र सिंह पर डाली और फिर जैसे बम फोड़ा, 'सर, मौली मैडम।'

'क्या हुआ?'

'क़त्ल!'

'कब?'

'ख़बर अभी टीवी पर चल रही है।'

अंजनी ने देखा कि सिंह की नज़र सामने बैठे लाल पर पड़ी। फिर जैसे कोई मूक संवाद हुआ और बैठक वहीं बरख़ास्त हो गयी।

तीन

किसी क़त्ल की वारदात में पुलिस की हैसियत में पहले पहुँचने का तजुर्बा कम ही पुलिसियों को हासिल होता है क्योंकि अक्सर पहली हाज़िरी लाश को बरामद करने वाले की ही दर्ज होती है। लेकिन पुलिस की नौकरी छोड़कर प्राइवेट डिटेक्टिव के धन्धे में यह 'सौभाग्य' तो शायद ही किसी को मिलता हो। क्योंकि जब तक लोगबाग पुलिस से पूरी तरह नाउम्मीद नहीं हो जाते, वे कभी प्राइवेट डिटेक्टिव का रुख़ नहीं करते। लिहाज़ा बन्दे को आज यह विशेषाधिकार हासिल था। पेच बस इतना था कि लाश अगर अपनी मौजूदा हालत में न पहुँचा दी गयी होती तो यहाँ नज़ारा कुछ और ही होता। बहरहाल, मैंने अपने अन्दर के आशिक़ की बेरहमी से हत्या करते हुए अपने मौजूदा रुख़ को अख़्तियार किया।

मौली का घर उच्च कोटि की व्यवस्था का तमग़ा हासिल किये था। सब कुछ क़रीने से पड़ा था। कहीं कोई अव्यवस्था नहीं। बेडरूम के साथ ही एक छोटी टेबल पर दो गिलास पड़े थे। दोनों में पड़े सन्तरे के जूस की गन्ध को रौंदते हुए वोदका की महक बिखरी हुई थी। बोतल अभी भी तीन चौथाई भरी हुई थी। यानी पहले ही दौर में वारदात को अंजाम दे दिया गया था। बेड के साथ सटाकर रखी गयी एक कुर्सी पर काले रंग का कपड़ा लगा होने की वजह से उस पर पड़ा एक सुनहरे रंग का बाल साफ़ दिख रहा था। यानी हो सकता है कि वोदका की महफ़िल उस सुनहरे बालों वाली सहेली के लिए सजी हो।

मैं ध्यान से देखने लगा। सीने में धँसा चाकू नक़्क़ाशीदार था। उसका आकार बटनवाले रामपुरी चाक़ू जैसा था, लेकिन असल में वह हत्थे से लेकर फल तक एक ही था। लाश एक ऐसे कोण पर पड़ी थी जो असम्भव-सा था। ऐसा लग रहा था जैसे मुर्दा दायीं करवट लेकर लेटा हो। बायीं बाँह चाक़ू के साथ सटकर दायीं ओर जा लगी थी। ख़ून आगे की तरफ़ था लेकिन ज़रा-सा आगे बढ़कर देखने पर दिखा कि ख़ून का एक बड़ा धब्बा बदन से चार इंच दूर पीठ की तरफ़ भी था। चाक़ू पूरा

धँसा होने के कारण लहू बहुत ज़्यादा नहीं बहा था पर जिस्म के साथ-साथ ही था सिवाय पीठ की तरफ़ लगे धब्बे के। गले में सोने की ज़ंजीर थी और हाथ में राडो की क़ीमती घड़ी बदस्तूर भागे जा थी। कहते हैं कि वक़्त किसी के लिए रुकता नहीं है। जिस्म से जान चली गयी है लेकिन उस पर पड़ी घड़ी आगे बढ़ रही है। मौली के शरीर पर कहीं किसी संघर्ष का कोई संकेत नहीं था। ऐसा लग रहा था जैसे हत्यारा घर में आकर रोज़मर्रा का कोई काम करके चला गया हो।

मेरा ध्यान बरबस उस विजिटिंग कार्ड पर चला गया जिस पर मरने वाली के हाथों से दर्ज था– 'मीट मी टुमारो ऐट माई प्लेस, आयम इन ट्रबल।' मरने वाली को यह इल्म तो था कि उस पर संकट है पर यह इतना जानलेवा है, शायद इसका अहसास नहीं था। वरना मीटिंग की पेशकश करते वक़्त उसकी आँखों में मौत का साया ज़रूर होता। मुझे मौक़े से निकलना ही बेहतर लगा।

तभी मेरी नज़र बेडरूम से लगे वाशरूम के अधखुले दरवाज़े की तरफ़ गयी। मैंने जूते की नोक की मदद से दरवाज़ा पूरा खोला। वाशबेसिन पर शंकु आकार की गुलाबी-सी चीज़ पर नज़र पड़ी। वह मेंस्ट्रुअल कप था जिस पर किसी तरल पदार्थ की बूँदें चमक रही थीं। मरने वाली अभी मासिक धर्म से निवृत्त हुई होगी तभी वह वाशबेसिन पर ताज़ा धुला-सा दिख रहा था। मैं वाशरूम से निकलने को हो रहा था तभी मेरी नज़र सामने लकड़ी की शेल्फ़ पर पड़ी उजली-सी चीज़ पर पड़ी। मैंने आगे बढ़कर देखा कि वह प्रेग्नेंसी किट थी। बाथरूम में पड़े डस्टबिन में उसका रैम्पर चमक रहा था जिसमें शिल्पा शेट्टी बता रही थी कि कैसे ज़िन्दगी की सबसे बड़ी गुड न्यूज़ इस किट से हासिल की जा सकती थी।

मैंने ध्यान से किट की ओर देखा। उस पर दो गहरे गुलाबी निशान उभरे हुए थे। ये दोहरे निशान कथित गुड न्यूज़ के सूचक थे। यानी इस घर में कोई ऐसी लड़की थी जो प्रेग्नेंट थी। मेरा सिर घूम गया। दुनिया चाहे जितनी भी आगे बढ़ गयी हो लेकिन भारत जैसे देश में प्रेग्नेंसी और गुड न्यूज़ का नाता शादीशुदा जोड़े से है। चाहे कितना भी आधुनिक रिश्ता हो बिन ब्याहता लड़की के लिए ये दो निशान तो उसकी ज़िन्दगी के लिए रेड अलर्ट लेकर आते हैं कि आने वाली ज़िन्दगी में बड़ी उथल-पुथल होने वाली है।

अब मेरा पूरा दिमाग़ उन दो निशानों पर चला गया। क्या मौली की हत्या का सम्बन्ध गर्भावस्था से है। यह सवाल दिमाग़ में आते ही आँखों के सामने गुलाबी मेंस्ट्रुअल कप घूमा। उस पर पड़ी बूँदें इस बात की गवाह थीं कि थोड़े समय पहले ही उसे स्ट्रलाइज किया गया था। मेरा दिमाग़ तनाव के चरम पर पहुँच चुका था। एक

महिला के साथ एक ही वक़्त में दो हालात नहीं हो सकते। कोई स्त्री मासिक धर्म से गुज़रते हुए गर्भवती नहीं हो सकती। तभी मुझे वह सुनहरे रंग का बाल ध्यान में आया। यानी दो महिलाएँ और दो हालात। यह तो तय है कि दूसरी महिला से मौली के सम्बन्ध काफ़ी दोस्ताना थे। नहीं तो यूँ ही किसी के बाथरूम में न तो वो मेंस्ट्रुअल कप से फ़ारिग होती या न ही अपनी प्रेग्नेंसी की जाँच करती। मौली की पोस्टमार्टम रिपोर्ट से उसके हालात के बारे में पता चल जायेगा। अगर वो गर्भवती नहीं होगी तो यक़ीनन इस कमरे में मौजूद दूसरी महिला के साथ यह सिचुएशन आयी होगी। पता नहीं क्या सूझा कि मैंने हाथ आगे बढ़ाकर प्रेग्नेंसी किट को पहले डस्टबिन में पड़े रैपर में डाला और अपनी जेब के हवाले किया। वाशरूम से निकलने के बाद नज़र मौली की लाश पर पड़ी। उसकी खुली आँखों में अपने लिए अभी भी वैसी उम्मीद दिखी जैसी पहली मुलाक़ात में मेरे नारीवादी बयान सुनने के बाद दिखी थी। मैंने हाथ बढ़ाया कि उसकी आँखें बन्द कर दूँ, फिर झटके से अपने हाथों को पीछे भी कर लिया। पता था इसका अब कोई फ़ायदा नहीं होगा।

मौली की खुली व घूरती आँखों से परेशान होकर जाने से पहले मेरी निगाह बेडरूम के दरवाज़े के साथ लगे सूटकेस पर पड़ी जिसके साथ ही एक बैकपैक भी पड़ा था। गोया कहीं कूच का इरादा भी था। मैंने सावधानी से बाहर क़दम रखा। ग़ौर से देखा कि कहीं आसपास कोई सीसीटीवी तो नहीं। फिर नीचे जाकर बड़ी मुश्किल से एक पब्लिक फ़ोन ढूँढ़कर पुलिस को ख़बर की।

चार

अपने घर के मास्टर बेडरूम के आदमक़द आईने में ख़ुद को रश्क-भरी निगाहों से निहारते हुए राधिका अभी कुछ तय कर ही रही थी कि धड़ाम से दरवाज़ा खुला। इससे पहले कि वह अपना ग़ुस्सा ज़ाहिर कर पाती, नेता जी फ़र्श पर मख़मली कालीन को रौंदते हुए भीतर दाख़िल हुए और धम्म से बेड के किनारे बैठ गये। तुरन्त उन्होंने टीवी ऑन किया। सामने कोई अंग्रेज़ी फ़िल्म चल रही थी। परेशान होते हुए उन्होंने न्यूज़ चैनल लगाया और स्क्रीन पर मौलश्री का ख़ूबसूरत चेहरा उभरा। स्क्रीन पर नज़र पड़ते ही बाहर निकलने को आतुर राधिका वहीं थमक कर खड़ी हो गयी। बरबस उसके मुख से निकला, 'मर गयी।'

नेता जी ने हैरत-भरी नज़र से अपनी पत्नी को देखा। पति का इशारा समझते ही उसने टीवी स्क्रीन की ओर संकेत करके कहा, 'वहाँ लिखा है— मन्त्री की निजी सचिव की हत्या।'

राधिका अचानक तेज़ी से अपने पति के पास पहुँची और फुफकारते हुए बोली, 'मेरा बस चलता या मैंने किया होता तो इसकी तिक्का बोटी अलग कर देती। लाश की तो बात ही छोड़ो।'

बीबी की दीदादलेरी पर नेता जी के चेहरे की हवाइयाँ उड़ गयीं। लेकिन तुरन्त खुद को सँभालते हुए वैसे ही अन्दाज़ में वे भी गुर्राये, 'मौक़े की बात है, इसका जवाब तो मेरे पास तुमसे बेहतर है। दफ़ा हो जाओ। इतना भी शऊर नहीं कि कब क्या कहना है।'

आँखों ही आँखों में पति पर गोलियाँ चलाती राधिका कमरे से रुख़सत हो गयी। टीवी पर मॉडलनुमा एंकर मौलश्री की मौत को मिर्च मसाला लगाकर पेश कर रही थी।

'मौलश्री जिसे राजनीति के गलियारों में मौली मैडम के नाम से जाना जाता था, शहरी विकास मन्त्री देवराज सिंह के काफ़ी नज़दीक मानी जाती थी। देश के

सत्तारूढ़ जन विकास पार्टी की साधारण कार्यकर्ता के तौर पर तीन साल पहले पार्टी में शामिल हुई मौलश्री छह महीने में ही सिंह के निजी सचिव का दर्जा पा गयी थी। राजधानी के आसपास बड़ी आवासीय सोसाइटियों या बिल्डर्स के मल्टीस्टोरी फ़्लैट्स की फ़ाइलें उसी के माध्यम से मंज़ूरी पाती थीं। सूत्रों की मानें तो मौत से एक दिन पहले मौलश्री को राजधानी के सबसे बड़े बिल्डर अमृतलाल के साथ कनाट प्लेस के एक पंचतारा होटल में देखा गया। इस पर टिप्पणी के लिए अमृतलाल उपलब्ध नहीं थे।' मौत के सदमे की रही-सही कसर ख़बर की आख़िरी पंक्ति ने निकाल दी थी। देवराज सिंह ने दोनों हाथों से अपना सिर थाम लिया और टीवी को ऑफ़ कर दिया।

पांच

जिस समय राधिका देवराज सिंह को धमकाकर घर से बाहर निकल रही थी, उस समय बेडरूम के बाहर मौजूद रहकर एक-एक लफ़्ज़ सुन रही मन्त्री जी की बेटी चित्रांगदा के मुँह पर सन्तोष-भरी मुस्कान थी। कन्धों तक खुले अपने सुनहरे बालों को एक झटके से पीछे हटाते हुए उसने एक सन्तोषजनक आह भरी। उसे सिगरेट की तगड़ी तलब महसूस हो रही थी लेकिन घर में वह इससे परहेज़ ही करती थी। दो दिन पहले ही जिमख़ाना में उसकी मौलश्री से कहासुनी हुई थी। चित्रांगदा को उसके दोस्त रोहित ने एक फ़ाइल आगे सरकाने को कहा था लेकिन मन्त्री जी से अपनी नज़दीकी के चलते मौलश्री ने उनकी बेटी को भी कुछ भाव नहीं दिया था।

'यह फ़ाइल पूरी है। सभी फ़ॉर्मेलिटीज़ भी ओके हैं, बस पापा के दस्तख़्त चाहिए। कल करवा देना।' उसने रोहित के सामने मौली को वह फ़ाइल थमाने के लिए आगे बढ़ायी।

'यह दफ़्तर नहीं है। और फिर अगर फ़ाइल पूरी है तो रूटीन में ही हो जायेगा।'

'मैडम, रूटीन में थोड़ा टाइम लग जायेगा। आप चाहें तो जल्दी हो जायेगा।' रोहित ने मानो अपनी बेइज़्ज़ती करवाने के लिए दख़ल दी।

'सॉरी, आई डोंट नो यू। एंड दिस इज़ नो प्लेस टू डिस्कस दीज मैटर्स।' मौली ने बिना उसे देखे कहा। चित्रांगदा की आँखों में जैसे ख़ून उतर आया। लेकिन मौली पर कोई असर नहीं।

'विल यू केयर फ़ॉर वोदका?' उसने चित्रांगदा से पूछा और उसका जवाब सुने बिना ही आगे बढ़ गई। जिमख़ाना की हवा में जैसे तनाव घुल गया हो। रोहित ने सवाल-भरी नज़रों से अपनी दोस्त को देखा जो अपमान के सागर में गोते लगा रही थी।

'डोंट वरी, आई विल गेट इट क्लियर्ड टुमारो।' उसने कहा। लेकिन अगले दिन जब उसने अपने बाप को वह फ़ाइल दिखायी तो उसने ले तो ली लेकिन कुछ ही मिनटों में फ़ाइल दोबारा मौली की टेबल पर उपेक्षित-सी पड़ी थी।

छह

रोहित शहर के नामी बिल्डर का बिगड़ैल बेटा था। चित्रांगदा से उसकी दोस्ती इश्क़-मुहब्बत से कोसों दूर थी। उसके पीछे उसकी व्यावसायिक समझ ज़्यादा थी। राजधानी और उसके आसपास के इलाक़ों में आवासीय कालोनियों का निर्माण कोई आम काम नहीं था। लाल फ़ीताशाही और भ्रष्टाचार के चलते उलटी-सीधी फ़ाइलों पर मंज़ूरी की मुहर लगवाने में राजनेता ज़्यादा कारगर थे जहाँ पैसे के दम पर लाल फ़ीते को क़लम के एक स्ट्रोक से ही तार-तार किया जा सकता था। लेकिन चित्रांगदा के दम पर जो काम उसे चुटकियों का खेल लग रहा था, वही अब मुश्किल लगने लगा था। जिस फ़ाइल को सरकारी खाते में डाल दिया गया था, उसके मंज़ूर न होने की सूरत में दिवालियापन उसके बाप की राह देख रहा था। जिमख़ाना में हुई ज़लालत के बाद अब उसका दिमाग़ कोई और जुगत लगाने में उलझा हुआ था। लेकिन फ़िलहाल कोई रास्ता नज़र आ नहीं रहा था।

सात

मौक़ा-ए-वारदात से दूर जाने के बाद मैंने कहानी के अहम किरदार मन्त्री जी पर तवज्जो दी। कहने को मौलश्री मन्त्री जी की निजी सचिव थी, पर केदार के मुताबिक़ सत्ता के गलियारों में उसका दर्जा मन्त्री जी की रखैल सरीखा था। राजनीति में अपनी आमद के तीन ही साल में उसकी तरक़्क़ी अभूतपूर्व थी। मरने वाली और मेरी उसके बारे में आख़िरी ख़्वाहिश पर तकरार हो सकती थी। अगर मैं उसकी अभिव्यक्त आख़िरी ख़्वाहिश पर ध्यान दूँ तो वह उसकी संकट की घड़ी में उसकी मदद की गुहार थी। मेरी आख़िरी ख़्वाहिश के सीने में तो नक़्क़ाशीदार चाक़ू तभी गड़ गया था जब वह मौलश्री के बायें वक्ष को चीरता हुआ दूसरी तरफ़ निकल गया था। वार बहुत भीषण था जिससे मैंने अन्दाज़ा लगाया कि वह ज़रूर किसी ताक़तवर मर्द का काम था। इसीलिए किसी संघर्ष की नौबत भी नहीं आयी। लेकिन एक बात तय थी कि मारने वाला मरने वाली का जानकार था जो उसका हमप्याला भी रहा था। टेबल पर वोदका के दो गिलास थे। सामने की कुर्सी पर सुनहरे बाल वहाँ किसी महिला के होने की चुगली भी कर रहा था। वाशरूम में मेंस्ट्रुअल कप और प्रेग्नेंट होने का सबूत देती किट भी थी। दरवाज़े के पास सूटकेस और बैकपैक। जैसे मरने वाली के किसी तय कार्यक्रम में व्यवधान आ गया हो। मैंने दिल्ली पुलिस के होमीसाइड विभाग में तैनात अपने पुराने दोस्त विक्रम नरूला को फ़ोन लगाया। मुझे अन्दाज़ा था कि इस हाईप्रोफ़ाइल क़त्ल में जाँच उसी के ज़िम्मे जायेगी।

'कहाँ हो?' मैंने उसके हेलो कहने से पहले ही कहा।

'मतलब तुम्हारी टाँग कहीं न कहीं मामले में फँसी है। और बनना मत मुझे मालूम है कि तुम्हें पता है, मैं कहा हूँ।'

मुझे जैसे धड़का लगा। क्या किसी ने मुझे पहचान लिया था? या मैं वहाँ किसी कैमरे की ज़द में था?

‘कुछ अन्दाज़ा तो है मुझे। अभी टीवी पर देखा। मयूर विहार में हो क्या?’ मैंने पूछा।

‘क्या चाहते हो?’ विक्रम ने सीधा सवाल किया।

‘यार, क्या मैं वहाँ आ सकता हूँ?’

‘क्यों?’

‘वह मैं आकर बताता हूँ।’

‘आओ।’

मैं बगोले की तरह अपनी कार की ओर बढ़ा और अगले पाँच मिनट बाद मेरी कार मयूर विहार के अपेक्षा हाउसिंग कॉम्प्लेक्स की पार्किंग में लगी थी।

आठ

विक्रम पंजाबी परिवार का एक लम्बा-तगड़ा जवान था। शादीशुदा और दो बच्चों का बाप। अपनी ईमानदारी की शपथ खाने से सदा ही परहेज़ करता था। ज़्यादातर उसका मिज़ाज जो दे दे उसका भला और जो न दे उसका भी भला टाइप ही था। इससे पहले कि दरवाज़े पर पहले ही खड़ा एक अड़ियल सिपाही मुझे रोकता, उसने न रोकने का इशारा किया।

'थैंक्यू।' मैंने पूरी बत्तीसी निकालते हुए कहा।

'यहाँ एक क़त्ल हुआ है।' उसने जैसे मुझे लताड़ लगाते हुए कहा। मैं जैसे यह भूल ही गया था।

'कैसे जानते हो, थे?'

'किसे?'

'मरने वाली को।'

'किसने कहा?'

'अब बच्चे भी न खिलाओ, वरना तुम्हें क्या पड़ी है, कोई मरे। किसी के लिए काम कर रहे हो?'

'नहीं, पहली बात ही ठीक है। कल शाम ही पहली (फ़ौरन ही मैंने ख़ुद को संशोधित करते हुए कहा) और आख़िरी मुलाक़ात हुई थी।'

'किस सिलसिले में?'

'सिलसिला शुरू होने की नौबत ही न आयी। मैडम को पहले ही बुलावा आ गया था। ज़ाहिर है कि उसी का जिसकी नौकरी कर रही थी।'

'कुछ और?'

'नहीं।'

'आओ।' उसने मुझे उस बेडरूम का रास्ता दिखाया, जहाँ मेरी आमद पहले ही हो चुकी थी। लाश सीधी की जा चुकी थी। वोदका के जाम ज्यों के त्यों पड़े थे। मेरी नज़र दरवाज़े पर गयी जहाँ सूटकेस और बैकपैक भी जस-के-तस थे।

'हो गया मौक़ा मुआयना?' मैंने पूछा।

'हाँ, लगता है कोई जानकार ही था। चाक़ू ख़ास क़िस्म का है जैसे कलेक्टर्स के पास होता है। ऐसे नक़ली यूँ जनपथ पर भी मिल जाते हैं लेकिन यह असली महसूस हो रहा है। क़त्ल का वक़्त अभी निर्धारित नहीं। लेकिन अभी 9 बजे हैं तो लगता है कि पाँच से छह घण्टे तो हो गये होंगे। लाश का दायाँ पैर नीचे दबा था, जिससे कुछ अकड़न उसमें आ गयी है। बाक़ी तो फ़ोरेंसिक से ही पता चलेगा।'

'गिलासों पर से उँगलियों के निशान लिये?' मैंने पूछा।

'नहीं, अभी शरलक होम्स का इन्तज़ार था। अब आप आ गये हैं तो यह भी कर लेंगे।' उसने मेरा मज़ाक उड़ाते हुए कहा।

'मेहमान कोई मर्द था या औरत?'

'एक गिलास पर मरने वाली के होंठों पर लगी लिपस्टिक के निशान साफ़ ही दिख रहे हैं। दूसरे (उसने दूर से देखने की कोशिश की) का क़रीबी जाँच से ही पता चलेगा।'

लिपस्टिक के निशान वाला गिलास तो ख़ाली था, पर दूसरे में अभी वोदका थी।

'विक्रम।' मैंने धीरे-से कहा। उसने प्रश्नसूचक निगाहों से मुझे देखा।

'फ़ोन, मरने वाली का फ़ोन कहाँ है?'

फिर तलाश शुरू हुई। ग़ायब चीज़ों की सूची में फ़ोन और जुड़ गया।

अचानक मेरे दिमाग़ में कुछ और कौंधा, पर मैंने ख़ुद को रोका। क्योंकि ज़्यादा जासूसीगीरी विक्रम के अहं पर चोट कर सकती थी। इसलिए मैंने उससे इजाज़त चाही जो उसने फ़ौरन दी। लेकिन उससे पहले एक सख़्त वार्निंग भी जारी की।

'लिसन केयरफुली, डोंट फ़ॉरगेट टू शेयर एनी इंफ़ॉर्मेशन। आल सो बैटर, डोंट विदहोल्ड एनी इंफ़ॉर्मेशन। इफ़ आई गेट टू नो एनीथिंग लाइक दिस, आई विल पर्सनली एंश्योर दैट यूअर लाइसेंस इज़ कैंसल्ड।'

हम हिन्दुस्तानियों के साथ यह ख़ास बात है कि जब भी किसी बात पर ज़ोर देना होता है तो हम उसे अंग्रेज़ी में बोलते हैं और निन्यानवे प्रतिशत मामलों में ग़लत अंग्रेज़ी में। मैं उसकी विशाल काया से बचता हुआ बाहर निकला। मरने वाली के

क़ातिल का पता लगाने का कोई कारण मेरे पास नहीं था सिवाय इसके कि वह मेरी मदद चाहती थी। यह सब एक नैतिक वजह से हो रहा था वरना अपने ख़र्चे पर अपना काम करना वैसे ही था जैसे गधा घास से यारी कर ले। वैसे दिल्ली शहर में गधा और कुत्ता होना आपके मयार को थोड़ा ऊपर ही उठाता हैं क्योंकि मेहनती और वफादार इन दोनों के गुण दिल्ली के बाशिन्दों में लगभग ग़ायब हो चुके हैं। अन्य महानगरीय शहरों की तुलना में मुझे दिल्ली में ही सबसे ज़्यादा कमीनापन दिखता था। मुम्बई, कोलकाता और चेन्नई की तुलना में यहाँ की ऐसी कोई संस्कृति नहीं थी जिसकी तारीफ़ की जा सके। जैसे दुनिया के नक़्शे पर बसे नये देश अमेरिका की संस्कृति को देखेंगे तो वहाँ ज़्यादा हिंसा, ज़्यादा लालच, ज़्यादा आत्मकेन्द्रीयता दिखेगी। सब दिल में पहले अपना-अपना चाहेंगे और मुँह से लोकतन्त्र निकालेंगे। जॉर्ज फ़्लायड की हत्या के बाद ब्लैक लाइव मैटर्स को पूरी दुनिया ने सराहा, वहाँ के एक शहर के पुलिसवालों ने इतनी नैतिकता दिखाई कि घुटनों के बल बैठकर माफ़ी माँगी। लेकिन सच यह है कि अमेरिका की संस्कृति में नस्लभेद अभी भी गहरे पैठी हुई है। कोरोना के समय ही देखा गया था कि स्वास्थ्य सुरक्षा से लेकर टीकाकरण तक में वहाँ के ब्लैक्स के साथ भेदभाव किया गया था। कोरोना में मरने वालों की ज़्यादा संख्या ब्लैक्स की ही थी। वह देश अमीरों का झण्डाबरदार है। सच तो यह है कि जो अमीर हैं, वही लोकतन्त्र अफ़ोर्ड कर सकते हैं और अपने तरीक़े से लोकतन्त्र को मैनिपुलेट कर सकते हैं। अमेरिका लोकतन्त्र को स्वपरिभाषित करता है, और दिल्ली उसी परिभाषा को दोहराती है। सांस्कृतिक रूप से मैं दिल्ली को मिनी अमेरिका ही मानता हूँ।

यही सब सोचते हुए मैंने गाड़ी कॉम्प्लेक्स के गेट से निकालकर साइड पर पार्क कर दी और वापस लौटा। गाड़ी से गेट तक के चन्द क़दम के फ़ासले के दौरान मैंने देखा कि तीन गाड़ियाँ एक के बाद एक गेट के अन्दर दाख़िल हुईं जिनमें एक टैक्सी थी। घर के अन्दर मैं विक्रम से यह पूछने गया था कि क्या उसने गेट पर पूछताछ की। लेकिन फिर मुझे लगा कि वह नाराज़ न हो जाये क्योंकि पहले ही वह मुझे शरलॉक होम्स का ताना दे चुका था। मैंने गार्ड को नमस्ते की। 'जी कौन से नम्बर में जायेंगे?' उसने पूछा। इस सवाल से ही ज़ाहिर था कि गेट पर सुरक्षा कितनी चौकस थी। पहले मैं दो बार गाड़ी से अन्दर जा चुका था। बेरोकटोक। यानी अगर आपके पास गाड़ी है तो कोई कुछ नहीं पूछेगा। अगर आप पैदल हैं तो तब कुछ पूछताछ होती थी और अपना मोबाइल नम्बर भी बताने को कहा जाता था।

'जी, आपका नाम?' मैंने गार्ड से पूछा।

गार्ड ने अजीब-सी नज़र से मुझे देखा, फिर बोला।

'शर्मा जी।' मेरी हँसी निकलते-निकलते रुकी। उस वक़्त मुझे अपने बचपन का वाक़या याद आया। मेरे पिता जी को एक शादी-समारोह में जाना था। उन्होंने मुझे शगुन के लिफ़ाफ़े पर अपना नाम लिखने को कहा। मैंने पिता जी के नाम के आगे श्री और जी दोनों लगा दिया। पिता जी ने जब लिफ़ाफ़ा देखा तो हँसने लगे।

पिता जी ने मुझे पास बुलाया और कहा, 'बेटे अपने नाम के सामने ख़ुद ही श्री और जी नहीं लिखना चाहिए। आदर तो ऐसी चीज़ है जो दूसरे आपको देते हैं।' पिता जी की यादों को झटकते हुए मैंने बात आगे बढ़ायी।

'शर्मा जी। आपको एफ़-13 में घटी घटना का तो पता ही होगा।'

'बहुत ही अच्छी मैडम थीं। हर होली-दीवाली पर हम सबका पूरा ख़याल रखती थीं।' शर्मा जी शुरू हो गये।

मैंने उनको टोकते हुए पूछा, 'शर्मा जी, आज मैडम से मिलने कोई आया था।'

'न साहब हमारे रिकॉर्ड में तो ऐसा कुछ नहीं है।' होगा भी नहीं। जहाँ गाड़ी अपने आप में निर्विघ्न दाख़िले का लाइसेंस थी, वहाँ मौलश्री के पास आने-जाने वालों का क्या रिकॉर्ड होगा। आख़िर उसके पास तो गाड़ी वाले ही आते होंगे। कुछ हासिल न हुआ। मैं वापस लौटा।

मैंने तानसेन मार्ग पर बंगाली मार्केट से पहले अपने दफ़्तर के सामने अपनी गाड़ी पार्क की। यहाँ एक घर के पहले माले पर एक छोटा-सा टू-रूम सेट था जिसे मैंने दफ़्तर में कंवर्ट कर दिया था। मेरी साथी, सचिव, इंचार्ज, टेलीफ़ोन ऑपरेटर, कॉफ़ी मेकर और भी जाने क्या-क्या, कली अपनी कुर्सी पर बैठी किसी नॉवेल को पढ़ने में व्यस्त थी। मुझे देखकर उसने मुस्कराकर गुड इवनिंग बोला और पूछा, 'कॉफ़ी पियेंगे ?'

घड़ी देखते हुए मैंने पूछा, 'अभी तक दफ़्तर में?'

'जनाब का हुक्म जो नहीं आया था।' उसकी फ़रमाबरदारी पर मैं दंग रह गया। अभी तक व्यवस्था यही थी कि मुझे अगर शाम को लौटना हो तो उसे फ़ोन कर देता था या वह ख़ुद पूछ लेती थी। आज बेध्यानी में मैंने फ़ोन नहीं किया और न ही उसने पूछा। इससे पहले कि मैं सॉरी बोलता, उसने कहा–

'एक और भी वजह है। एक अंकल जी 8 बजे से यहाँ जमे थे। अभी बंगाली मार्केट में कुछ खाने के लिए गये हैं क्योंकि साढ़े दस-ग्यारह तक दुकानें बन्द हो जाती हैं।' मैंने घड़ी देखी, 10.15 बज चुके थे।

मैंने कली की ओर देखा। उसके चेहरे पर ज़रा-सी शिकन नहीं थी। वो मेरे छोटे-से दफ़्तर में काम को लेकर जिस तरह से कमिटेड रहती थी, कभी-कभी वो मुझे परेशान कर देता था। कली उत्तर प्रदेश के अवध प्रान्त से आती थी। तीन साल

पहले दिल्ली आयी थी अपनी पहचान बनाने के लिए और आज कोई यह पहचान नहीं सकता था कि वो महज़ तीन साल पहले दिल्ली आयी थी। लड़कियों में माहौल को लेकर ग़ज़ब की सहजता होती है। मुझे भी दिल्ली में पाँच साल हो गये लेकिन अगर बहुत सजग तरीक़े से बात न करूँ तो लोग मेरे राज्य पंजाब ही नहीं, मैं किस शहर के फ़लाँ मोहल्ले से आता हूँ, वो भी पता कर लेंगे। कली के उच्चारण से लेकर रहन-सहन में महानगरीय आभिजात्य संस्कृति आ चुकी है। आज वो मेरे दफ़्तर का रिसेप्शन सँभाल रही है, कल किसी फाइव स्टार जगह पर भी काम करे तो कोई अचरज न होगा।

उसके बारे में सोच की कड़ी को तोड़ते हुए मैंने कहा, 'अच्छा तुम निकलो। मैं निपट लूँगा और इतनी देर तक रुकने का शुक्रिया और फ़ोन न कर पाने की माफ़ी।'

नौ

आगन्तुक ने बड़े ग़ौर से मुझे देखा और अभिवादन में सिर हिलाया। मैंने भी उनको सिर से पैर तक देखा। रईसी उनके चेहरे पर तो नहीं थी लेकिन उनके पहरावे से झलक रही थी।

'जी, फ़रमाइए।' मैंने व्यवसाय सुलभ शिष्टता से पूछा।

'मेरा नाम अमृतलाल है।'

तत्काल मैं सँभलकर बैठा। टीवी न्यूज़ पर चली पंक्ति मेरे कानों में गूँजने लगी। 'मरने वाली को आख़िरी बार शहर के नामी बिल्डर अमृतलाल के साथ देखा गया।'

'जी मैं अपनी किस ख़ूबी पर गर्व करूँ कि मुझे आपका दर्शन लाभ हुआ।' आदत से मजबूर अपने ही अन्दाज़ में मैंने उनसे पूछा और ख़ुद ही अपनी 'स्मार्ट टॉक' पर गर्वित होने लगा।

'भई, तुम्हारे दफ़्तर में हैं, रात की इस घड़ी में तो ज़ाहिर है कि तुम्हारी प्रोफ़ेशनल सेवाओं की ही ज़रूरत है। कोई रिश्ते-विश्ते की बात होती तो तुम्हारे घर पहुँचते।'

लाल की हाज़िरजवाबी ने मेरा दिल जीत लिया।

'बेहतर।' इससे बेहतर मुझे कुछ न सूझा।

'शहर के नामी जासूस हो तो ज़ाहिर है कि नगर में हुए सनसनीखेज़ क़त्ल की वारदात से तो वाक़िफ़ ही होगे।'

'जी, मैं समझ रहा हूँ आपका इशारा।'

'क्या फ़ीस लेते हो।'

मैंने लाल की अमीरी की शोहरत के मद्देनज़र मन-ही-मन कुछ मोल-भाव करके अपनी नयी प्राइस लिस्ट जारी की।

'जी, बयाने का एक लाख रुपया। नान रिफ़ंडेबल। उसके बाद हर सप्ताह का एक लाख जमा ख़र्च। मसला होने में एक महीने से ज़्यादा लगे तो एक्चुअल ख़र्च पर हफ़्तावरी फ़ीस आधी यानी पचास हज़ार।'

'अगर समय सिर्फ़ एक सप्ताह का ही हो तो ज़ाहिर है कि तुम कहोगे कि एक महीने की फ़ीस और ख़र्चे।'

लाल ने एक क्षण भी मेरे जवाब का इन्तज़ार किये बिना पहले से दस्तख़तशुदा चेक में ढाई लाख रुपये की रक़म भर कर मेरी तरफ़ सरका दिया। 'काम एक हफ़्ते में हुआ तो इतनी ही रक़म और।'

अपने लालची मन पर तगड़ी लगाम लगाते हुए मैंने चेक को उठाने से गुरेज़ की और पूछा—

'काम?'

'पता लगाओ।'

'आप चाहते हैं कि मैं पता लगाऊँ कि मौलश्री का क़ातिल कौन है?'

'भई, तुम्हारी इसी समझ के कारण ही तो तुम्हारी पूछ है दूर दक्खन तक।'

तो लाल अपना होमवर्क पूरा करके आया था। हाल ही में मैंने जो चेन्नई के सुब्रा स्वामी की हत्या का राजफ़ाश किया था, उससे वह वाक़िफ़ था।

सुब्रा स्वामी के मामले में सब कोई पहला शक उनकी उनसे आधी उम्र की नवब्याहता पत्नी पर कर रहे थे। उनकी पत्नी अन्नपूर्णा चिट्टी के ख़िलाफ़ पुलिस को जितनी आसानी से सबूत मिलते गये थे, उसने अन्नपूर्णा की गिरफ़्तारी करवा ही दी थी। अन्नपूर्णा के पिता मेरे पास आये थे और मुझसे गुज़ारिश की थी कि मैं सच का पता लगाऊँ।

चेन्नई के लोकल टीवी चैनल से लेकर सारे अख़बारों ने अन्नपूर्णा को सुब्रा राव की क़ातिल तय कर ही दिया था। जवान और सुन्दर अन्नपूर्णा के साथ मल्टीमीडिया का इस्तेमाल कर जिस तरह कहानी चलती वह पत्रकारिता के रसातल में जाने की गवाही थी।

मैंने जब अपनी तरह से तहक़ीक़ात शुरू की तो पहली नज़र में सुब्रा राव का पच्चीस साल का बेटा ही मुझे शक के घेरे में दिखा। अन्नपूर्णा की भी शिकायत थी कि वह उसे माँ की नज़र से क़बूल नहीं कर सका था और उसके साथ कुछ ज़्यादा ही दोस्ताना रखता था।

अन्नपूर्णा से निकली शक की सुई सुब्रा स्वामी की पचास साल की बहन मालिनी स्वामी पर जाकर अटकी। मेरी खोजबीन से पता चला कि सुब्रा राव की पहली पत्नी से कोई सन्तान नहीं हुई थी तो उसने अपनी बहन के बेटे को गोद लिया था। लेकिन यह काम बहुत ही ख़ुफ़िया तरीक़े से हुआ और लोग सुकुमारन को सुब्रा स्वामी का असली बेटा ही समझते थे।

यह पता लगते ही कि सुकुमारन सुब्रा राव की अपनी सन्तान नहीं है मेरी पूरी निगाह मालिनी पर थी। पहली पत्नी के बाद जब सुब्रा स्वामी ने अपने से आधी उम्र

की लड़की से ब्याह किया तो मालिनी को यह बिल्कुल पसन्द नहीं आया। उसे लगा कि अब अन्नपूर्णा की सन्तान होगी जो सुब्रा राव की सम्पत्ति की हक़दार हो जायेगी। इसी आक्रोश में उसने अपने भाई की हत्या की साज़िश रच दी थी।

सुब्रा राव दक्षिण भारत के बड़े फ़िल्म प्रोड्यूसर थे और केस के सुलझ जाने के बाद मेरी ख़बर भी चेन्नई, मुम्बई से लेकर दिल्ली तक के पेज थ्री पर छपी थी। जो सुब्रा राव दूसरों की कहानियों पर फ़िल्म बनाने के अधिकार ख़रीदते थे, उनकी क़त्ल की कहानी पर फ़िल्म बनाने के अधिकार को लेकर अन्नपूर्णा चिट्टी के साथ क़रार किया जा रहा था। और, आज मैं उसी केस की मक़बूलियत के बल पर अमृतलाल के साथ क़रार कर रहा था।

यादों के झरोखे से निकलकर मैं अमृतलाल से मुख़ातिब हुआ।

'इससे पहले कि मैं आपका काम हाथ में लूँ, एक सवाल का जवाब आपको देना होगा।'

'पूछो।'

'क्या आपने मौलश्री का क़त्ल किया या करवाया है?' मैंने दो टूक पूछा। हतप्रभ लाल ने सवाल का कोई चुस्त जवाब देने के अपने इरादे को मुल्तवी करते हुए कहा–

'नहीं।'

मैंने चेक को अपनी ओर खींच लिया।

'तो फिर आप क्यों यह जानना चाहते हैं? क्या मरने वाली से आपका कोई रिश्ता है? या फिर यह काम आप अपने मित्र मन्त्री को बचाने के लिए कर रहे हैं?'

'मरने वाली देवराज सिंह के पास जाने से पहले कुछ महीने मेरे पास काम करती थी। सच तो यह है कि देवराज ने मुझसे गुज़ारिश की थी कि मैं मौली को उसके पास भेज दूँ क्योंकि वह उनकी पार्टी की सदस्य है और इस लिहाज़ से सबके रुतबे को जानती-पहचानती है और यह बात उनके लिए बड़ी कारगर हो सकती है। जवान, पढ़ी-लिखी लड़की है, इसलिए काम की गुणवत्ता भी अच्छी होगी। सबसे ख़ास बात यह है कि जो भी मौली के साथ थोड़ा समय बिता लेता था, वह उसकी ईमानदारी से बहुत प्रभावित होता था।'

'और बेईमान से बेईमान आदमी को भी अपने काम के लिए ईमानदार आदमी की ही खोज होती है।'

तभी मैंने कहा।

'मतलब', अमृतलाल ने समझते हुए भी सवाल कर दिया।

'जी, मेरा मतलब मन्त्री जी से है। आप उनके दोस्त हैं लेकिन उनके भ्रष्टाचार के क़िस्से सभी जानते हैं।'

'यह वक़्त ये सब बात करने का नहीं है।'

'मैं वक़्त नहीं उस शख़्स की बात कर रहा हूँ जिसका क़ातिल खोजना है। बेईमान आदमी को भी अपने सबसे क़रीबी के लिए घोर ईमानदार आदमी की ज़रूरत होती है। लेकिन बेईमान के साथ ईमानदार का हाल वही होता है जो मौली का हुआ।'

'तो क्या तुम देवराज पर शक कर रहे हो?'

'नहीं, मैं विडम्बना की बात कर रहा हूँ।'

'जासूस हो या समाजशास्त्री?'

'जिसने समाज को न समझा वो जासूसी क्या करेगा।'

अमृतलाल को और न उलझाते हुए मैंने सवाल किया।

'इसके अलावा आपका कोई दफ़्तर से इतर रिश्ता?'

'न भई, उस रास्ते से थोड़ा परहेज़ ही रखते हैं।'

'किसी पर शक है?'

'ऐसे तो नहीं। पर हाँ, थोड़ा कापड़ी कंस्ट्रक्शन के साथ हमारे बहुत से काम हैं, वे लोग उसके पीछे पड़े थे। पर यह नौबत क़त्ल तक आ सकती है, इसका मुझे कोई इल्म नहीं था।'

'मन्त्री जी उसके काम से सन्तुष्ट थे?'

'कभी कोई शिकायत तो नहीं की। कभी-कभी ताना ज़रूर मारते थे कि वो मेरी सारी फ़ाइल प्रिआरिटी पर निकाल देती है। लेकिन वह सब थोड़े दोस्ताना संवाद जैसा ही था।'

'और कोई बात जो आपको मसला हल करने में अहम लगती हो?'

'ऐसे फ़ौरी तो कुछ ध्यान नहीं।'

'चलिए दुश्मन न सही, मरने वाले के कोई दोस्त हों तो?'

'एक लड़की कमल कुन्दन है तो सही उसकी दोस्त।'

'आप मशहूर कथकली नृत्यांगना की बात कर रहे हैं।'

'बिल्कुल।'

इसके बाद की बातचीत में ज़िक्र लायक़ कुछ भी नहीं था।

दस

देवराज सिंह की सरकारी कोठी राजेश पायलट मार्ग पर थी। अपने दफ़्तर से निकलकर इंडिया गेट का पूरा चक्कर काटकर मैं उनके घर की ओर बढ़ा। दरवाज़े पर गार्ड ने ही पहले गाड़ी अन्दर भेजने से साफ़ इनकार कर दिया। फिर अन्दर पूछने के बाद भी मुझ पर अहसान-सा करते हुए उसने गेट खोला और ख़ास हिदायत दी कि गाड़ी घर के प्रवेशद्वार के सामने न खड़ी करूँ। 'उधर पार्किंग है, वहीं कार लगाना।' उसने मेरी कार की ओर इंगित करते हुए कहा।

अमृतलाल की सिफ़ारिश के बाद ही मन्त्री जी मुझसे बात करने को तैयार हुए थे। यह बात मुझे अमृतलाल से मालूम हो चुकी थी कि पुलिस ने अभी तक उनसे कोई जवाब तलब नहीं किया है। मन्त्री जी की जो जन्म-कुण्डली मैंने तैयार की थी, उसमें उनकी क़िस्मत से रश्क करने की हर वजह मौजूद थी। महज़ 52 वर्ष की उम्र में तीन आम और दो मध्यावधि चुनाव जीत चुके थे। सरकार में अभी भी उनका दर्जा नम्बर दो का ही था, पद चाहे कोई भी हो। उनका महकमा ख़ूब मलाई काटने का था। देश भर में आवासीय कम्पनियों की बाढ़ आयी हुई थी। कई कारणों से उनका उनके विभाग से वास्ता पड़ता था।

ज़ाती ज़िन्दगी में वो बिल्कुल सामन्ती थे। पत्नी राधिका उनसे 14 साल छोटी थी और शादी से पहले टेली धारावाहिकों में काम करती थी। यह दीगर था कि उन सबमें उसकी भूमिका खलनायिका या खलनायिका जैसी ही थी। अभिनेत्री थी तो ज़ाहिर है कि ख़ूबसूरती उसकी एक अहम विशेषता थी। जिस समय मैं घर में दाख़िल हुआ वह ड्राइंग रूम से निकल रही थी। मन्त्री जी सोफ़े पर पसरे हुए थे। फ़िरोज़ी शिफ़ान की साड़ी जैसे उसके जिस्म से चिपकी हुई थी। घने बाल कमर तक फैले हुए थे। बाल खुले थे और उनको झटकने के लिए जब उसने थोड़ा झुककर अपने सिर को झुकाया तो उसका पल्लू नीचे सरक गया और मुझे उसके दूधिया रंग और तीखे

नयन-नक़्श का आभास हुआ। ऊपरवाले ने ज़रूर उसे अपने एक्सटेंडेड वीकएंड में बनाया था जबकि मन्त्री जी के मामले में लगता था कि जैसे क्रिसमस हालीडेज कैंसिल कर दी गयी और जिसका नतीजा जान-बूझकर बदसूरत निकाला गया हो। मन्त्री जी के पहलू में उसका तसव्वुर करते हुए मुझे उबकाई-सी होने को आयी पर अपने कण्ठ को दबाते हुए मैं उनकी ओर बढ़ा। उन्होंने इस नाचीज़ से हाथ मिलाने का कोई उपक्रम नहीं किया।

'क्या पूछना है?' उन्होंने जैसे दूर से ताना लगाकर पत्थर मेरी नाक पे मारा था। बैठने के लिए न कहने का कारण मैंने यह समझा कि वे जान गये थे कि उनकी बीवी को ताड़ रहा था।

'जी कुछ ख़ास नहीं। मैंने सोचा...'

जैसे उनको मुझ पर दया आ गयी हो।

'बैठो।' उन्होंने इशारा किया।

मैं सोफ़े पर बैठ गया जबकि वो स्वयं उसमें धँसे हुए थे।

'अमृतलाल जी से बात हुई थी।'

'पूछो, क्या पूछना है।'

'आपको क़त्ल की ख़बर कब हुई?'

'जैसे ही ख़बर टीवी पर आयी, मुझे मेरे पीए ने बताया।'

'आप उस समय कहाँ थे?'

'यहीं था। इसी सोफ़े पर।'

'जी।'

फिर वो जैसे भाँप गये और बोले, 'अमृतलाल भी यहीं था।'

'अमृतलाल क्या आपके घर अक्सर आते हैं?'

'यह क्या सवाल है। दोस्त है।'

'दोस्ती हालिया है या पुरानी।'

'देखो जासूस साहब! आप यह क्या इशारे कर रहे हैं। अमृतलाल से संबंध सिर्फ अपनी सरकार के कारण नहीं। महकमा मिले तीन साल के क़रीब हो गये हैं। अमृत से ताल्लुक़ तो महकमे के कारण ही बने, फिर दोस्ती हो गयी। हर होली-दीवाली पर मिलने लगे।'

होली और दीवाली मिलन को देश में 'आधिकारिक भ्रष्टाचारी मेलमिलाप' का दर्जा दिलवा देना चाहिए क्योंकि इन दिनों का मेलमिलाप इससे ज़्यादा कुछ नहीं।

'कितनी देर से वे यहाँ थे?'

'यही कोई आधा घण्टा।'

'उससे पहले आप....'

मन्त्री ने कोड़े की तरह फटकारते हुए मुझे घुड़का, 'तुम मेरी टाइम टेबल जानने आये हो या क़त्ल की पड़ताल करने।'

'आपको क्या लगता है कि क़त्ल की क्या वजह होगी। मौली की किसी से कोई दुश्मनी...?'

'किसी की ज़ाती ज़िन्दगी से मेरा क्या लेना-देना।'

कमरे का वातावरण अचानक रोशनी से भर गया और महक ऐसी कि जैसे टैरेस गार्डन चल के वहाँ आ गया था। इस बार मन्त्री जी की पत्नी अपने आमने-सामने के रूप में हाज़िर थी। मुझे जैसे स्प्रिंग लग गये हों। मैंने उठकर अभिवादन किया।

'हाय!'

'हाय, हाऊ आर यू?'

'जी शुक्रिया।'

'जासूस हो?' उसने जैसे मेरी बेइज़्ज़ती की हो। मन्त्री जी ने हैरान होकर उसे देखा और खड़े होने के लिए सोफ़े के साथ मशक्क़त करनी शुरू कर दी।

'गेट वाले ने बताया। बहुत हूल दे रहे थे उसे। पुराने पुलिसिये अन्दाज़ गये नहीं।' वह बोलती जा रही थी और मैं शर्म के सागर से तैरकर बाहर निकलने की जुगत लगा रहा था। दिमाग में यह भी था कि इसे कैसे मालूम।

'दरबान को रानी से संवाद का सबब हासिल है। क्या यह रुतबा मेहमान को हासिल होगा?'

उसके चेहरे पर अचानक जैसे फूल झड़ने लगे हों। तीन क़दम आगे बढ़कर जब वह मुझसे सिर्फ़ दो क़दम दूर रह गयी तो बोली, 'अर्ज़ी लगाओ, देखेंगे।'

'चलें', उसने उल्लू की तरह पलकें झपकाते मन्त्री को इशारा किया और फिर मुझे वहीं हॉल में खड़ा छोड़कर हूर और लंगूर की जोड़ी यह जा, वह जा। तभी सहायिका चाय लेकर आयी। मैं दरवाज़े की ओर बढ़ा तो उसने कहा, 'साहब, चाय पी लो यहाँ सब बाद में ही चाय पीते हैं।' कुछ सोचकर मैं फिर से बैठ गया और चाय का प्याला हाथ में ले लिया।

ग्यारह

मैंने ग़ौर से सहायिका को देखा। वह एक टाइट जींस और स्कीवी पहने थी जो उसके चाय टेबल पर रखते समय इतना ऊपर सरक गयी थी कि उसका कटिबन्ध दिखायी पड़ रहा था। वह अन्दर जाने के बजाय वहीं खड़ी रही जैसे मेरे कुछ पूछने का इन्तज़ार कर रही हो। आख़िर मैंने ही मौन तोड़ा।

'कब से यहाँ काम कर रही हैं आप?'

जवाब में वो सिर्फ़ मुस्करायी और बोली, 'काम की बात नहीं पूछोगे, साहब?'

'मौली को जानती हो?'

'जानती थी। तन पर जो कपड़े दिख रहे हैं न, मौली मैडम के ही हैं। राधिका मैडम तो अपने कपड़े का धागा न लेने दें।'

'आख़िरी बार कब मिली थी मौली से?'

'उनकी मौत से एक दिन पहले। राधिका मैडम से उनकी कहासुनी हो गयी थी। उसके बाद बड़ी मैडम तो अन्दर चली गयीं लेकिन मौली मैडम को मन्त्री जी से बात करनी थी सो यहाँ रहीं। मैंने उन्हें कॉफ़ी दी।'

'कैसा मूड था?'

'बहुत दुखी थीं। कह रही थीं कि ईमानदारी से काम का भी यहाँ कोई नतीजा नहीं। ज़्यादा दिन नहीं उनके अब नौकरी के। वैसे भी यहाँ जंजाल ज़्यादा है।'

'बड़ी मैडम से यह झगड़ा पहली बार हुआ था?'

'क्या साहब, यह तो रोज़ का ही झगड़ा था। बड़ी मैडम उन पर शक करती थीं।'

'असलियत क्या थी?' मैंने कुरेदना चाहा।

'साहब, चाय ख़त्म है।'

'सुनो, सुनो', उसको जाने को आतुर देख मैंने उसको रोका। 'अपना नाम तो बता दो।'

'बेला।'

'फ़ोन नम्बर?'

'क्या?'

'अच्छा, यह मेरा नम्बर रख लो। अगर कुछ याद आये तो बताना।'

'आप पुलिस हो, साहेब?'

'नहीं पुलिस का भाई।'

कहकर मैं बाहर को भागा। अपनी कार खोलने से पहले मैं उससे सटकर खड़ा हुआ। मन्त्री जी की क़िस्मत से मुझे फिर ईर्ष्या हुई। अपने से 14 साल छोटी बीवी और अगर बेला का इशारा ठीक था तो अपने से आधी उम्र की माशूक़।

ठण्डी साँस भरकर मैंने गाड़ी खोली और जैसे ही रिवर्स करने लगा कि मुझे ज़ोर से ब्रेक दबाना पड़ा। क्योंकि गोले की तरह आकर एक काली सिविक पोर्टिको में रुकी और एक झटके से दरवाज़ा खोल और बन्द करके एक जवान जहान लड़की ने वैसी ही रफ़्तार से घर में दाख़िला लिया। मेरी नज़र रियर व्यू मिरर में पड़ी जो उसके सुनहरे बालों में ही उलझकर रह गयी और बरबस ही मेरा हाथ अपने डैशबोर्ड में पड़े पालीथिन के लिफ़ाफ़े की ओर सरक गया जिसमें मौली के बेडरूम की कुर्सी से बरामद सुनहरा बाल पड़ा था।

मैंने दुबारा घर की कॉलबेल बजायी। दरवाज़ा बेला ने खोला।

'क्या सर, कुछ रह गया?'

'नहीं। वो क्या है, अभी घर में मन्त्री जी की बेटी आयी हैं। मुझे उनसे मिलना है। ज़रा कह दो।'

'नहीं साहब, छोटी मैडम को किसी से भी मिलने की मनाही है।' दरवाज़ा बन्द।

बारह

इस सारे सिलसिले में शाम हो गयी। मैंने अपने दफ़्तर का चक्कर लगाने की सोची। कली अपनी सीट पर बदस्तूर अपने नावेल में घुसी पड़ी थी। मैंने हल्के से खँखारा। उसने सिर उठा देखा। यन्त्रवत् गुड आफ़्टर नून बोली और जवाब के इन्तज़ार में वक़्त गँवाने के बजाय अपने नॉवेल में मस्त हो गयी। मैं उसके डेस्क के पास ठिठका।

'कोई मैसेज, फ़ोन, ग्राहक?'

'तीसरी चीज़ यानी ग्राहक यहाँ दुर्लभ है। बाक़ी दोनों हैं। फ़ोन भी आया था और मैसेज भी है।'

'बताने की कोई फ़ीस है या वेतन-वृद्धि करनी पड़ेगी।'

'यहाँ भी दूसरी चीज़ दुर्लभ है। पिछले दो साल से मैं यह भूल चुकी हूँ कि वेतन-वृद्धि जैसा पंछी यहाँ बसता भी है। फ़ीस, आपकी इच्छा है देनी चाहें तो! मैसेज यह है कि अमृतलाल का फ़ोन आया था। आपसे बात करनी है। यह नम्बर है।' उसने एक पर्ची मेरी तरफ़ सरकायी।

मैंने पर्ची ली और नम्बर पंच करता हुआ अपने कमरे में दाख़िल हो गया। लाल ने पहली ही घण्टी में फ़ोन उठाया।

'मरने से पहले मौली चार बड़े प्रोजेक्ट हैंडल कर रही थी।' हेलो, हाय के बाद लाल ने कहा। मैंने राहत की साँस ली कि उसने मुझसे प्रोग्रेस रिपोर्ट लेने के बजाय कुछ बताने को फ़ोन किया था।

'जी।'

'उनमें से दो हमारे थे, एक रोहित कापड़ी का और एक बिरला कंस्ट्रक्शन का।'

'रोहित कापड़ी से कहाँ मिला जा सकता है?'

'जिमख़ाना पहुँच जाना। रोज़ शाम को वहीं मिलता है भटकता हुआ।'

'मन्त्री जी से मुलाक़ात हुई थी।'

'जी'

'कुछ हासिल हुआ?'

'नहीं। बातचीत किसी सिरे लगती, पहले ही मैडम आ गयीं।' फिर कुछ सोच-कर मैंने पूछा, 'मैडम का नम्बर होगा आपके पास?'

'राधिका का?'

'जी।' उसने मुझे नम्बर नोट करवाया। फिर कहा, 'सही जा रहे हो, बरख़ुरदार। सो तुम्हें ख़बर लग गयी।'

यह कहकर कि मैं महज़ तुक्का मारने की कोशिश करने वाला था, मैंने उनको निराश न करने का फ़ैसला किया और नमस्ते करके फ़ोन काट दिया।

कली को मैंने आवाज़ देकर बुलाया। मेरा दफ़्तर कुल मिलाकर इतना छोटा था कि ज़रा ज़ोर से आवाज़ देता तो सीढ़ियों से ऊपर जा रहे व्यक्ति को भी सुनायी देता।

वो फ़ौरन हाज़िर हुई। 'चलो, तुम भी क्या याद करोगी, आज फ़ीस अदा कर ही देते हैं।'

इससे पहले कि वह वेतन-वृद्धि का सपना देखती, मैंने उसे कहा कि बंगाली मार्केट से कोस्टा कॉफ़ी से दो बढ़िया सैंडविच और कॉफ़ी मँगवाओ। खाते हैं।

वह रुख़सत हो गयी।

तेरह

डिफ़ेंस कॉलोनी के डी ब्लॉक के अपने घर में कमल कुन्दन अपनी खुली रसोई में पड़े बिग चिल के डिब्बे से ग्रिल्ड सैंडविच निकाल रही थी। पनीर टिक्का पहले ही प्लेट में सज चुका था। पहले चक्कर में मशरूम गिलोटी मेज़ की शोभा बढ़ा चुके थे। ग्लेनफिडिक सिंगल माल्ट व्हिस्की के दो पेग पहले ही निकल चुके थे और दो भरने की तैयारी थी।

अपनी नर्तकी की सी अदा से हाथ घुमाते हुए उसने कहा, 'उठिए जहाँपनाह, यहाँ से प्लेटें ले जाइए। आपके चलते मेड की छुट्टी की है।'

ड्राइंग रूम में लगभग लेटे हुए रोहित कापड़ी ने बस नज़रें उठाकर उसे देखा। वह हाफ पैंट पहने थी। क़ुदरत ने भी उसे क्या हुस्न बख़्शा था। वह शर्त लगा सकता था कि शहर में बस ये दो ही लेग पीस थे जो अनमोल थे। उसकी जाँघें आम नर्तकियों से ज़्यादा भारी थीं। उसे मंच पर बलखाते देखकर कई बार रोहित को शक होता था कि उसकी नज़र ख़राब तो नहीं, ये वही टाँगे हैं! फिर उसे सिनेमा की उस हीरोइन की याद आ जाती जो थंडर थाइज के नाम से मशहूर थी और जिसके डांस की दुनिया दीवानी रहती थी। उसने न तो कोई जवाब दिया और न ही उठने की कोशिश की। कुछ हुआ तो उसकी आँखें टाँगों से उसकी कमर तक गयीं जिन्हें उसे ढूँढ़ना पड़ा और फिर उसकी आँखों को उसके वक्षस्थल से ऊपर जाते हुए वैसा ही कष्ट हुआ जैसे पहाड़ की चोटियों पर चढ़ने से होता है। उसके इरादों को भाँपकर कमल कुन्दन ख़ाली हाथ ही सोफ़े की ओर बढ़ी और ज़ोर से उसने अपना पैर रोहित की जाँघ पर धर दिया।

'ओ तेरी...' वह गाली देकर सीधा हुआ।

'चलो लेकर आओ।' उसने हुक्म दनदनाया।

वह उठा और किचन की ओर बढ़ चला। जाम टकराये। दूसरा दौर निपट गया। अब नशा दोनों पर तारी होने लगा था।

‘क्यों मारा उसे?’ कमल ने सीधा सवाल दाग़ा।

‘किसे?’

‘ओ मेरे भोले बलम, अब मुझसे मत छुपाओ। बताओ क्यों मारा उसे। अकेले ही किया यह कारनामा या मन्त्री की बिच भी साथ थी।’

‘क्या बकवास कर रही हो। नशा उतारना है क्या?’

‘अरे पूछा ही तो!’ वह उसके साथ सट गयी थी।

रोहित को अपने मन में आयी कड़वाहट घुलती हुई नज़र आयी।

‘नहीं मारा तो न कह दो।’

‘पागल हो तुम। किसी और के सामने अपना मुँह न फाड़ देना। मैं भला ऐसा क्यों करूँगा?’

‘तुम्हें इग्नोर जो मारती थी।’

‘फक यू’

‘और मन्त्री– पुत्री से कैसा चल रहा है रोमांस?’

‘वह रोमांस नहीं।’ रोहित ने उसे अपनी ओर खींचते हुए कहा। ‘बस बिजनेस है। एक हाथ दे एक हाथ ले।’

‘और मेरे साथ क्या है?’

‘उफ़्फ़ तुम भी न।’

‘पता है, तुम्हारे जैसे लोगों के साथ सबसे बुरी बात क्या है?’

‘क्या?’ रोहित ने पूछा।

‘तुम किसी को प्यार नहीं कर सकते।’

‘वो कैसे भला?’

'क्योंकि तुम सारे काम आँखें खोलकर करते हो।'

'मतलब।'

'सेक्स भी आँखें खोलकर करते हो।' कुन्दन ने हँसते हुए कहा, 'जैसे कि किसी प्रोपॅर्टी की फ़ाइल देख रहे हो कि कितना मुनाफ़ा हो जाये।'

कुन्दन की इन बातों से रोहित के चेहरे पर कोई भाव नहीं आये।

कुन्दन ने उसके भावहीन चेहरे को निहारते हुए कहा। 'मैं तुम्हारे पूरे सेक्सुअल बिहेवियर पर सवाल उठा रही हूँ और तुम्हारे चेहरे पर कोई प्रतिक्रिया नहीं हुई।'

'अब ये प्रतिक्रिया किस बला का नाम है। तुम्हारी क़सम कुन्दन, मेरी ज़िन्दगी में इस नाम की कोई लड़की नहीं है।'

रोहित की यह बात सुनकर कुन्दन के चेहरे पर भी हँसी आ गयी।

कुन्दन अपने उस आशिक़ के बारे में सोचने लगी जो ऑडिटोरियम में पहली पंक्ति की सीट पर घण्टों बैठकर उसके नृत्य को निहारा करता था। वह कुन्दन के हर शो में मौजूद रहता था। एक-दो बार कुन्दन ने उससे हाल-चाल पूछा और वह उसके घर आने लगा था। वह कुन्दन के शरीर से वैसा ही इश्क़ करता था जैसा कुन्दन अपने नृत्य से करती थी। सहवास के क्षणों में कुन्दन के शरीर को स्पर्श करते ही उसकी आँखें बन्द हो जाती थीं। वह कुन्दन के शरीर के एक-एक अंग को बहुत देर तक सहलाता था। उसकी हथेलियाँ कुन्दन के शरीर पर नृत्य संयोजन-सा करतीं। उसकी छुअन से ही लगता था कि उसे कुन्दन के शरीर से कितना प्यार है। जैसे अपने आराध्य की मूर्ति के सामने जाते ही भक्त की आँखें बन्द हो जाती थीं, वैसे ही कुन्दन के शरीर से लिबास हटते ही उसकी आँखें बन्द हो जाती थीं।

समर। हाँ, यही नाम तो था उसका। कमल कुन्दन के जीवन में आये उन अलहदा पुरुषों में था जिसे सहवास की पूरी प्रक्रिया के दौरान सिर्फ़ कुन्दन की सन्तुष्टि की परवाह होती थी। कुन्दन को याद है कि एक बार वह कामसूत्र का अंग्रेज़ी अनुवाद लेकर आया था। बिस्तर पर बैठकर पहले उसने किताब से उन उद्धरणों को पढ़कर सुनाया कि स्त्री को चरम पर कैसे लाया जा सकता है। कमल कुन्दन एक शास्त्रीय नृत्य के घराने से आती थी लेकिन स्त्री-पुरुष के रिश्ते में समर की शास्त्रीयता को देखकर उसे अचरज होता था।

समर के लिए कुन्दन उसकी आराध्या देवी थी तो कुन्दन के लिए धीरे-धीरे यह असहज रिश्ता होता जा रहा था। समर सिर्फ़ शास्त्रीयता का पुजारी था और पैसे के नाम पर उसके पास कुछ नहीं था। कमल के ख़र्च इतने थे कि धीरे-धीरे समर उसे अपने लिए अनुपयोगी लगने लगा। जो आदमी उसके लिए ढंग की महँगी शराब भी नहीं ला सकता था, वह कितनी देर तक उसकी आराध्या बनी रहती। समर को उसकी देह का नशा रहता लेकिन शास्त्रीय नृत्य के मंच से नीचे उतरने के बाद कमल कुन्दन को सिर्फ़ आधुनिकता की दरकार होती थी। इसका नतीजा यह हुआ कि समर को वह धीरे-धीरे अपमानित करने लगी और समर एक दिन उसे बिना बताये दिल्ली छोड़कर चला गया।

कमल यह सब सोचते हुए अचानक से थोड़ी भावुक हुई और फिर उसका ध्यान रोहित पर गया जो सोफ़े पर बैठकर मोबाइल पर मैसेज टाइप करते हुए मशीन की तरह उसके शरीर पर हाथ फेर रहा था। एक बार उसे आँख बन्द कर हाथ फेरते हुए समर की याद आयी और उसने उसे दिमाग़ से झटक दिया। कमल कुन्दन दिल्ली

के जिस आभिजात्य इलाक़े में रहती थी और जिस तरह की जीवन-शैली रखती थी वह शास्त्रीय नृत्य के मंचों की फ़ीस से नहीं हो सकती थी। उसके लिए तो रोहित कापड़ी जैसे अमीर आदमी की ज़रूरत थी। उसे याद आया कि पिछले तीन-चार सालों में रोहित ने उस पर कितना ख़र्च किया है और वह अपनी आफ़ियत के नशे से सराबोर हो गयी और अब रोहित का मशीनी हाथ भी भला लगने लगा।

समर की याद और रोहित की ज़रूरत के अहसास के साथ शराब का तीसरा दौर समाप्ति की ओर था और कुछ दिख रहा था तो सामने बेडरूम में पड़ा बिस्तर। दोनों खड़े हुए। टिक्के से लेकर गिलोटी तक सब ज्यों के त्यों पड़े थे। दोनों की आँखों में सहवास की तृष्णा चमक रही थी। थोड़ी देर के लिए दोनों का मक़सद एक हो गया था।

चौदह

अगला पूरा दिन झक मारते गुजरा। राधिका के नम्बर पर दो बार कॉल लगी पर कोई जवाब नहीं मिला। आख़िर मैंने मयूर विहार का चक्कर लगाने का मन बनाया। अपेक्षा हाउसिंग कॉम्प्लेक्स में घुसने का कोई लाभ नहीं था इसलिए मैंने अपनी कार सड़क के किनारे लगाकर गार्ड के कमरे का रुख़ किया। 'शर्मा जी' कहीं दिखायी न दिये। उनकी जगह एक काइयाँ-सा दिखने वाला युवक था। जिसकी उम्र 40 के इधर या उधर कहीं भी हो सकती थी।

'जी सर, कहाँ जायेंगे?'

'कहीं नहीं। आज शर्मा जी नहीं हैं।'

'छुट्टी है।'

मैं उसके कमरे के अन्दर घुस गया और उसे बताया कि मैं सीआईडी से हूँ और एफ़-13 में हुई हत्या की पड़ताल में शामिल था। मैंने उसे बताया कि मुझे उम्मीद थी कि शर्मा जी से कोई नयी जानकारी मिल सकती थी।

'लेकिन उस दिन तो वे शाम की ड्यूटी पर थे। उनको क्या पता?'

'तो दिन में कौन था।' उसने मेरे कानों के पास मुँह लगाया तो मेरी नाक व्हिस्की की गन्ध से महक गयी। 'मैं', उसने कहा। फिर बोला

'आप वो प्राइवेट डिटेक्टिव हैं जो क़त्ल के रोज़ आये थे?'

'तुम्हें कैसे मालूम?'

'आपके बारे में विक्रम साहब ख़ास बोलकर गये हैं कि आप इधर दिखो भी तो उनको फ़ौरन फ़ोन लगाया जाये।'

'हरामी।' मैंने कह तो दिया लेकिन मुझे अपने पैरों के नीचे से ज़मीन खिसकती नज़र आयी।

मैं फ़ौरन अपनी गाड़ी तक लौटा, लेकिन तभी मुझे गार्ड से बातचीत की एक सूरत दिखायी दी। मैंने विक्रम को कोसते हुए कार से टीचर्स की बोतल निकाली और उसे अपने जिस्म की ओट में छुपाते हुए गेट पर पहुँचा।

'क्या नाम है तुम्हारा?'

'अर्जुन।' वह अपने रजिस्टर पर कुछ नोट कर रहा था। मैंने उचककर झाँका और तसल्ली की कि वह मेरी एंट्री नहीं थी। मैंने उसके साथ सटे स्टूल पर बैठते हुए टीचर्स की बोतल उसकी नज़रों के सामने निकालते हुए नीचे रखी। उसने फ़ौरन पैर से ही उसे अपनी डेस्क के नीचे दीवार के साथ सटा दिया।

'क्या ज़ुल्म करते हो, सर! नौकरी से निकलवाओगे क्या?'

'मुझे बस कुछ बात ही करनी है, दोस्त और आजकल मुफ़्त में तो मौत भी नहीं मिलती। छत से कूदना हो तो टॉप फ़्लोर पर घर चाहिए। ज़हर खाना हो तो डॉक्टर की पर्ची चाहिए। दोनों पर ख़र्चा। रेल के नीचे आना हो तो पेट में दारू का पानी और दिमाग़ में नशा चाहिए और गोली मारनी हो तो पिस्तौल का ख़र्चा और...।'

'पूछिए।'

'क़त्ल के रोज़ मौली कब आयी थीं?'

'देखो सर, जवान लड़की को दीदी बोल दो तो वह आप पर एतबार और दयानतदारी दोनों करती है। मौली दीदी की मेरे साथ दोनों बातें थीं। मैं भी चाहता हूँ कि उसका क़ातिल पकड़ा जाये और फिर इस वारदात से हमारी सोसाइटी की बदनामी भी हुई है। वह भी ठीक होगी। मौली दीदी मेरे को विश करते हुए आती-जाती थीं। उस रोज़ वह शाम को क़रीब 4 बजे घर लौटी थीं। वो किसी और लम्बी गाड़ी में थीं।'

'यानी उनको छोड़ने कोई दूसरी गाड़ी आयी थी। नम्बर नोट है?'

'न साहब, गाड़ी में अगर अपना रेजिडेंट हो तो हम इस चक्कर में नहीं पड़ते।'

'तो क्या ड्राइवर था? हाँ तो कैसा था? कुछ याद हो तो?'

'ड्राइवर नहीं था, सर! गाड़ी कोई सुनहरे बालों वाली सुन्दर-सी लड़की चला रही थी। मौली मैडम साथ बैठी हुई थीं।'

ओह! मेरी आँखों में चित्रांगदा सिंह की छवि घूम गयी। तुरन्त मैंने फ़ेसबुक पर जाकर चित्रांगदा को खोजा और उसकी तस्वीर से अर्जुन को रू-ब-रू करवाया।

'बिल्कुल यही थी।'

सब कुछ इतना आसान होगा, मैंने सोचा ही नहीं था। लेकिन महज़ इतनी-सी बात पर ही किसी नतीजे पर पहुँचना मुझे ठीक न लगा। लिहाज़ा मैंने अर्जुन से कहा,

'क्या मैं मौली के फ़्लैट का चक्कर लगा सकता हूँ?'

गार्ड ने हैरतअंगेज़ नज़रों से मुझे देखा। उसका पैर दारू की बोतल के आगे अवरोधक की तरह सट गया।

'यह कैसे होगा? इसमें तो बहुत रिस्क है। कोई देख लेगा तो मेरी तो नौकरी ही चली जायेगी।'

तभी पुलिस की एक गाड़ी आयी और सोसाइटी के अन्दर दाख़िल हो गयी। अर्जुन ने उठकर सैल्यूट मारा। मैं उसकी ओट में हो गया। गाड़ी एफ़ ब्लॉक की ओर मुड़ गयी।

'आप निकल लो, सर!'

मैंने जल्दी से उसका मोबाइल नम्बर लिया और वहाँ से रुख़सत हुआ। मन ही मन यह दुआ करता हुआ कि विक्रम ने कहीं सड़क के किनारे खड़ी मेरी कार न देख ली हो। यह क़सम भी खायी कि अगली बार कार पिछली गली में खड़ी करूँगा। मौक़ा-ए-वारदात का दुबारा दौरा करना मुझे ज़रूरी लगने लगा था। चाहे तीन दिन हो गये थे। आख़िर सीबीआई, इनकम टैक्स, ईडी भी तीन या तेरह या कुछ मामलों में 30 साल बाद भी छापा मारकर कुछ-न-कुछ बरामद कर ही लेते हैं। ख़ासतौर पर आजकल।

पन्द्रह

मौली की सोसाइटी के दौरे ने एक बार फिर से मन्त्री पुत्री की तरफ़ सन्देह की सूई को घुमा दिया था। मैंने मन ही मन नोट्स बनाये कि अगले फेरे में मुझे वहाँ आकर अर्जुन से क्या पूछना है। फ़िलहाल मैंने जिमख़ाना का रुख़ करने का इरादा किया। मेम्बर न होने की वजह से मुझे गाड़ी बाहर ही पार्क करनी पड़ी। गेट पर गार्ड ने मुझे प्रश्नसूचक नज़रों से देखा। मैंने बताया कि रोहित कापड़ी का मेहमान हूँ। रोहित के नाम ने जादू का सा असर किया। गार्ड ने मुझे अन्दर का रास्ता दिखाया। मैंने आगे बढ़ने के स्थान पर गार्ड से पूछा, 'साहब आ गये हैं?'

'जी सर, वे तो अपने रोज़ाना समय के मुताबिक़ पहुँच गये हैं।' मुझे समझ नहीं आ रहा था कि बात कैसे शुरू करूँ। पर मैंने आगे बढ़कर बार काउंटर पर बैठे आदमी से पूछा, 'रोहित कापड़ी?' उसने आँखों से ही कोने की टेबल की ओर इशारा किया।

मैं वहाँ पहुँचा। रोहित कापड़ी किन्ही ख़यालों में गुम अपने विस्की के गिलास में खोया था।

'हाय, मिस्टर कापड़ी!' उसने सिर उठाकर देखा। आँखों से ही मेरा परिचय जानना चाहा।

'मेरा नाम अभिमन्यु है। अगर आप बैठने की इजाज़त दें तो मैं अपना तआरूफ़ ज़रा विस्तार से दूँ।'

उसने न बैठने को कहा, न जाने को। मैंने इसे स्वीकार मानते हुए सीट सँभाली।

'मैं प्राइवेट डिटेक्टिव हूँ और मौलश्री की हत्या की जाँच कर रहा हूँ। आपका ज़िक्र आया तो सोचा आपसे ज़रा बात करता चलूँ।'

'मेरा उससे क्या लेना-देना। मैं तो उसे जानता भी नहीं था।'

'कोई हालिया मुलाक़ात?'

'मुझे तो ध्यान नहीं।'

'क़त्ल के रोज़ यानी तीन दिसम्बर को आप कहाँ थे?' मैंने पूछा।

'मैं क्या इस सवाल का जवाब देने को बाध्य हूँ! आपको यह सब पूछने का क्या अधिकार है और क्या आप मुझ पर क़ातिल होने का सन्देह कर रहे हैं?' उसने एक साथ कई सवालों और एतराज़ों की बरसात कर दी।

'देखिए जनाब, आपके बर्ताव और आपकी इतनी आपत्तियों से यह तो ज़ाहिर है कि आप कुछ छुपा रहे हैं।' मैंने तुक्का मारा।

उसने मुझे ग़ौर से देखा जैसे यह समझने की कोशिश कर रहा हो कि मैंने जो कहा वह महज़ हवाई तो नहीं। लेकिन फिर उसने सिर हिलाया और मुझे वहीं टेबल पर बैठा छोड़कर वहाँ से रुख़सत हो गया।

सोलह

रोहित के चले जाने के बाद मुझे विक्रम के पास जाना ज़रूरी लगने लगा। मैंने गाड़ी वापस मयूर विहार की तरफ़ दौड़ायी।

'आओ-आओ, शरलॉक होम्स साहब! कुछ हाथ लगा?'

'यही तो मैं आपसे पूछने आया हूँ।'

उसने घण्टी बजायी और पूछा– 'कॉफ़ी पियोगे।'

'चाय मिलेगी?'

इसे जवाब की तरह भी कहा जा सकता था। फिर उसने दरवाज़े से झाँकते हवलदार को दो चाय और कुछ खाने को भेजने का हुक्म दनदनाया।

'शाम को क्या प्रोग्राम है?' मैंने पूछा।

'बताओ, बैठ जायेंगे।'

'दीवाने दो।' मैंने जैसे वाक्य पूरा किया। उसे लक्ष्मीनगर के अनारकली बार एंड रेस्टोरेंट के मालिक से मेरी यारी की ख़बर थी। प्रोग्राम तय हुआ।

मैंने राहत की साँस ली। अब ख़बर मिलने की पूरी उम्मीद थी।

'कुछ हासिल हुआ?'

'क़त्ल का मन्त्री जी के महकमे से ज़रूर कोई नाता था, यह तय है। हमें दो फ़ाइले मिली हैं। एक अमृतलाल और एक रोहित कापड़ी की फर्म की। दोनों प्रोजेक्ट आठ सौ करोड़ के आसपास के हैं। एक पर मंज़ूरी और एक पर नामंज़ूरी की मुहर के नीचे मरने वाली के इनिशियल हैं। ज़ाहिर है कि दोनों को फ़ाइनल अप्रूवल के लिए मन्त्री के पास जाना था।

'मैं अन्दाज़ लगाऊँ।' मैंने कहा।

'बोलो।' उसकी आवाज में सन्देह उपजा।

'अमृतलाल पर मंज़ूरी और कापड़ी पर नामंज़ूरी की मुहर थी।' उसकी आँखों में एक विजयी मुस्कान आयी। उसके जवाब पर तो मैं जैसे आसमान से गिरा।

'बिल्कुल तुम्हारे जवाब के उलट।' चाय का घूँट जैसे मेरे गले में ज़हर हो गया।

'अब तुम बोलो और हमारे बीच का क़रार याद रखना।'

'मरने वाली क़त्ल के रोज़ अपने फ़्लैट में अकेली नहीं लौटी थी बल्कि उसके साथ एक सुनहरे बालोंवाली लड़की भी थी। दोनों दोपहर बाद घर पहुँची थीं।'

उसने अपने सामने पड़ी मेज़ ठकठकायी। माने वोदका का दूसरा पेग उसके लिए भी हो सकता है।

'गिलास पर कोई उँगलियों के निशान मिले?'

'ना। किसी ने बहुत सफ़ाई से निशान मिटा दिये थे।'

'दोनों गिलासों से?'

'न भई, दूसरे पर तो मरने वाली के निशानों से मिलान हो भी चुका।'

'मन्त्री जी से मिले?' मैंने पूछा।

'क्या कह रहे हो? कोई वजह भी तो हो मिलने की।'

'अन्तिम संस्कार?'

'लाश मुर्दाघर में पड़ी है और उस पर अभी तक किसी ने दावा पेश नहीं किया। उसके अतीत या परिवार का किसी को कुछ पता नहीं।'

'तो फिर संस्कार?'

'हम लोग तो संस्कार करने के लिए एक संस्था से सम्पर्क कर ही रहे थे कि आज सुबह मरने वाली के एक क़रीबी ने संस्कार करने की ख़्वाहिश ज़ाहिर की है।'

मैंने सवालिया नज़रों से उसे देखा।

'अमृतलाल ने लाश के संस्कार की ज़िम्मेदारी उठाने की इच्छा जतायी है।'

सत्रह

हर रोज़ क़ातिल का पता लगाने के लिए मैं घर से निकलता और शाम को ख़ाली हाथ लौट आता। हालत कुछ ऐसी थी कि निशाँ मिलता है क़ातिल का, पर क़ातिल नहीं मिलता। हर ख़्वाहिश हर रोज़ पूरी हो जाये या पूरी ही हो जाये, यह भी तो ज़रूरी नहीं। जब तक मैं घर से निकला, दमकता हुआ सूरज धरती के ठण्डे सीने पर जैसे टकोर कर रहा था। सामने गाड़ियों की लम्बी क़तार लगी थी। फ़िक्की के दफ़्तर में शायद कोई सेमिनार था। शहर के नामी-गिरामी अमीर और अमीर कैसे हो सकें, इस पर मन्थन का एक नया दौर चलने वाला था। मैं घर के दफ़्तर वाले हिस्से को लाँघता हुआ बाहर पहुँचा तो कली मुझे हाथ में दो कॉफ़ी के गिलास लेकर आती दिखायी दी। ऐसा अक्सर हो जाता था कि अगर मुझे उठने में देरी हो तो वह कॉफ़ी लाकर ही उठाती थी। कॉफ़ी को देखते ही मैंने घर वापसी को क़दम बढ़ाये। फिर कुछ सोचकर कॉफ़ी लेकर गाड़ी में बैठ गया। कली अपने गिलास के साथ सीढ़ियाँ चढ़ गयी।

आगे चौराहे पर तीन कृषि क़ानूनों को लेकर किसान संगठन के कुछ नेता मीडिया वालों से बात कर रहे थे। हालाँकि किसानों का जत्था तो ग़ाज़ीपुर और सिंघु बॉर्डर पर बैठा था। कुछ किसान नेता मण्डी हाउस के पास जमा थे। मैंने गाड़ी किनारे पार्क कर दी और उस भीड़ के पास पहुँच गया। एक पत्रकार किसान नेता से पूछ रहा था कि आप लोग प्रदर्शन कर रहे हैं और गाजर का हलवा भी खा रहे हैं। किसान नेता ने हरियाणवी टोन में कहा—

'गाजर म्हारे, दूध म्हारे, चीनी म्हारे तो हलवा क्या तू खायेगा।'

किसान नेता की इस बात ने मेरे अवसाद को थोड़ा कम कर दिया। जिस तरह पंजाब, हरियाणा और पश्चिमी उत्तर प्रदेश के जाट किसान नेता पत्रकारों के बेवक़ूफ़ी-भरे सवाल का थप्पड़नुमा जवाब देते थे, उसे देखकर मैं सोचता

था कि भारत में जब तक ज़मीन से जुड़े लोग रहेंगे तब तक लोकतन्त्र ख़त्म नहीं हो सकता।

प्रदर्शन में ऑस्ट्रेलिया से आये उस युवक को श्रद्धांजलि दी जा रही थी जो छब्बीस जनवरी को किसानों की ट्रैक्टर रैली के दौरान हुई हिंसा में मारा गया था। उस युवक की नयी-नयी शादी हुई थी और वह अपने परिवारवालों से मिलने के लिए ऑस्ट्रेलिया से पंजाब के अपने गाँव आया था। अपने गाँव के किसानों के साथ ट्रैक्टर रैली में शामिल होने के लिए वह भी दिल्ली आ गया था। मैं एक कोने में खड़े होकर उसके परिजनों को देखने लगा। वे बिल्कुल शान्त थे और अपने बेटे की मौत को लेकर किसी को दोष नहीं दे रहे थे। पत्रकारों के किसी भी सवाल पर वे सिर्फ़ कृषि क़ानूनों की आलोचना कर रहे थे। वे कह रहे थे कि हमारा घर का लड़का आन्दोलन के लिए शहीद हो गया। हम कृषि क़ानूनों की वापसी के सिवा और कुछ नहीं चाहते हैं।

मैं चकित था किसान आन्दोलन की समझ और पंजाब की मिट्टी पर। 2014 के बाद तो कहा जाने लगा था कि इस देश में अब कोई बड़ा आन्दोलन खड़ा नहीं हो पायेगा। शुरू में किसान आन्दोलन को पंजाब और हरियाणा के कुछ ख़ास हिस्से के किसानों का आन्दोलन कहकर ख़ारिज करने की कोशिश की गयी। लेकिन जल्दी ही यह आन्दोलन पूरे देश पर असर दिखाने लगा।

मैं पोस्टर में लगे नेताओं के चित्र देखने लगा। इस आन्दोलन के बाद पंजाब और सिख समाज की सांगठनिक शक्ति की पूरी दुनिया क़ायल हो गयी थी। किताबों में भले ही भारत को कृषि प्रधान देश कहा गया था लेकिन अभी तक कृषि के नाम पर हमारे पास कथित हरित क्रान्ति के अलावा कुछ नहीं था। पंजाब के किसानों ने आज़ाद भारत में पहली बार खेती को सबसे अहम मुद्दा बना दिया था। एक समय था जब डाटा बनाम आटा का जुमला चला था। पंजाब ने पूरे देश को बताया कि आटा के ऊपर कोई डाटा नहीं है। देश का एक बड़ा तबक़ा किसानों की यह बात समझने लगा था कि आगे की पीढ़ी के लिए सस्ती रोटी-दाल बचानी है तो खेतों को पूरी तरह बाज़ार के क़ब्ज़े में जाने से बचाना होगा। लोग भी यह बात समझने लगे थे कि रोटी खेतों से ही आयेगी गूगल से डाउनलोड नहीं होगी।

कोरोना चाहे कितना भी संक्रामक हो, लेकिन इन किसानों ने दिखा दिया था कि हौसले से ज़्यादा संक्रामक कुछ नहीं होता। देश के एक कोने से दिमाग़ी तौर पर ज़िन्दा हुआ आदमी किस तरह पूरी क़ौम को ज़िन्दा कर देता है, किसान आन्दोलन, उसका सबूत है।

कॉफ़ी ख़त्म हो चुकी थी लेकिन मेरे हाथ में गिलास पड़ा हुआ था। सामने के मेट्रो स्टेशन से कई सारे सिक्ख नौजवान निकले। सभी लड़कों ने बड़ी-सी पीले रंग की पगड़ी बाँध रखी थी। बाहर निकलते ही उन्होंने अपने बैग से किसान आन्दोलन की निशानी वाले झण्डे निकाल लिये थे। उनके पीछे ही कॉलेज की कुछ लड़कियाँ भी निकलीं। शायद माता सुन्दरी कॉलेज की होंगी। अभी तो कोरोना के कारण क्लास बन्द थे। उनके हाथों में असाइनमेंट की फ़ाइल जैसी चीज़ थी। एक लड़की ने पीली पगड़ी वाले युवक को देखते हुए अपनी दोस्त से कहा–

'देखो कैसा भगत सिंह जैसा लग रहा है न?'

'हाँ यार, आजकल तो इन पंजाबी लड़कों पर क्रश हो गया है। कितनी हिम्मत और हौसला है न इनमें। मैं तो हफ़्ते में एक बार सिंघु बॉर्डर जाती हूँ और लंगर का ख़ाना ज़रूर खाती हूँ। क्या स्वाद होता है खाने में। मैंने इनकी साझी रसोई में एक दिन ख़ूब सारे प्याज़ भी काटे थे।'

लड़कियाँ इसी तरह के मज़ाक़ करते आगे बढ़ रही थीं और मैं अपने बारे में सोचने लगा। मेरे अन्दर का पंजाब मेरी भुजाएँ फड़काने लगा। लड़कियों के मुँह से पीली पगड़ी वाले लड़कों की तारीफ़ मुझे मेरे अतीत में ले गयी लेकिन उस वक़्त तक वहाँ का मुख्य रंग सुर्ख़ लाल था। जवाहरलाल नेहरू विश्वविद्यालय में जब मैंने स्टेज पर पीली पगड़ी पहनकर भगत सिंह के शेरों को गाया था तो मेरी बुलन्द आवाज़ को सुन कई लड़कियों की आँखों में चमक आ गयी थी। पता नहीं कितनी देर तक मेरे लिए तालियाँ बजती रही थीं। कार्यक्रम ख़त्म होने के बाद जब मैं गंगा ढाबे के पास एक बेंच पर बैठा था तो एक लड़की मेरे पास आकर बैठ गयी। वो मेरी आँखों में दोस्ताना भाव से झाँक रही थी।

'कॉफ़ी', मैंने उससे पूछा।

'भगत सिंह के साथ कॉफ़ी पीने का अपना मज़ा होगा।'

तभी मेरा ध्यान गया कि मैंने कार्यक्रम ख़त्म होने के बाद भी पगड़ी नहीं उतारी थी और अभी तक मैं मेरा रंग दे बसन्ती चोला के लुक में ही था। मैंने झेंपते हुए पगड़ी उतारी। पगड़ी उतरते ही मेरे घने और थोड़े लम्बे बाल पूरी तरह से बिखर के चेहरे पर आ गये थे। तभी उस लड़की ने अपनी उँगली से मेरे बालों को समेटा। मैं थोड़ा असहज होकर उसकी तरफ़ देखने लगा।

'आपकी आवाज़ में अजीब कशिश है। मेरे कानों में अभी तक गूँज रही है।'

'कमाल तो शेर का था, जो मेरा नहीं था। आवाज़ तो कोई भी दे सकता है।' मैंने झेंपते हुए कहा।

'उफ़्फ़। ऐसा नहीं है। आपकी आवाज़ ने शेर में जान डाल दी। देखना एक दिन आप आवाज़ की दुनिया पर राज करेंगे।'

उसके ये कहते ही मैं दिल्ली पुलिस से आये उस लिफ़ाफ़े के बारे में सोचने लगा जिसमें मेरा पुलिस थाने के लिए आया नियुक्ति-पत्र था। मुझे दो हफ़्ते के अन्दर वसन्त विहार थाने में ज्वाइन करना था।

जब से पुलिस की नौकरी का नियुक्ति-पत्र आया था मैं कुछ उदास-सा था। जेएनयू का अकादमिक माहौल कुछ ऐसा था कि आपको वहाँ से इश्क़ हो सकता था। साहित्य और थिएटर में रुचि के कारण मैं वहाँ के प्रोफ़ेसरों का भी अज़ीज़ था। लेकिन घर के हालात ऐसे थे कि मैं हायर एजुकेशन की लग्जरी अफ़ोर्ड नहीं कर सकता था, हालाँकि जेएनयू में पढ़ाई का ख़र्चा न्यूनतम था। लेकिन मेरे घर की ज़िम्मेदारियों के लिए सरकार की तरफ़ से कोई सब्सिडी और वज़ीफ़ा नहीं था। जेएनयू परिसर में पगड़ी पहनकर कविता-पाठ करने का वो मेरा अन्तिम दिन था। कहते हैं कि किसी भी शहर की सबसे रोमांटिक जगह वहाँ की यूनिवर्सिटी ही होती है। मुझे ऐसा लग रहा था जैसे मैं अपनी माशूक़ा से बिछड़ रहा हूँ। मेरा इश्क़ पीछे छूट रहा है। वह एक ऐसी जगह थी जहाँ इश्क़ और इंक़लाब में ज़्यादा फ़र्क़ नहीं लगता था। मंच पर कविता-पाठ करते हुए ख़ुद को दुनिया की सबसे दिलफ़रेब लड़की का आशिक़ जैसा महसूस करता था। किसी प्रत्यक्ष माशूक़ा के बिना रूमानियत में तारी रहने के दिन थे वे।

अचानक ट्रैफ़िक पुलिस की गतिविधि ने मुझे जेएनयू से निकालकर फिर से मण्डी हाउस पर खड़ा कर दिया।

मैंने गाड़ी रिवर्स करके ललित के पीछे से कनाट प्लेस की ओर बढ़ायी और इंडिया गेट पहुँचा और डिफ़ेंस कॉलोनी की राह पकड़ी। अभी भी मेरा दिमाग़ मुल्क की सियासत पर अटका पड़ा था। कितनी आसानी से यह सरकार नागरिकों को भेड़ों का झुण्ड बनाने में कामयाब हो रही थी। यही वो मण्डी हाउस और जन्तर मन्तर का इलाक़ा था जहाँ कभी आम आदमी पार्टी के कार्यकर्ता कांग्रेस के ख़िलाफ़ नारे लगाते घूमते थे। अण्णा हजारे को तुरन्त-फुरन्त देश का दूसरा गांधी बना दिया गया था। केजरीवाल साहब दावा करते थे कि उनके पास कांग्रेसी मन्त्रियों के ख़िलाफ़

ट्रकों में भरे हुए सबूत हैं। पूरे देश में ऐसा माहौल बना दिया गया था जैसे कि जो केजरीवाल के साथ नहीं वो भ्रष्टाचार के साथ है। और, जीत के बाद क्या हाल है। केजरीवाल लोकलुभावन राजनीति के मास्टर बन चुके हैं। कहाँ बोलना है, कहाँ चुप रहना है, कहाँ हाथ जोड़कर माफ़ी माँगनी है, कहाँ घुटनों के बल बैठकर, उन्हें बख़ूबी पता है। दिल्ली दंगों के वक़्त तो लगा था कि उनके मुँह पर किसी ने टेप चिपका दी है। वहीं किसानों के मुद्दे पर भी पूरी तरह ख़ामोशी साध रखी है। कभी छब्बीस जनवरी पर धरना देने वाला यह नौटंकीबाज़ राजनेता किसानों पर जब भी मुँह खोलता है तो इसका पूरा ख़याल रखता है कि उसका कोई स्टैंड न हो। वो न तो किसानों के पक्ष में दिखे और न किसानों के ख़िलाफ़। मैंने मन ही मन भविष्यवाणी की कि इतिहास में इसे सबसे चालाक नेता का ख़िताब दिया जायेगा। इसने लोकतन्त्र के नाम पर सिर्फ़ चालाकियाँ ही की हैं। भारतीय राजनीति को कांग्रेस व भाजपा के नाम पर आम आदमी पार्टी मिलना भारतीय जनता के साथ इतिहास की बड़ी ठगी है या नाइंसाफ़ी, इसका मूल्यांकन तो आने वाला समय करेगा।

रही बात कांग्रेस की तो 2014 के पहले उसके पास पैसे इकट्ठे करने के अलावा कोई काम नहीं रह गया जिस कारण भ्रष्टाचार का ऐसा बोलबाला हुआ कि भारतीय जनता पार्टी ने दूसरी बार भी उसे पछाड़कर देश में सरकार बनायी और कई मज़बूत राजनीतिक फ़ैसले कर डाले। अनुच्छेद 370 को हटाना संघ और भाजपा का अब तक का सबसे बड़ा एजेंडा रहा था। संघ ने पिछले तीन दशकों में जो ज़मीन पर काम किया, आज वो उसकी फ़सल काट रहा है। अभी तक राजनीतिक अवधारणा यही बनायी गयी थी कि रणनीति के अनुसार वह भाजपा के अन्दर एकछत्र व्यक्तित्व वाले नेता का निर्माण नहीं होने देता है। अटल बिहारी वाजपेयी ऐसी छवि बनाने में कामयाब भी हुए थे तो उन्हें संघ का मुखौटा करार देने का प्रचार शुरू कर दिया गया था। लेकिन, नरेन्द्र मोदी ने इन सारी अवधारणाओं को राजनीतिक संग्रहालयों की शोभा बना दिया है। भाजपा से लेकर कांग्रेस दोनों अपनी कहानी नयी तरह से लिख रहे हैं।

तभी झण्डेवालान से गुज़रते हुए मेरी नज़र केशव कुंज पर पड़ी। इस इमारत को देखते ही मुझे देश की बदली राजनीति का फ़लसफ़ा याद आने लगा। आख़िर पिछले समय में भारत की राजनीति में भाजपा को इतनी बड़ी जीत हासिल हुई तो उसके सिपहसालार यहीं बैठकर अपनी रणनीति तय करते थे। जाति जनगणना के आँकड़े तो कांग्रेस काल में आ गये थे लेकिन उसका फ़ायदा उठाया संघ के गोविन्दाचार्य जैसे सोशल इंजीनियरों ने। गोविन्दाचार्य जैसे ज़मीनी प्रचारकों ने जातिगत जनगणना

के आँकड़ों से शोध कर लिया था कि देश में आगे वही राज करेगा जो ओबीसी को अपनी तरह से संचालित कर पायेगा। कांग्रेस ने जातिगत जनगणना के आँकड़े सार्वजनिक नहीं किये लेकिन संघ ने उसका इस्तेमाल कर आगे देश की राजनीति बदल दी। जब मोदी ख़ुद को चायवाला और ओबीसी व पिछड़ा समुदाय का बताते हैं तो उस पूरी क़ौम को अपने साथ ले चलते हैं जिसे कांग्रेस ने राजनीतिक रूप से हाशिये पर छोड़ दिया था।

इसी राजनीतिक उथल पुथल के बीच मेरी गाड़ी सड़क पर बने एक गहरे गड्ढे में उछली और मेरे मुँह से दिल्लीवालों और केजरीवाल के लिए एक भद्दी-सी गाली निकली। दिल्लीवाले बस इस बात पर ख़ुश हैं कि उनकी बिजली और पानी का बिल शून्य आ रहा है, लेकिन उन्हें इस बात की कोई फ़िक्र नहीं है कि दिल्ली प्रशासन के अन्दर आने वाली सड़कों का क्या हाल हो गया है। लुटियन ज़ोन को छोड़ दें तो हर तरफ़ सड़कों का हाल बदहाल है। वहीं बिजली कटौती भी आम हो गयी है। मेरे बंगाली मार्केट जैसे पॉश इलाक़ेवाले दफ़्तर में कभी-कभी एक घण्टे के लिए बिजली चली जाती है। अचानक से मैंने अपने दिमाग़ को झटका कि मुझे ईपीडब्ल्यू के लिए कोई पॉलिटिकल लेख नहीं लिखना क़त्ल का केस सुलझाना है। मैं डिफ़ेंस कॉलोनी पहुँच चुका था।

डिफ़ेंस कॉलोनी में मैंने अपनी निर्धारित मंज़िल पर जाकर डोर बेल बजायी।

'कम इन।' एक निहायत तीखी पर मिश्रीघुली आवाज़ सुनायी दी।

मैंने घर के अन्दर क़दम रखा और आवाज़ दी– 'हैलो।'

तभी घर के ड्राइंग रूम में बैठी वीनस की मूर्ति साकार हुई और उसने झटके से खड़े होते कहा, 'कौन?'

वह महज़ एक लम्बी शर्ट पहने थी। मेरे दिल को जैसे धड़का लग गया। अगर उसने फ़ौरन ही घर के अन्दर का रुख न कर लिया होता तो यह नाचीज़ वहाँ तड़प-कर गिरकर मर गया होता। वह वापस लौटी। अब साथ में एक ढीला-ढाला पाज़ामा पहने हुए। मैंने नज़रों ही नज़रों में उसे पी जाने की कोशिश की।

'क्या चाहिए?'

'जी मेरा नाम...' मैंने अपना तआरूफ़ दिया। उसने मुझे ऐसी हैरानी से देखा जैसे गधे के सिर पर सींग देखे हों। मैंने अपने आने का कारण बताया तो वो सँभली। मुझे पहली बार किसी की आँखों में मौली की मौत पर दु:ख की झलक दिखायी दी जो फ़ौरन ग़ायब भी हो गयी।

'हाँ, वह मेरी दोस्त थी।'

'कैसे हुई दोस्ती।'

'अमृतलाल जी के कारण। उनके हर नये प्रोजेक्ट की इनॉगरेशन पर जो फ़ंक्शन होता था। उसमें मेरा कार्यक्रम रहता था। कम्पनी की सारी डीलिंग वही करती थी। फिर धीरे-धीरे जान-पहचान दोस्ती में बदल गयी।'

'कोई दुश्मनी?'

'मेरी दुश्मनी क्योंकर होगी। मेरी तो वह दोस्त थी।'

'मेरा मतलब मौली की किसी से दुश्मनी?'

'तो साफ़ बोलो न, मिस्टर। मुझे नहीं लगता, निजी तौर पर उससे किसी की कोई दुश्मनी हो सकती है। काम के चलते लोग उससे नाराज़ ज़रूर रहते थे।'

'आपके ध्यान में कोई ऐसा हो तो...'

'तुम मन्त्री जी से क्यों नहीं पूछते। घर का चक्कर लगा आओ, शायद कुछ समझ जाओ। या फिर बहादुरी बस आम दुनिया पर ही ग़ालिब है आपकी?'

'आपकी जानकारी के लिए एक चक्कर लग चुका है।'

'लगता है बातचीत लम्बी खिंचेगी। कुछ लोगे, चाय-कॉफ़ी?'

'एक मसला है।'

'चाय पीने में।'

'नहीं। दरअसल मौसम की माँग तो यही है कि कुछ गर्म हो जाये। लेकिन बचपन से ही मैंने गर्म उसी को माना है जो तासीर से गर्म हो। न सिर्फ़ देखने या छूने में।'

उसके मदमस्त होंठों के कोनों से मुस्कराहट की एक लकीर फूट गयी।

'मुझे लगता है, तुम कोई स्मार्ट टॉक ऐप शुरू कर लो। धड़ल्ले से चलेगी। विस्की लोगे?'

'आपका करम हो जाये तो!'

'स्कॉच, सिंगल माल्ट या...?' जैसे घर में ही बार हो।

'सादां नूं की स्वादां नाल, कोई चलेगी। 'मेरी पंजाबी' तड़के की आदत सर चढ़कर बोली।

'अगर ऐसा है तो वह तासीर–तासीर जो भज रहे थे, ख़ाली फ़लर्ट करने की रिहर्सल थी?' उसकी हाज़िरजवाबी से मैं बरबस प्रभावित हुआ।'

पलक झपकते ही किचन की टाप पर क्रिस्टल के दो जाम प्रकट हुए। एक विस्की से आधा भरा हुआ और दूसरा एक चौथाई।

‘यह तो चीटिंग है।’ मैंने कहा।

उसने बड़ा गिलास मुझे थमाया।

‘ख़ाली बोलने-चालने में ही पंजाबी हो! पीने में नहीं! पटियाला पेग है। चक्खो।’

यह तो मेरे पंजाबी होने के स्वाभिमान पर चोट थी। उसकी एंटीडोट के तौर पर मैंने पेग एक ही घूँट में ख़ाली करके टेबल पर धर दिया। अब प्रभावित होने की बारी उसकी थी।

‘कैसे डिटेक्टिव हो। मन्त्री जी के घर हो आये और कुछ कर न पाये।’

वह इशारा कर रही थी पर कुछ कह नहीं रही थी।

‘ख़ाली मन्त्री जी से मिले?’

‘नहीं, उनकी धर्मपत्नी का दर्शन लाभ भी हुआ।’

‘कैसे सम्बन्ध थे उसके मन्त्री जी से?’ मैंने मोलश्री के मामले में उसको कुरेदने की कोशिश की।

‘वैसे ही जैसे हर सेक्रेटरी के होते हैं।’

मैंने समझा और एक बार फिर मन्त्री से ईर्ष्या के सागर में गोते लगाने लगा। 52 साल की उम्र, बीवी चौदह साल छोटी और अगर कमल की बात सच थी तो अपने से आधी से भी कम उम्र की माशूक़ा। इसके बाद तो बस मौत की ही कसर थी। मुझे दूसरे पेग की तलब हुई। उसने इशारा समझा। मैंने उसे सिगरेट का पैकेट दिखाकर पूछा, ‘इजाज़त है?’

‘यहाँ एक ही प्रोब्लम है?’

मैंने उसकी बात पूरी होने का इन्तज़ार किया कि, ‘कोई भी काम अकेले करने की इजाज़त नहीं। मुझे भी दो।’ मैंने एक साथ दो सिगरेट सुलगायी। एक उठकर उसको थमाने की कोशिश की तो वह बोली, ‘देख नहीं रहे, मेरे हाथ बिजी हैं।’ मैंने सिगरेट उसके होंठों में फँसा दी।

‘मन्त्री जी की पत्नी के बारे में क्या ख़याल है तुम्हारा?’ मैंने पूछा।

तुमने ‘सन ऑफ़ द बिच’ के बारे में सुना है। बस इसका अभी सन नहीं है। बाकी सारे गुण हैं। कितनी बार मौली ने नौकरी छोड़ने का मन बनाया। लेकिन मन्त्री जी ने रोक लिया। पिछले हफ़्ते उसने मुझे कहा, ‘कमल मुझे लगता नहीं, इस शहर में मेरा दाना-पानी और है। मैं जा रही हूँ। बहुत बेमुरव्वत हैं लोग यहाँ के।’

‘और कुछ?’ मुझे मौली के घर में दरवाज़े के पास पड़े दोनों बैक पैक की गुत्थी सुलझती दिखायी दी।’

'बस जब भी मन्त्री जी को कहती थी, वे धमका देते थे और प्रोग्राम कैंसल हो जाता था।'

'बेटी का क्या सीन है?' अपने ज़ेहन में उसके सुनहरे बालों और मौली के घर से बरामद सुनहरे बाल से मिलान करते हुए मैंने पूछा।

मन्त्री की बेटी के बारे में सवाल होते ही कुन्दन ने बड़ी सावधानी से मेरी आँखों की तरफ़ देखा। मेरी आँखों ने भी देखा कि उसने इस मामले में सावधान होने की कोशिश की है। लेकिन उसने सावधानी को सँभाले हुए कहा–

'जैसी माँ वैसी बेटी। अभी हफ़्ता पहले जिमख़ाना में मौली के साथ भिड़ गयी थी। जाओ पता करो।'

कमल कुन्दन पर दारू का नशा थोड़ा चढ़ने लगा था। उसने अपने नाख़ूनों से मेरे जूते को कुरेदना शुरू किया। मुझे अफ़सोस हुआ कि काश मैं जूते उतारने वाली बेतकल्लुफ़ी वाली हालत में पहुँचता। डस्ट ब्लू कलर के नेल पेंट लगे उसके लम्बे नाख़ून उसके पैर को काफ़ी सुन्दर बना रहे थे। उसने एक पैर में टो रिंग भी पहन रखी थी। एकबारगी तो उसकी अँगुली में टो रिंग देखकर मैं चौंका। एक समय था जब बिछुए पहनना ब्याहता होने की निशानी थी। लेकिन टो रिंग का बड़ा आकार और एक ही पैर में होने की वजह से मैं समझ गया कि यह सुहाग निशान नहीं फ़ैशन का मामला है।

'क्या हुआ! मेरे पैरों, में कोई ख़राबी है क्या जो तुम ऐसे देख रहे हो?' कमल ने पूछा।

'अब 'पाकीज़ा' का वो डायलॉग तो बोरिंग ही लगेगा कि आपके पाँव...'

मेरे वाक्य पूरा करने के पहले ही कमल कुन्दन ने कहा, तुम चेहरे से इतने बोरिंग तो नहीं लगते हो। हाँ तुम मेरी टो रिंग में उलझ गये।'

मैं समझ गया कि कमल ने मेरी उलझन पकड़ ली थी। तभी मुझे फ़िल्म अभिनेत्री रेखा का मशहूर किया गया वाक़या याद आया। एक बार किसी ने रेखा से पूछा कि आप सिन्दूर किसके नाम का लगाती हैं। रेखा ने बड़ी खनकती आवाज़ में कहा था कि सिन्दूर मेरी पर्सनैलिटी पर सूट करता है, इसलिए लगाती हूँ। वैसे भी पहले के भारतीय सिनेमा में फ़ीमेल सेक्सुअलिटी को सुहागन औरतों से दूर ही रखा जाता था। उसके लिए किसी नृत्यांगना या मुजरा नृत्यांगना का सहारा लिया जाता था। फ़िल्मों में तवायफ़ों की एंट्री ही फ़ीमेल सेक्सुअलिटी को दिखाने के लिए होती थी। और, आज का समाज सेक्सुअलिटी को लेकर कितना मुक्त हो चुका है। इसे लेकर किसी

तरह की नैतिकता का बोझ नहीं है। बन्द कमरे के अन्दर स्त्री और पुरुष ख़ुद को मुक्त कर चुके हैं। कथित यौन शुचिता तो वो मेकअप है जो हमारा समाज अपना निजी कमरा खोलने के पहले करता है। कमल के पैर मेरी पेंट को ऊपर उठाते हुए ऊपर सरकते जा रहे थे। तभी उसकी नज़र घड़ी पर पड़ी।

'अच्छा सुनो।' मुझे उसकी आँखों में भय की झलक दिखायी दी। 'तुम अब चलो। रोहित के आने का टाइम है।'

'कापड़ी?'

'जानते हो। फिर तो फ़ौरन निकलो।'

'ओके, फिर मिलेंगे। आज की मुलाक़ात को अधूरी ही मानना। यह सिर्फ़ जाम की थी किसी दिन शाम की भी होगी।'

मैंने उसका नम्बर लिया और उसे दारू में महकती छोड़ बाहर निकला। पता नहीं उसकी या मेरी किसकी क़िस्मत अच्छी थी। जब मैंने गाड़ी आगे बढ़ायी तभी एक ऑडी आकर इमारत के गेट पर लग गयी।

अठारह

इंस्पेक्टर विक्रम नरूला ने अपने एसपी राजबीर सिंह को पूरी मुस्तैदी से सैल्यूट ठोकी। सिंह ने इशारों से जवाब दिया और विक्रम को बैठने को कहा। विक्रम अपनी टोपी उतारकर बैठ गया। दोनों की ख़ूब बनती थी। राजबीर के घर पर गैस सिलेंडर से लेकर फ्रिज पहुँचाने की ज़िम्मेवारी विक्रम की थी। उसके अलावा मैडम और उसके दोनों बच्चों की शॉपिंग का भार भी विक्रम के ही कन्धों पर था। उसके बावजूद राजबीर को भ्रष्ट नहीं कहा जा सकता था क्योंकि उसने कभी नक़द की कोई माँग विक्रम से नहीं की थी। जो भी हो रहा था, वह उसके प्रति उसके एक फ़रमाँबरदार मातहत की श्रद्धा थी।

'जनाब के ध्यान में कुछ लाना था। और आगे के लिए निर्देश हासिल करना था।'

यह कहते हुए विक्रम ने अदालती काग़ज़ पर बयान के रूप में दर्ज स्टेटमेंट उनके सामने रख दी। बयान के साथ एक तस्वीर भी लगी थी। राजबीर जैसे-जैसे पढ़ता गया, उसके चेहरे का रंग बदलता गया। कुछ क्षण मौन रहा। फिर उसने कहा, 'लेकिन इससे यह कहाँ ज़ाहिर होता है कि क़त्ल मन्त्री जी की बेटी ने किया?'

अदालती काग़ज़ पर सोसाइटी के गार्ड अर्जुन का मुहरबन्द बयान था जिसके मुताबिक़ सुनहरे बालों वाली एक लड़की क़त्ल के रोज़ अपनी कार में मौली के साथ आयी थी। सोसाइटी के एग्ज़िट गेट की सीसीटीवी फ़ुटेज के मुताबिक़ क़रीब 30 मिनट बाद वह अकेली वहाँ से निकल गयी थी।

'जनाब, मैं इस बयान के बल पर गिरफ़्तारी की माँग थोड़े ही कर रहा हूँ। मैं तो पूछताछ के लिए आपकी ओके लेने आया हूँ। मामला बड़ा है। डर था कि बहुत हल्ला न हो जाये।'

राजबीर सिंह गहरी सोच में डूब गया। दिल्ली पुलिस केन्द्र सरकार के अधीन थी और देवराज सिंह के अगला गृहमन्त्री बनने की ख़बरें मीडिया में उछल रही थीं। ज़रा-सी चूक बाद में काला पानी का टिकट कटवा सकती थी।

'भई, यह पूछताछ के लिए भी काफ़ी नहीं। न ही चाकू पर कोई निशान है और न ही मन्त्री पुत्री के पास मौली को मारने की कोई वजह है।'

'वजह है, जनाब। क़त्ल से तीन रोज़ पहले मौलश्री की जिमख़ाना क्लब में कुछ ऊँच-नीच हुई थी जिसके बाद मन्त्री की बेटी तमतमाते हुए क्लब से रुख़सत हो गयी थी। यह पता चला है कि उस समय उसके साथ उसका दोस्त रोहित कापड़ी भी था।'

'वो बिल्डर?'

'आपकी इजाज़त हो तो उससे भी थोड़ी पूछताछ कर लें। उसके प्रोजेक्ट भी मन्त्री जी के महकमे में जाते थे।'

'यह तो बहुत सोचने वाली बात है। तुम कापड़ी को तो बुलाओ। बाक़ी मैं ऊपर बात करता हूँ।'

राजबीर ने जब यह कहा, उस समय उसकी ऊपर बात करने की कोई इच्छा नहीं थी। लेकिन कहना ज़रूरी था क्योंकि शाम को ही उसकी बीवी को ख़रीद फ़रोख़्त के लिए जाना था।

उन्नीस

रोहित कापड़ी ने पुलिस का बुलावा आते ही अपने एमपी दोस्त को फ़ोन लगाया।

'भाई साहब, आपके होते अब हमें थाने के चक्कर लगाने पड़ेंगे।'

'अरे, ऐसा कैसे होगा। कहाँ से बुलावा है। नम्बर दो?'

रोहित ने राहत की साँस ली और इंस्पेक्टर विक्रम नरूला का फ़ोन नम्बर नोट करवाया।

'तो मैं निश्चिन्त हो जाऊँ, भाई साहब?'

'मौज करो। मैं बात कर लूँगा।'

एमपी साहब को भी वक़्त-बेवक़्त रोहित की ज़रूरत पड़ती रहती थी। अपने प्रोग्राम के ख़त्म होने के बाद उन्होंने रास्ते में गाड़ी से इंस्पेक्टर विक्रम नरूला को फ़ोन लगाया। 'भई, हम महेश कान्त बोल रहे हैं।'

'जय हिन्द, सर' विक्रम ने पुलिसिया अभिवादन किया।

'तुम शायद रोहित कापड़ी को थाने बुलाये हो। अपने ख़ास आदमी हैं। बस, भाई समझ लो। जो बात है फ़ोन पर कर लो। वैसे मेरी गारंटी है। आदमी भला है।'

'जी, जैसा आप कहें। पर आ जाते तो अच्छा था। थोड़ी ज़हमत तो है पर उनको डर क्या? उन्होंने कुछ किया थोड़ी है?'

'अरे यार, हम कह रहे हैं कि फ़ोन पर ही कर लो।'

'जी ठीक है, फिर मुझे मन्त्री जी से बात करनी पड़ेगी।'

'मन्त्री जी?'

'जी सर, देवराज सिंह जी की सेक्रेटरी का क़त्ल हुआ है न। उसी सिलसिले में बात करनी थी।'

एमपी के हाथों के तोते उड़ गये।

'अच्छा उस केस में? हम ख़ुद समझाते हैं उसे कि पूछताछ में शामिल हो। वैसे है तो भला आदमी लेकिन आप अपनी पूछताछ चौकस रखें। उधर विक्रम होंठ दबाकर हँस रहा था। एमपी ने बिना उसका जवाब सुने फ़ोन काट दिया। उसने फ़ोन अपने चेले को थमाया और ख़ुद अपने एक दोस्त के घर में दाख़िल हो गये।

बीस

आख़िरकार राधिका ने मेरा फ़ोन उठाया। मुझे किसी परिचय का मोहताज नहीं होना पड़ा। शायद ट्रू कॉलर ने पहले ही मेरी पहचान बता दी थी।

'कहिए डिटेक्टिव महोदय, कहाँ तक पहुँची जाँच?' उसने सामने पड़ते ही सवाल दाग़ा। लेकिन मैंने इसके तंज़ को दरकिनार करते हुए पूछा।

'एक अर्ज़ी लगाये थे हम आपके पास मुलाक़ात के लिए। आज सुबह टेलीविज़न पर एक पोंगा पण्डित बता रहे कि आज क़िस्मत का सितारा बुलन्द रहेगा। सोचा चेक कर लूँ।'

वह हँसी। एक खनकती हुई हँसी। फिर बोली–

'ठीक ही बताये पण्डित जी, आ जाइए।'

'अगर ज़हमत न हो तो कहीं बाहर मिल लें। घर में थोड़ा डर बना रहता है।'

'तो ठीक है। आप ही बताइए?' मुल्ला की दौड़ मस्जिद तक, मैंने अनारकली का प्रस्ताव किया। उसने सहर्ष माना। ठीक आधे घण्टे बाद वह अनारकली में दाख़िल हो गयी। एकदम तौबाशिकन अन्दाज़ से। वो क्रेप की जिस्म चिपकू साड़ी पहने थी। बिना बाँह और गहरे गले वाला ब्लाउज़ जो उसके वक्षस्थल को छुपा कम और दिखा ज़्यादा रहा था, पहने हुए वह हॉल में अपनी निगाहें घुमाती जब मुझे ढूँढ़ रही थीं तो तमाम गर्दनों में जैसे स्प्रिंग लग गये हों और वे लोहे की मानिन्द उसकी चुम्बकीय शक्ति के सदके उसकी ओर मुड़ती चली गयीं। मेरे गले की घण्टी ज़ोर से उछली। दिल उसे देखकर धाड़-धाड़ बजने लगा। अपनी ऊँची एड़ी की सेंडिल खटखटाते वह मेरी टेबल पर आ गयी। आधे से ज़्यादा कस्टमर्स ने मुझे देश भर में मशहूर-तरीन बहन की गाली दी। मैंने अपनी 15 मिनट की इस शोहरत को सिर माथे क़ुबूल किया।

'हेलो मिस्टर, अभिमन्यु,' वो खनकती हुई आवाज़ में बोली। मैंने हाथ आगे बढ़ाया और बेहद अनमने भाव से उसे मिलाने के बाद छोड़ा। मन्त्री जी के प्रति ईर्ष्या

की एक तेज़ लहर मेरे सारे बदन को चीरती हुई निकल गयी। उसने मेरे अरमानों-जज़्बातों की परवाह न की और फिर जैसे मेरे दिल को सीने से निकालकर उस पर सीसा पिघलाने के अन्दाज़ में बोली– 'क्या जनाब, दम निकल गया। अभी तो इब्तदा-ए-इश्क़ है...'

मैं होश में आया। उसके बैठते ही मेरे मुँह लगा वेटर संजय टेबल पर मौजूद था।

'यस सर, यस मैडम।' वो बोला।

'क्या नोश फ़रमायेंगी।' उसने बड़ी नज़ाकत से गर्दन को बल दिया और अपने लिए रेड वाइन और फ़िश फ़िंगर एंड चिप्स का ऑर्डर दिया। मैंने बीयर मँगवायी। वेटर तुरन्त खिसका।

'तो मैं पूछ रही थी, कहाँ तक पहुँची जाँच?'

'अभी तो अँधेरे में तीरअन्दाज़ी हो रही है। आपकी कृपा हो तो कुछ पता चले।' मुझे ध्यान आया कि राधिका पहले दिन से ही अपने पति से कुछ खफ़ा दिखायी दे रही थीं।

'बोलो क्या जानना चाहते हो?'

'आप जानबख़्शी करें तो बतावें कि 30 जनवरी की शाम 5 से 6 बजे तक आप कहाँ थीं?'

'यानी आप मुझ पर क़ातिल होने का शक कर रहे हैं?'

'क़ातिल तो आप हैं और आपका एक शिकार तो अभी आपके सामने ही है पर वो कहानी फिर सही। अभी तो मौलश्री के क़त्ल की ही बात हो जाये।'

वह फिर हँसी। 'मैं उस रोज़ फ़िल्म सिटी में थी।'

मेरे कान खड़े हो गये। लिहाज़ा क़त्ल के समय वह घटनास्थल के आसपास थी।

'क्या मैं आपकी वहाँ हाज़िरी का सबब जान सकता हूँ?'

'वहाँ मेरा एक इंटरव्यू होना था जो ऐन वक़्त पर कैंसल हो गया।'

'इंटरव्यू आपका?' मैंने पूछा।

'जी मन्त्री की पत्नी होने के कारण यह भी करना पड़ता है। लेकिन ऐन वक़्त पर एंकर की कोई समस्या हो गयी और मैं लौट गयी। भई आजकल ऐसा ही है सब कुछ।' मैंने उन्हें ज़्यादा कुरेदना मुनासिब न समझा लेकिन यह तय था कि क़त्ल के वक़्त वह मौक़ा-ए-वारदात के आसपास थी और उसके पास कोई ख़ास एलीबाई नहीं थी।

'आपके कैसे ताल्लुक़ात थे मरने वाली से?' मैंने पूछा।

'सौतन जैसे थे।'

'हे भगवान!' क्या औरत थी। बिन्दास। कोई हेरफेर नहीं। साफ़।'

'मैं समझा नहीं।'

'भई, जब वह मेरे पति की गोदी में बैठकर फ़ाइलें साइन करवाएगी तो यही तो होगा। और मैं क्या जानती नहीं थी कि पर्दे के पीछे क्या चल रहा था दोनों के बीच में।'

'कभी कोई झगड़ा।'

'वो क्यों?' उसने भौंहें सिकोड़ीं। 'मेरा उससे झगड़ा क्यों? वो सचमुच मेरी सौतन थोड़े थी। मेरे पति की मातहत थी तो ज़ाहिर है कि मेरी भी मातहत थी। चाहे वो न मानती हो।'

अचानक मेरा ध्यान उसके बालों पर गया। सुनहरे बाल। मुझे घटनास्थल से बरामद सुनहरे बाल की याद आयी। और लगा कि यह बाल मुझे इंस्पेक्टर विक्रम नरूला को सौंप देना चाहिए ताकि उसकी फ़ोरेंसिक जाँच हो सके।

'मौलश्री के कारण क्या आपके पारिवारिक सम्बन्धों पर कहीं असर पड़ा।'

'क्यों नहीं, ज़रूर पड़ा। मैं रोज़ सपने में अपने पति से तलाक़ लेती थी और या फिर उसको धक्के मार-मार अपने घर से निकाल देती थी।'

'कभी सपने में उसके क़त्ल का ख़याल न आया।'

'सपने में क्यों, असलियत में भी आया। बस मौक़ा नहीं मिला। लेकिन अब जब मर गयी है तो लगता है कि 50 फ़ीसदी इंसाफ़ ही हुआ।'

'पचास फ़ीसदी?'

'हाँ भई, ताली एक हाथ से तो बजती नहीं। हमारे बीच सम्बन्ध बिगड़ने की 50 फ़ीसदी ज़िम्मेदारी देवराज की भी तो थी। वो तो अभी सलामत है।' मैंने उसकी आँखों में नफ़रत की ज्वाला धधकते देखी।

'बहुत घृणा थी आपको मरने वाली से?'

'बहुत तो नहीं, अलबत्ता जितनी एक ब्याहता बीवी को अपने पति की गर्लफ्रेंड से होनी चाहिए, उतनी तो थी। मैंने तो पहले ही कहा कि मेरे पति का दोष भी तो बराबर का था।'

'क्या यह नफ़रत क़त्ल तक जा सकती थी?' मैंने सीधा सवाल पूछा। उसकी आँखों में साफ़ नाराज़गी झलकी लेकिन प्रत्यक्षतः वह बोली, 'सोचा तो कई बार लेकिन बस मौक़ा नहीं मिला।'

बातचीत के दौरान राधिका का कई बार मूड बदला, पर उससे उसकी ख़ूबसूरती पर कोई आँच नहीं आती थी। नशे में उसके गाल तमतमाने लगे थे लेकिन कोई

बेख़ुदी दिखायी नहीं दी जिससे मुझे अन्दाज़ा हुआ कि वह शराब की आदी थी। हॉल में कोई उसे पहचानता नहीं था। देवराज सिंह को शायद मालूम था कि राधिका के राजनीति में आने से उसका बड़े नेताओं से सुरक्षित रहना सम्भव नहीं था, इसीलिए उसे सक्रिय राजनीति से दूर कर दिया। मैंने उसे देवराज सिंह के बारे में टटोलने की कोशिश से सवाल पूछा।

'शादी के बाद कभी सक्रिय राजनीति में आने की न सोची।'

'क्यों नहीं। लगातार सोचा और बात भी की लेकिन नेता जी को रास नहीं आया। शायद उनको अपना सब कुछ डोलता हुआ दिखता था।'

'क्या कभी मन्त्री जी और मौलश्री में भी झगड़ा हुआ।'

'ऐसे तू-तू मैं-मैं कभी पब्लिक में तो हुई नहीं। लेकिन नौकरों का कहना था कि कभी-कभार वे आपस में भिड़ जाते थे। मौलश्री भी आगे बढ़ना चाहती थी।'

'कभी मन्त्री जी के मन में तलाक़ की बात...?'

'क्या बकवास है! उनको अब मेरे जैसी और कहाँ मिलेगी! ये सब तो यूँ ही हासिल हो जाती हैं।'

'क्या आपके और मन्त्री जी के बीच में मौलश्री की वजह से तनातनी रहती थी उसके चलते आपके मन में कभी तलाक़ का ख़याल आया?'

'हरगिज़ नहीं। मैंने अपना करियर यूँ ही दाँव पर थोड़े लगाया था!'

'फिर तो एक ही रास्ता बचता था कि किसी तरह मौलश्री को रास्ते से हटाया जाये।'

'यह ख़याल तो उसी दिन से दिमाग़ में था जब से मुझे पक्की सूचना मिली थी कि देवराज उसके साथ हमबिस्तर होने लगा था। उसकी मेरे प्रति उपेक्षा से भी मुझे यह ज़ाहिर होना चाहिए था लेकिन तब मैंने उसे उसकी उम्र का असर माना। कितनी ग़लत थी मैं!'

'मैं कोई इल्ज़ाम नहीं लगा रहा लेकिन आप उस समय उसी इलाक़े में थीं जहाँ मौलश्री की हत्या हुई। ट्रैफ़िक न मिले तो मयूर विहार से नोएडा फ़िल्म सिटी पाँच मिनट का रास्ता है। आप कौन से चैनल में गयी थीं?'

उसने अपनी ड्रिंक का एक लम्बा घूँट भरा और मुझे सर्द निगाहों से देखा। फिर बोली।

'मौलश्री का क़त्ल मन्त्री जी क्यों नहीं कर सकते?' आख़िर उसकी वजह से उन्हें अपने स्टाफ़ के सामने भी मेरे हाथों बेइज़्ज़त होना पड़ता था। मन्त्री जी के ऐसे कई राज उसके पास थे जो उनके लिए घातक हो सकते थे। ख़ासकर जब उनका

नाम देश के गृहमन्त्री के तौर पर कंसीडर हो रहा था। उनके मॉल के साथ सम्बन्ध भी उनकी मुसीबत का कारण बन सकते थे।'

'मॉल?'

'और क्या भई, मॉल ही तो थी वो, रखैल सीधी-सादी हिन्दी में। आजकल सब मॉल सेक्रेटरी के वेश में ही मिलती हैं।'

'प्रभु तेरी माया।' मैं होंठों में ही बुदबुदाया।

'क्या?' उसने पूछा।

'कुछ नहीं।' मैंने कहा और सोचा-क्या औरत थी जो अपने पति को बचाने के बजाय उसे फँसाने का आइडिया सरका रही थी। उसकी बात में तो ख़ैर दम था ही। मन्त्री जी के पास मौलश्री से पिण्ड छुड़ाने के कई कारण थे जो उसने बयान भी किये। बस एक ही पेच था। अपने पति का नाम उसने ख़ुद पर से मेरी तवज्ज़ो हटाने के लिए लिया। मेरे बार-बार कुरेदने पर भी वह अपने पक्ष में कोई ठोस एलीबाई पेश नहीं कर पायी थी।

'एक और ड्रिंक?' मैंने पूछा।

वो तरंग में बोली– 'भद्रपुरुष, किसी ख़ूबसूरत महिला से ड्रिंक के बार में पूछते नहीं हैं। ऑर्डर करते हैं। आर वी क्लियर?'

'यस मादाम!' मैंने उसके सुर में सुर मिलाया। वेटर मेरे इशारे पर उड़ता हुआ आया और फिर उसी रफ़्तार से दो फ्रेश ड्रिंक्स हमारी टेबल पर थे।

ख़ूबसूरत औरत की सोहबत की सबसे बड़ी बात यही होती है कि आपका सामाजिक रुतबा बेवजह बढ़ जाता है। इसी टेबल पर मैं अकेला होता तो कोई इधर निगाह भी न मारता। लेकिन राधिका का जलवा ऐसा था कि हर निगाह बार-बार भटककर हमारी टेबल पर टिक जाती थी। मैं अपनी इस शान पर आत्ममुग्ध था। अचानक जैसे कोई ख़्बाब टूटा। वो उठी और बोली–

'क्या इरादा है? यहीं पर पसरोगे क्या? मैं तो निकल रही हूँ।' और वो बिना किसी ख़ास शिष्टाचार में पड़े हॉल से निकल गयी। हॉल में कई दिलों की धड़कनें वापस अपने सामान्य दबाव पर आ गईं। मैंने आराम से अपना ड्रिंक ख़त्म किया और देवराज और राधिका को सन्देह की कसौटी पर बिन्दुवार परखने लगा।

इक्कीस

राधिका से बात करने के बाद मुझे यह ज़रूरी लगा कि मैं मन्त्री जी की घरेलू सहायिका बेला से भी बात करूँ। आख़िर उस घर में उसकी हर वक़्त की मौजूदगी कोई कारगर सूचना देने में कामयाब हो सकती थी। मैंने बेला को फ़ोन लगाया।

'नमस्ते सर!' वो उधर से बोली।

'अरे, पहचान लिया?'

'जी सर, आपका नम्बर सेव कर लिए थे उसी दिन।'

'बेला, तुम मुझे मिल सकती हो क्या?'

'सर जी, आप ही आ जाओ इधर। यहाँ से फ़ुरसत कहाँ मिलती है?'

'अरे नहीं, वहाँ बात नहीं हो पायेगी। तुम ही बाहर आ जाओ।'

'सर जी, आप कोई जुगत लगाओ या इधर ही आ जाओ; मैं आपसे दफ़्तर में मिल लूँगी। मिश्रा जी को बोलकर आऊँगी तो वह खूसट मेरी तनख़्वाह काट लेगा।'

फिर उसने मुझे एक पता बताया और रात को 8 बजे के बाद वहीं आने को बोला। मैं थोड़ा असहज हुआ लेकिन मेरे पास कोई और चारा नहीं था। सिवाय इसके कि मैं उसके घर जाता। उसका कमरा अलीपुर के एक बड़े से घर के पिछवाड़े में बने सर्वेंट्स क्वार्टर में था। मैं झिझकते हुए प्लाट की बाउंडरी वॉल के पास बने एक गलीनुमा रास्ते से होता हुआ उसके कमरे में पहुँचा। एक ही कमरा था जिसके कोने में एक गैस चूल्हा पड़ा था जिसमें एक सॉसपैन में पानी उबल रहा था। कमरा अदरक की ख़ुशबू से सराबोर था। उसने मुझे नमस्ते की और फिर कमरे में पड़ी दो कुर्सियों की तरफ़ इशारा करके मुझे बैठने को कहा। उसके चेहरे पर इस बात का फ़ख़्र साफ़ दिख रहा था कि एक बड़ा आदमी उसके घर आया है। फिर उसने सॉसपैन में ख़ूब सारा दूध उड़ेल दिया। कमरे में चाय के खौलने की आवाज़ तक सुनायी दे रही थी। वो दो बड़े मग में चाय भरकर ले आयी। मैंने मग को दोनों हाथों में थाम लिया। जनवरी की सर्दी में चाय के गर्म मग की गर्मी हाथों को राहत दे

रही थी। मैंने गर्मागर्म चाय का एक घूँट भरा। चाय में चीनी ज़रूर तेज़ थी पर नशा व्हिस्की से कम नहीं था। मैंने तृप्तिपूर्ण ढंग से सिर हिलाया।

'अब बताओ।'

'क्या बताऊँ, सर जी, आप बताओ न।'

'बेला, याद करो कुछ ऐसी बात जो मौलश्री ने अपनी मौत से पहले कही हो या फिर घर में कोई झगड़ा जो उसकी मौत का कारण बन सकता हो।'

'झगड़ा तो घर में रोज़ ही होता था। मैडम को मौली मैडम बिल्कुल पसन्द नहीं थी। उनके कपड़ों को टोकती रहती थी। कमरे से निकल जाने को कह देती थी। अक्सर यह कहती रहती कि भले घर की लड़कियाँ यह नहीं करतीं, भले घर की लड़कियाँ वह नहीं करतीं।'

'यह सब मन्त्री जी की मौजूदगी में होता था?'

'कई बार मन्त्री जी की मौजूदगी में होता था। वे अक्सर ऐसे मौक़ों पर चुप ही रह जाते थे।'

मुझे सिगरेट की तलब महसूस हुई। मैंने पैकेट निकाला और उससे पूछा। उसने इजाज़त दी। मैंने चाय के घूँट को सिगरेट के लम्बे कश के साथ अन्दर किया। मैंने देखा उसकी नज़र सिगरेट के पैकेट पर थी। मैंने पैकेट उसकी ओर बढ़ाया। उसने झिझकते हुए सिगरेट ले ली।

'पहले चित्रा मैडम का झगड़ा नहीं होता था। लेकिन जब से उन्होंने...' उसने वाक्य अधूरा छोड़ दिया।

'क्या हुआ था?' मैंने पूछा।

'छोड़ो, सर जी, अच्छी बात नहीं है। लेकिन एक हादसे के बाद से चित्रा की भी मौली मैडम से ख़ूब तनातनी रहने लगी थी।'

'क्या हुआ था, बताओ। और हाँ, जो तुम्हारी वेतन कटौती होगी, यह उसकी भरपाई है।' मैंने एक पैकेट उसकी ओर बढ़ाया। हालाँकि मैं उससे दफ़्तर के समय के बाद मिल रहा था पर यह जरूरी था। सूचना निकलवाने के लिए।

'दरअसल, एक शाम को चित्रा मैडम नशे में धुत्त घर लौटीं और अपने कमरे में जाने के बजाय मन्त्री जी के कमरे में घुस गयीं जहाँ मन्त्री जी के साथ मौली मैडम पहले से मौजूद थी।'

'कब की बात है यह?'

'यही कोई छह महीने पहले की।'

'मन्त्री जी और मौली के बीच ऐसे ताल्लुक़ात क्या शुरू से थे?'

'नहीं पहले तो नहीं थे। पहले तो मौली मैडम घर में आती ही नहीं। लेकिन डेढ़-दो साल से वे घर में काफ़ी अरसा रहती।'

'घर में यह सब देख मन्त्री जी की पत्नी को एतराज़ नहीं होता था?'

'न सर जी, ऐसा कुछ तभी होता था जब मैडम बाहर हों। चित्रा तो अपने कमरे से कम ही निकलती थी।'

'जिस दिन चित्रा ने मन्त्री जी को पकड़ा, कोई शोर-शराबा न हुआ?'

'अरे पूरा शहर सिर पर उठा लिया था चित्रा ने। राधिका मैडम ने मौली को घर से निकल जाने का हुक्म सुनाया। उसके जाने के बाद मन्त्री जी की तगड़ी क्लास ली।'

'लेकिन इसका असर न तो मौली की नौकरी पर पड़ा और न ही मन्त्री जी के अपनी पत्नी के सम्बन्धों पर?'

'कोई दो हफ़्ते तक मौली मैडम घर नहीं आयी। फिर एक दिन मन्त्री जी उसे अपने साथ ही गाड़ी में बिठाकर ले आये। और यह हुक्म सबको सुना दिया गया कि वे अब घर से ही काम करेंगी। राधिका मैडम ने आसमान सर पर उठा लिया लेकिन मन्त्री जी दृढ़ निश्चय थे।'

'कुछ और बात?'

'एक बात है तो सही, सर जी! मौली मैडम ने एक दिन मुझसे कहा था कि वे अब इस शहर से ही कूच कर जायेंगी। मुझे अच्छे से याद है जब उन्होंने कहा, सब धोखेबाज़ हैं।'

'क्या मौलश्री का कोई और अफेयर वग़ैरह भी था?'

'नहीं सर जी! हाँ, वह अमृतलाल जी के बहुत क़रीब थी। वे जब भी आते, उनके साथ अलग से बात ज़रूर करते। अक्सर वे उन्हें कुछ पैकेट वग़ैरह भी देते थे।'

'कुछ आइडिया कि पैकेट में क्या होता था?'

'आप ग़लत न समझना, सर जी! एक दिन मैंने एक पैकेट खोलकर देखा तो उसमें वोदका की दो बोतल और दो सिगरेट के पैकेट थे।'

'ओह!'

'सर जी, बड़ी मैडम मौली मैडम के बारे में बहुत गन्दा बोलती थीं। वे अक्सर मन्त्री जी को भी धमकाती थीं।'

इसके बाद मैं कोई आधा घण्टा वहाँ और रहा लेकिन कोई और पुख़ता जानकारी मेरे हाथ न आयी। सिवाय इसके कि राधिका मौली से नफ़रत करती थी और बेला

का ढका छिपा इशारा भी यही था कि राधिका ही घर में ऐसी थी जो मौली का बुरा कर सकती थी। उससे विदा लेने से पहले अचानक मेरे दिमाग़ में एक सवाल उभरा जो असल में काफ़ी पहले से मेरे दिमाग़ के पिछवाड़े में कहीं बज रहा था। मैंने उठते हुए पूछा—

'बेला, तुम्हें क्या कोई ऐसी बात पता है जिससे पता चले कि मौली कहाँ की रहने वाली थी? कभी उसने किसी को कहा हो या तुमसे ज़िक्र किया हो?'

'सर जी, कुछ ऐसा है तो नहीं पर...' वह रुकी।

उसकी साँस के साथ ही मेरी नाउम्मीदी भी रुकी। मैंने तुरन्त कहा, 'पर...?'

'दरअसल एक जगह है तो सही जहाँ मैडम मुझे भेजती थीं कई बार। अक्सर कुछ पैसे या दूसरा सामान देकर।'

मेरी नाउम्मीदी की कोख से ही एक नयी उम्मीद पनपी। मैंने उत्सुकता से उसे देखा।

'मैडम मुझे कालका जी में एक आंटी जी के घर भेजती थीं। अक्सर कुछ-न-कुछ देने के लिए। जैसे आमतौर पर राशन या किचन और घर से जुड़ा सामान। अभी हाल ही में मैं उनको बेडशीट्स और कम्बल देकर आयी थी।'

मैंने पता पूछा और तुरन्त वहाँ से विदा ली और गाड़ी सीधे कालका जी की ओर बढ़ा दी।

बाईस

मैंने कालका जी मन्दिर के पास गाड़ी रोक दी और क़रीब 500 मीटर की दूरी तय करके एक सँकरे से रास्ते के किनारे पर बने एक मकान के बाहर पहुँचा। घण्टी के जवाब में एक अधेड़ उम्र की महिला ने दरवाज़ा खोला। महिला एकदम सलीके से तैयार थी। उसने सशंक मेरी तरफ़ देखा। जालीवाला दरवाज़ा अभी बन्द ही था। मैंने अपना परिचय दिया। लेकिन उन्होंने दरवाज़ा खोलने का कोई उपक्रम न किया। मैंने उनसे कहा कि मैं मौलश्री की मौत के मामले की जाँच कर रहा हूँ और आप भी तो चाहती होंगी कि आपकी बेटी का हत्यारा पकड़ा जाये। मैंने अँधेरे में तीर छोड़ा जो सीधा निशाने पर लगा था।

मेरी प्रार्थना पर उसने दरवाज़ा खोला। मैं अन्दर पहुँचा। उसने मुझे बिठाकर पानी का गिलास मेरे आगे रखा।

'माफ़ी चाहता हूँ। इस मामले में आना पड़ा। आपकी बेटी कब से आपसे अलग रह रही थी?'

वह जवाब देने की जगह अपलक मुझे देखती रहीं।

'मैं किसी पुलिस की झंझट में नहीं पड़ना चाहती।'

'मैं पुलिस नहीं हूँ। आप बेफ़िक्र अपनी बात मुझसे कर सकती हैं।'

'लेकिन तुमने कहा कि तुम पुलिस के साथ मिलकर काम कर रहे हो।'

'जी बिल्कुल। लेकिन पुलिस को क्या बताना है और क्या नहीं, यह मेरा फ़ैसला है। आप विश्वास रखें, मैं आपकी बात आगे नहीं लेकर जाऊँगा।'

'दरअसल बेटा, मौलश्री मेरी सन्तान तो है लेकिन उसके पिता की कुछ ऐसी मजबूरियाँ थीं कि वे मुझे अपना नहीं सकते थे। हमसे ग़लती हो गयी थी।'

'क्या आपको मालूम नहीं था कि वे शादीशुदा हैं या आपने शादी नहीं की?' उनकी बातों से लगे अन्दाज़े के आधार पर मैंने सवाल पूछा।

'नहीं, मुझे मालूम था कि वे शादीशुदा थे। लेकिन बस जो होना था, हुआ। मेरे प्रेग्नेंट होने के बाद उन्होंने गर्भ गिराने को बहुत कहा, लेकिन मुझे यह गवारा नहीं था। मेरी शिक्षा मुझे अबार्शन की तरफ़ जाने से रोक रही थी।'

मैंने हैरत से उसे देखा। 'आपकी पढ़ाई कहाँ हुई?' मैंने पूछा।

'यहीं दिल्ली में। मैंने हिन्दू कॉलेज से एमए अंग्रेज़ी की। लेकिन मेरे पिता बहुत सख़्त विचारों के थे। यह बात उनके लिए कल्पनातीत थी कि मैं बिन ब्याहे प्रेग्नेंट थी। मेरे घर में हंगामा बरपा हो गया था यह जानकर कि मेरे बच्चे का बाप एक शादीशुदा मर्द था। मेरे पिता जैसे पागल हो गये। उन्होंने इस बारे में पश्चिम विहार थाने में रपट लिखा दी। मैं डर के मारे घर से भाग गयी। मेरे सहयोग के बिना मामले के चलने की सम्भावना कम थी।'

मैं अवाक् सारी बात सुन रहा था।

'तो आपने तब से...'

'जी, तभी से मैंने इस गुमनाम ज़िन्दगी को चुन लिया। मेरे साथी ने मुझे कोई कमी न होने दी। इस घर के ऊपर के दो माले किराये पर हैं। मेरे गुज़ारे लायक़ पैसे आ जाते हैं। बाक़ी भी कभी कमी नहीं हुई। मौलश्री की पढ़ाई भी हॉस्टल में रहकर ही हुई। पिछले छह साल से वह नौकरी में थी। उसका शुरुआती ख़र्च भी उसके पिता ही उठाते थे।'

'क्या मौलश्री को अपने पिता के बारे में पता था?'

'न बेटा, न कभी उसने पूछा न मैंने बताया।'

मेरे मन में उसके सम्भावित पिता का अक्स उभर रहा था, लेकिन मेरी पूछने की हिम्मत नहीं हो रही थी। बहरहाल, मैंने महिला के निजत्व का सम्मान करते हुए उससे इस बारे में सवाल न करने का ही फ़ैसला किया।

'लेकिन, मौत से पहले ऐसा लग रहा था जैसे कि वह कहीं जाने की तैयारी में थी। आपको कुछ आइडिया है?'

'अब उसमें क्या रह गया। बेटी माँ के जैसा ही नसीब लेकर पैदा हुई। माँ मर के भी ज़िन्दा है और बेटी तो मर ही गयी। एक दिन की बात थी वरना अगले रोज़ तो शायद उसके लिए एक नयी सुबह होती। अब बेहतर हो कि वो क़िस्सा मत ही छेड़ो। बेटा, आग से सब दूर ही रहें तो अच्छा है वरना जलने से कौन बचेगा।' उसकी आँखों में आँसुओं की धारा बह निकली।

मैंने कुरेदना मुनासिब न समझा और भारी मन से वहाँ से विदा हुआ। लेकिन रास्ते भर यही सोचता रहा कि मौली के नाम में कोई ऐसा पेच था जो उसकी मौत का सबब बन सकता था। आख़िर जिस किसी पिता की वो सन्तान थी, उसने उसे भरसक छुपाने की कोशिश की थी। कहीं ऐसा तो नहीं अभी कुछ ऐसे हालात हो गये हों जिससे उसी व्यक्ति की प्रतिष्ठा पर कोई आँच आ रही हो और मौलश्री को रास्ते से हटाना लाज़िम हो गया हो। मैं उधेड़बुन में था और मुझे पता ही नहीं चला कि मेरी गाड़ी तानसेन मार्ग पर मुड़ी और अपने दफ़्तर सह घर के आगे खड़ी हो गयी। मुझे सिगरेट की तलब महसूस हुई और मैं दफ़्तर में दाख़िल हुआ।

तईस

कली ने अपनी सीट से ही मुझे देखा और फिर बड़े चित्ताकर्षक ढंग से मुस्करायी। वो एक टाइट जींस और सफ़ेद टॉप पहने थी जिसके नीचे से उसकी गुलाबी ब्रा की झलक साफ़ दिखायी दे रही थी। आज उसमें कुछ अलग था। मैंने रुककर उसे ग़ौर से देखा और समझ पाया कि उसने आज आँखों में सुरमा डाल रखा था।

उसके अलावा आज उसने कुछ अलग रंग का आईलाइनर भी लगा रखा था। माथे पर मैरून कलर की छोटी-सी बिन्दी भी सुशोभित थी। आम तौर पर लिपस्टिक से महरूम उसके होंठों पर भी आज उसकी बिन्दी से मैचिंग लिपस्टिक लगी थी। ऐसा पहली बार नहीं था कि उसको देखकर मेरा मन बेईमान हुआ हो। लेकिन, दफ़्तर से प्यार, मुहब्बत, सेक्स और धोखे को दूर रखने का मेरा संकल्प सदा ही मुझे सचेत कर देता था। आज भी ऐसा ख़याल आते ही मेरे दिमाग़ की घण्टी बजी और मैं सभी बुरे ख़यालात को झटककर अपने कमरे में पहुँचा। मेरे बैठने से पहले वो दरवाज़े पर थी।

'कॉफ़ी?' उसने पूछा।

'तुम्हारे इस एक सवाल से ही तुम इस गणतन्त्र दिवस पर पद्मश्री की हक़दार हो गयी हो। अगर यह मेरी ज़रूरत के मुताबिक़ स्ट्रांग भी हुई तो मैं इसे पद्मभूषण में बदलने की सिफ़ारिश करूँगा।'

'आपकी सिफ़ारिश से मुझे कोई भूषण दिलवाने से अच्छा हो कि मेरी तनख़्वाह ऐसी कर दें कि कभी-कभार कोई आभूषण ही ले सकूँ। ये नक़ली ज्यूलरी पहनकर मैं उकता चुकी हूँ।'

मैंने मन में तय किया कि इस केस के बाद उसकी यह शिकायत दूर कर दूँगा। लेकिन फ़िलहाल मैंने जवाब में अपनी ट्रेडमार्क मुस्कान उस पर फेंकी। वो कॉफ़ी लेने को निकल गयी। कुछ ही देर में वो दो कप कॉफ़ी के साथ दाख़िल हुई।

फिर एकदम संजीदा होकर बोली, 'मैं आख़िरी बार कह रही हूँ कि दफ़्तर में एक छोटी-सी पेंट्री बनवा दें ताकि ये चाय-कॉफ़ी लेने बाहर न जाना पड़े। डू यू हैव एन आइडिया? हाउ एंब्रेसिंग इज़ दिस। एवरीबाडी आन रोड स्टेयर्ज एट मी।'

मैंने आज ही बैंक से कैश निकलवाया जिसमें से अभी पाँच हज़ार मैंने बेला को दिये थे। मैंने जेब से पर्स निकालकर उसे दस हज़ार रुपये थमाये और कहा अभी कॉफ़ी का जुगाड़ कर लो। गैस कनेक्शन को एप्लाई कर दो जब तक के लिए एक हाट प्लेट ले आओ। पैसे ज़्यादा कम हों तो बता देना।'

उसने राहत की साँस ली फिर बोली, 'कुछ और ही माँग लेती। आज तो जहाँपनाह दयानतदार हैं। वैसे आपसे इस तरह की शिकायत करने से गिल्ट ही होता है। आप तो अभी ख़ुद ही संघर्ष कर रहे हैं।'

कली की गिल्ट वाली बात ने मुझे गिल्ट में डाल दिया और सोचने लगा कि इतनी टैलेंटेड लड़की को जीवन निर्वाहक पैसे देकर इतनी मुस्तैदी और भागदौड़ वाला काम करवाना कितना बुरा है। जैसे मेरे कुछ सपने हैं वैसे ही इसके भी तो कुछ सपने होंगे।

चौबीस

कली के तानों से परेशान था या ख़ाली पेट ज़्यादा कॉफ़ी पीने का असर कि मैं अपने दफ़्तर के बाहर निकल गया। थोड़ा चलने के बाद सामने एनएसडी दिखा और मैं उसकी चारदीवारी पर लगे पोस्टर को ध्यान से देखने लगा। पोस्टर पिछले साल के नाटक का था जो, स्त्री और पुरुष के सम्बन्धों पर आधारित था। पोस्टर में नायिका की आँखें जिस तरह भौचक होकर नायक को देख रही थीं, जैसे लग रहा था कि महज़ एक पुरुष के साथ उसने मर्दवादी सत्ता का पूरा पाठ पढ़ लिया था।

एनएसडी के पास आकर अक्सर मुझे बहुत अच्छा लगने लगता था। जेएनयू और थिएटर के दिन याद आने लगते थे। लेकिन आज एनएडी के आसपास जो सन्नाटा पसरा था, उसने मेरे अन्दर के उस सन्नाटे को उभार दिया जो अक्सर मैं अकादमिक गलियारों के आसपास आकर महसूस करता था। कोरोना के कारण पिछले एक साल से थिएटर बन्द थे। थिएटर फ़ेस्टिवल के समय मैं कुछ चुनिंदा नाटक देखने ज़रूर जाया करता था। मेरी आँखें दीवार पर लगे पोस्टर को लगातार घूरे जा रही थीं और नायिका की आँखों पर ठहर गयीं। अचानक से लगने लगा कि पोस्टर गर्ल की आँखें हरकत कर रही हैं। अचानक उसकी आँखों में मुझे ज़ायरा की आँखें दिखीं। ज़ायरा की याद आते ही लगा कि उदास दिल अब धड़कना ही बन्द कर देगा।

ज़ायरा ख़ान। जेएनयू छात्रसंघ की शान। जब वह जेएनयू में मंच पर खड़े होकर पाश से लेकर बटालवी या फ़ैज़ की कविताएँ पढ़ती थी तो आसपास की सारी चीज़ें गुम हो जाती थीं। फ़ैज़ की नज़्में उसे नर्सरी राइम्स की तरह कण्ठस्थ थीं। वह हमेशा वामपन्थी छात्र संगठन की टोली में रहती थी। मैं किसी भी तरह की राजनीतिक लामबन्दी से अलग अपने अन्दर की एकल क्रान्ति में ही खोया रहता था।

पतझड़ के दिनों में मैं यूनिवर्सिटी कैम्पस में एक आम के पेड़ के नीचे बैठ ग़ालिब की गजलें पढ़ रहा था। पेड़ पर बैठी कोयल मानो मेरे साथ शरारत कर

रही थी। जैसे ही मैं किसी नज़्म को दुहराने की कोशिश करता, वह इतनी ज़ोर से कूकती कि मेरा ध्यान ऊपर की ओर चला जाता था। अचानक मुझे पत्तों के चरमराने की आवाज़ सुनायी दी। मैंने पीछे की ओर देखा तो मेरी आँखें उस कैमरे की तरह काम कर रही थीं जो किसी कलात्मक फ़िल्म निर्देशक के ऐक्शन और कट के साथ घूमता है। पहले मुझे दिखे पंजाबी मोजरी में दो ख़ूबसूरत पाँव, लांग स्कर्ट से कभी झाँकते तो कभी छुपती हुई लम्बी टाँगें। मेरी नज़र धीरे-धीरे ऊपर की ओर उठी तो स्लीवलेस टॉप और आक्सीडाइज़ ज्यूलरी में ज़ायरा का अजीमो-शान चेहरा नुमाया हुआ।

'हैलो कामरेड, ये अलग-थलग बैठकर अपनी जवानी को क्यूँ ज़ाया कर रहे हो'।

ज़ायरा ने बड़ी अदा से मेरी तरफ़ एक चन्दा पुस्तिका फेंकते हुए कहा।

'अब जारा के नाम पर कुछ ज़ाया करने की इजाज़त मिले तब तो...'

मेरे इतना कहते ही उसने कहा, 'हैलो गिल्टी कैपिटलिस्ट, जारा नहीं ज़ायरा। मैं कपड़ों व एक्सेसरीज़ की कोई ब्रांड नहीं हूँ'।

'महशर में इत्तिफ़ाक़ से आया न ज़ेहन में
वर्ना तमाम उम्र तिरा नाम याद था'

मेरे इतना कहते ही ज़ायरा खिलखिलाकर हँसने लगी और कहा—

'बन्द कमरे में ज़ेहन क्या बदले
घर से निकलो तो कुछ फ़ज़ा बदले'

उसके इस पलटवार का मतलब मुझे समझ में आ गया था और मैं सँभल भी गया था। पत्तों के चरमराने की आवाज़ के साथ मैं सीधा होकर बैठ गया।

'यूनिवर्सिटी में 'जेंडर और अम्बेडकर' पर हम एक सेमिनार करवाने वाले हैं, उसी के लिए ज़रा चन्दा जुटा रही हूँ।' पेंट की जेब से बटुआ निकालने के दौरान मेरे कानों में वही इरीटेटिंग सवाल फिर उछला।

'तुम जैसे दानिशमन्द को वाम छात्र राजनीति की सख़्त ज़रूरत है। तुम ज्वाइन क्यों नहीं कर लेते।'

'कितनी बार कह चुका हूँ कि मैं किसी राजनीतिक दायरे में नहीं बँधना चाहता। मेरी कैफ़ियत ऐसी नहीं कि पार्टी अनुशासन के नाम पर हर ग़लत बात को मुँह बन्दकर बर्दाश्त कर लूँगा।'

'अरे, ऐसा कौन सा ग़लत काम कर रही है हमारी पार्टी।'

'मैंने ऐसा तो नहीं कहा, तुम लोग सामाजिक न्याय के मुद्दे तक तो मुझे पसन्द हो, लेकिन समाज और संस्कृति को देखने का जो रैडिकल रवैया है वो मुझे ख़ासा नापसन्द है। भारत को यूरोपीय मानकों पर नहीं तौला जा सकता है। राम को नहीं मानना पर रावण को विद्वान साबित करना है। दुर्गा मिथ है लेकिन महिषासुर असली नायक है। अभाव में पैदा हुए के लिए सिर्फ़ राम कैसे सहारा होते हैं, यह समझने के बजाय हर किसी को संघी का सर्टिफ़िकेट देने के लिए मचलते रहते हो।'

तभी उसके हाथ में पर्चा देखकर मैंने कहा—

'जेंडर और अम्बेडकर...। चलो अब तुम लोग यह तो मानने लगे हो कि कास्ट सिस्टम पर तुम लोग की समझ बननी बाक़ी है। अभी जेएनयू से निकला तुम्हारा कन्हैया कुमार बिहार जाते ही भूमिहार हो गया। अभी तक तो तुम लोग अम्बेडकरवादी से लेकर नारीवादियों को आइडेंटिटी पालिटिक्स कहकर ख़ारिज कर रहे थे।'

ज़ायरा भौचक होकर मुझे देख रही थी। उसने कहा, 'अच्छा ज़रा ये बताओ अम्बेडकर को लेकर तुम्हारे क्या विचार हैं?'

'अम्बेडकर की मक़बूलियत यह है कि अभी तक भारत में किसी हर दूसरे व्यक्ति को अम्बेडकर का ख़िताब नहीं दे दिया जाता है। इस देश में जो नतीजा गांधी का हुआ, उससे अम्बेडकर अभी तक बचे हुए हैं। अभी-अभी तो अण्णा नहीं ये आँधी है, देश का दूसरा गांधी है का नारा हम सबको चिढ़ा रहा है। अगर अभी तक देश ने कोई एक सौ बारहवाँ अम्बेडकर नहीं खोज लिया है तो इसका मतलब यही है कि अम्बेडकर की वैचारिक विरासत को हड़पना ज़्यादा मुश्किल है। अम्बेडकर होने के लिए आपको फ़ेमिनिस्ट, कम्युनिस्ट और भी कई कुछ होना पड़ेगा। सिर्फ़ अकेले कम्युनिस्ट और फ़ेमिनिस्ट होकर आप अम्बेडकर को नहीं समझ सकते। अभी तो नारीवादियों को थोड़ा मार्क्सवाद और मार्क्सवादियों को नारीवाद और सबको अम्बेडकरवाद पढ़ना होगा।'

अभी मेरा भाषण थोड़ा आगे बढ़ता तब तक वो ज़ायरा के लिपलॉक में फँस चुका था। फिर 'बोल कि लब आज़ाद हैं तेरे' वाली हालत में लौटाने के बाद ज़ायरा ने कहा—

'जेंडर और अम्बेडकर वाले कार्यक्रम का मेन स्पीकर तो तुम्हें होना चाहिए। क्या चीज़ हो तुम। तुम अगर बोलने को तैयार नहीं होगे तो तुम्हारे इस की-नोट को मैं अपना बनाकर बोल दूँगी। गांधी और अम्बेडकर की ऐसी तुलना सच में राजनीतिक

धुरी से बाहर खड़ा व्यक्ति ही कर सकता है। और हाँ, अगले महीने स्टूडेंट यूनियन के चुनाव के पहले तुम हमारा संगठन ज्वाइन करोगे'।

ज़ायरा ने मोजरी को अपने पैर में घुसाते हुए कहा, 'अच्छा अभी बहुत चन्दा इकट्ठा करना है, टाटा।'

स्कर्ट उठाकर सूखे पत्ते को रौंदते हुए ज़ायरा जब भागी तो मैं उसे दूर तक देखता रहा। ओह इतना भी तेज़ क्या दौड़ना कि तुरन्त आँखों से ओझल हो गयी। मुझे याद आया अगले महीने...अगले महीने मैं जेएनयू से जुदा होकर दिल्ली पुलिस का हिस्सा बन जाने वाला हूँ। अचानक से शोर मचाती कोयल की आवाज़ भी बुरी लगने लगी। जेएनयू और पुलिस, विद्यार्थी और लाठी। कैम्पस में पुलिस और प्रशासन के ख़िलाफ़ लगने वाले नारे कोरस में मेरे कानों में गूँजने लगे थे। दूर कहीं खड़े पुलिस वाले की जगह ख़ुद को देखने की कोशिश करते ही किस क़दर घबरा गया था मैं।

पच्चीस

ख़यालों में खोये हुए मुझे लगा कि कोई मेरे लिए गाड़ी का हॉर्न बजा रहा है। मैंने पीछे मुड़कर देखा तो एक लड़का मैक्समूलर मार्ग जाने का रास्ता पूछ रहा था। रास्ता बताने के बाद मुझे मोबाइल बजने की आवाज़ आने लगी। जेब से मोबाइल निकाला तो चौंक गया। स्क्रीन पर ज़ायरा का नम्बर चमक रहा था। यह संयोग मुझे परेशान कर गया कि अभी ज़ायरा को याद किया और अचानक से अरसे बाद उसका फ़ोन आ गया। दिल्ली पुलिस को ज्वाइन करने के बाद उसे भी जेएनयू में पीएच.डी. के लिए एडमिशन मिल गया था। उसके बारे में ये सारी बातें मुझे फ़ेसबुक से ही पता चलती थीं। मैंने अपनी तरफ़ से उससे कोई राबता नहीं रखा था। मैंने मोबाइल में उसका नाम ज़ायरा ही सेव किया था। मेरे फ़ोन उठाते ही उधर से आवाज़ आयी, 'हैलो कामरेड, कहाँ थे इतने दिनों तक कोई खोज-ख़बर नहीं।'

'हैलो जारा...सॉरी ज़ायरा कैसी हो तुम। आज अचानक तुम्हारी याद आयी और तुम्हारा फ़ोन भी आ गया।'

'मैं ठीक हूँ। तुम बताओ, मिस्टर दिल्ली पुलिस!'

'अरे दिल्ली पुलिस तो कब का इतिहास बन गया है।'

'तो करते क्या हो।'

'बस अब अपनी मर्ज़ी का मालिक हूँ।'

'कहीं शायर तो नहीं बन गये।'

'काश, शायरी भी कोई काम मानी जाती। तुम्हें तो पता है मेरी टेक्स्टबुक तो ग़ालिब थे। एक दिन पिता जी ने पूछा कि ये किसे पढ़ते रहते हो। मैंने कहा, ग़ालिब। उनका सवाल था कि ग़ालिब करते क्या थे। मैंने कहा, कुछ नहीं शायरी करते थे। तो पिता जी ने कहा कि मेरा मतलब है कि पेट पालने के लिए क्या करते थे। ग़ालिब के बारे में भी यही मशहूर है कि उनसे पूछा जाता था कि घर चलाने के लिए क्या करते हो?

अब ज़रा सोचो कि ग़ालिब से लोग पूछें कि पेट पालने के लिए क्या करते हो तो हम लोगों की क्या औक़ात।'

'तो चलो मैं भी पूछती हूँ कि पेट पालने के लिए क्या करते हो? अच्छा अभी रहने दो। मिलकर बताना। कोरोना के कारण जेएनयू कैम्पस बन्द कर दिया गया है तो मैं पास ही के मुनिरका में एक कमरा किराया लेकर रह रही हूँ। पता टेक्स्ट कर रही हूँ, बस आ जाओ।'

शाम के 5 बजे मुनिरका जाने के नाम पर मेरे होश फ़ाख्ता हो गये। तभी ज़ायरा की मीठी आवाज़ कान में गूँजी, 'यू गिल्टी कैपिटलिस्ट' और मेरी गाड़ी मुनिरका की तरफ़ दौड़ गयी। अफ्रीका अवेन्यू पहुँचने तक मेरे मोबाइल पर पूरा पता पहुँच चुका था।

छब्बीस

ज़ायरा के कमरे की तरफ़ गाड़ी चलाते हुए मैं फिर जेएनयू पहुँच गया। लग रहा था कि ज़िन्दगी को सारे फ़्लैशबैक आज ही क्यों करने हैं। शायद ज़ायरा की याद।

यूनिवर्सिटी की लाइब्रेरी में अनमने तरीक़े से किताबें पलट ही रहा था कि कानों में आवाज़ खनकी–

'इतनी जल्दी-जल्दी पन्ने पलटकर दुनिया को जल्दी समझ लोगे क्या। इन दिनों कुछ परेशान से नज़र आ रहे हो?'

इन दिनों...

हाँ ये इन दिनों...कितना अजीब था। पिछले तीन साल से कैम्पस में ज़ायरा को देखकर उससे बातें करने का मन करता, उसे दोस्त बनाने का मन करता। और जब हम इन दिनों दोस्त हो चुके थे तो मेरा कैम्पस छोड़ने का वक़्त आ गया था। वो भी पुलिस की नौकरी के लिए। इन दिनों यही किताब और वो पुलिसवाली छवि में तो मुठभेड़ हो रही है। इन बातों को सोचते दिमाग़ ने ज़ायरा के सवाल का जवाब देने में देरी कर दी और उसने दूसरा सवाल दाग़ दिया।

'कहीं शादी-वादी तो नहीं कर दी घरवालों ने जो इस तरह देवदास की सूरत बनाकर घूम रहे हो।'

मेरी ज़ोर की हँसी छूट गयी और हँसते हुए ही सामने दीवार पर 'साइलेंस प्लीज़' दिखते ही थोड़ा शर्मिन्दा भी हुआ।

मेरी शर्मिन्दगी को देखते हुए ज़ायरा ने मेरे सामने पड़ी खुली किताबों को बन्द कर बाहर चलने का इशारा किया। हम लाइब्रेरी के बाहर एक पेड़ के घेरे से बने चबूतरे पर बैठ गये। बातचीत शुरू होने के पहले ही मैं थोड़ा-सा सम्भल चुका था कि पता नहीं कहाँ पर वैचारिक टकराव हो जाये और ज़ायरा कौन सा नया सर्टिफ़िकेट

ज़ारी कर देगी। लेकिन बात शुरू करने के पहले उसने अपना ट्वीटर एकाउंट खोल लिया। तभी उसके ट्वीटर के बायो पर मेरी नज़र पड़ी।

'कम्युनिस्ट भी और ख़ूबसूरत भी।'

'ये क्या सेक्सिस्ट सोच है।'

'क्या?'

'तुम्हारा बायो।'

'ओह, तुम मेरे में सेक्सिज़्म ढूँढ़ रहे?'

'ओह, तुममें कौन से सुर्ख़ाब के पर लगे हैं जो तुम पैट्रिआर्कल नहीं हो सकतीं। अब तुम्हारा ये बायो कितना बायस्ड है। कम्युनिस्ट भी और ख़ूबसूरत भी। मतलब पहले से तय कर लिया कि सुन्दरता का पैमाना सामन्ती, परम्परावादी ही होगा।'

'अरे, तुम तो मेरी उम्मीदों से ज़्यादा होशमन्द लग रहे हो। पूरी दुनिया को स्त्री-विरोधी होने का सर्टिफ़िकेट मैं बाँटती हूँ और तुमने मेरे बायो को ही स्त्री-विरोधी ठहरा दिया।'

ज़ायरा चबूतरे से उतरकर उछल-कूद करते हुए एकदम छोटी बच्ची-सी लग रही थी। मुझे कोसते हुए ही उसने अपना बायो भी एडिट कर लिया–

'उतनी ही ख़ूबसूरत, जितना कम्युनिज़्म।'

अपने फ़ोन की स्क्रीन मुझे दिखाते हुए उसने कहा, 'बाय द वे, ज़ायरा ख़ान ख़ुश हुई। यूँ तो मैं अपने को सबसे ज़्यादा होशियार मानती हूँ लेकिन चलो थोड़े नम्बर तुम्हें भी दे देती हूँ। ज़ायरा ख़ान के दोस्त बनकर तुम ख़ुद को दुनिया के सबसे ख़ुशक़िस्मत इन्सान होने का तमग़ा ले सकते हो।'

ज़ायरा का यही कॉन्फिडेंस मुझे बहुत पसन्द आता था। वह जितना जानती-समझती थी उससे ज़्यादा ख़ुद पर ही फ़िदा होती थी। कभी-कभी वो मुझे आधुनिक हाव-भाव वाली आत्ममुग्धा मध्यकालीन नायिका-सी लगती थी। वैसे यूनिवर्सिटी कैम्पस में ज़्यादातर लड़कियों की कैफ़ियत ज़ायरा जैसी ही होती थी। कैम्पस का माहौल उनमें एक अलग तरह की आज़ादी का भाव दे देता था। यह बात लड़कों के साथ नहीं होती थी। वे इस माहौल को लेकर सहज भाव में इसलिए रहते हैं कि घरों, सड़कों पर उनके लिए किसी तरह की बन्दिश नहीं होती है। लेकिन प्रगतिशील घरों तक में लड़कियों के लिए माहौल अलग हो ही जाता है। यूनिवर्सिटी कैम्पस वो जगह होती है जहाँ लड़कियाँ पहली बार लड़कों के साथ बराबरी के भाव में आती हैं। बहन-बेटी के लुक को छोड़कर स्टूडेंट का लुक उन्हें कई खाँचों से बाहर निकालता है। लेक्चर से लेकर लाइब्रेरी तक में लड़कियों के बीच जानने और समझने

की भूख ज़्यादा होती है। जानने-समझने के इस दौर में शायद वो अपने ज़िन्दगी के सबसे ख़ूबसूरत दौर में होती हैं।

'हैलो कहाँ खो गये, देखो मेरी न्यू प्रोफ़ाइल पिक पर कितने लाइक्स आये हैं।'

मैं देखकर चौंक गया, ज़ायरा ने पता नहीं कब लाइब्रेरी में मेरे किताब पढ़ने के लिए सिर झुकाये चेहरे के साथ सेल्फ़ी ले ली थी और उसे ट्वीटर पर डाल दिया था। तस्वीर का ऐंगल ऐसा था कि मेरा चेहरा लम्बे और घने बालों से ढका हुआ था। ज़ायरा ने शकेब जलाली के शेर के साथ छेड़खानी कर कैप्शन लगाया था।

'रहता था सामने तिरा चेहरा खुला हुआ
पढ़ती थी मैं किताब यही हर क्लास में।'

'ये शेर को क्यों बिल्ली बना दिया।'

मेरी बात का मतलब समझ ज़ायरा खिलखिलाकर हँस पड़ी।

उसकी खिलखिलाहट को आँखों के कैमरे से क़ैद कर दिमाग़ की मेमोरी में सेव करते हुए मैंने कहा—

'किताबों के बीच कितनी ख़ूबसूरत लग रही हो। इनफ़ैक्ट यूनिवर्सिटी कैम्पस में हर लड़की ज़्यादा ख़ूबसूरत लगती है। बहुत-सी लड़कियों के कैम्पस के दिनों के और शादी के बाद की तस्वीरें देखता हूँ तो कितना कुछ बदला-सा नज़र आता है। मैंने इरादा किया है कि कभी क़िस्मत ने साथ दिया तो दुनिया भर के यूनिवर्सिटी कैम्पस को देखने जाऊँगा। देखूँगा कि क्या हर जगह की यूनिवर्सिटी कैम्पस लड़कियों को आज़ाद और आज़ादी जितना ख़ूबसूरत बनाती है...'

'क्या बोला तुमने, क्या बोला तुमने,' अचानक से ज़ायरा फिर से कूदी।

'अब क्या बोल दिया...' मैंने झल्लाते हुए कहा।

'अरे वो लास्टवाला, आज़ादी जितनी ख़ूबसूरत। ज़रा रुको, बायो को एडिट कर देती हूँ। वाह, वाह...'

ज़ायरा बायो अपडेट कर चुकी थी–

'उतनी ही ख़ूबसूरत, जितनी आज़ादी'।

'जारा, सॉरी ज़ायरा, तुम भी न। एकदम बुर्जुआ लड़की की तरह सोशल मीडिया पर उलझी रहती हो।'

'अच्छा मेरी बिल्ली, मुझी पर म्याऊँ...'

'अरे यार अगले महीने छात्र संगठन के चुनाव के पहले तुम पार्टी ज्वाइन कर लो न।'

ज़ायरा का ऐक्शन रिप्ले होते ही मैंने वहाँ से निकलने की भूमिका बनायी। मैं उस आने वाले अगले महीने के बारे में ज़रा भी नहीं सोचना चाहता था। ख़ुद को पुलिस की वर्दी में तो मैं सपने में भी नहीं सोच सकता था। ज़ायरा मेरे क़रीब आ रही थी और मैं इस पढ़ने-लिखने की दुनिया से दूर जा रहा था।

सत्ताईस

जब तक ज़ायरा की लाल सलाम वाली टोली पर नज़र पड़ती तब तक मेरे क़दम कैंटीन के अन्दर पड़ चुके थे। बस ऐसे ही वक़्त मुझे अपनी लम्बी टाँगों और तेज़ चाल पर ग़ुस्सा आता था। कहीं पर नज़र पड़ने से पहले कम्बख़्त क़दम वहाँ पर पड़ जाते थे।

'हैलो...'

ज़ायरा के इस अभिवादन के साथ उसकी टोली वाली टेबल की तरफ़ जाने के अलावा और कोई चारा नहीं था।

'मीट वुड बी।'

ज़ायरा के यह बोलते ही मेरे साथ वहाँ बैठे सभी लड़के चौंक उठे।

'मीट आवर वुड बी कॉमरेड!'

ज़ायरा के वाक्य पूरा होते ही सभी ने राहत की साँस ली। उदित शर्मा ने मेरी आमद से अपने रुक गये अपने संवाद को आगे बढ़ाते हुए कहा–

'अब कुछ हो भी नहीं सकता। सारे संस्थानों पर दक्षिणपन्थियों का क़ब्ज़ा हो चुका है। इस देश का तो बेड़ा गर्क है। यह संघी सरकार तो अब कभी नहीं जायेगी। मुझे बस बाहर की किसी भी यूनिवर्सिटी में दाख़िला और स्कॉलरशिप मिल जायेगा तो मैं तुरन्त चला जाऊँ।'

'क्यों भई, ऐसा क्या हो गया इस देश में।'

मेरे ऐसा कहते ही ज़ायरा सहित सबकी आँखें मुझे घूरने लगीं। उनकी आँखें एक साथ संघी, संघी, संघी का नारा लगाने लगीं। मैंने बिना असहज हुए अपनी बात आगे बढ़ायी–

'तुम लिबरल तुरन्त में कुछ नहीं हो सकता का नतीजा निकाल देते हो। आख़िर ऐसी कौन सी सोच है जो हमेशा रह पायी है। ज़रा बताओ हिटलर का ही इतिहास

कितने दिनों का है। विडम्बना यह है कि हम जितना बड़ा हिटलर का इतिहास पढ़ते हैं, उससे काफ़ी छोटा उसका समय रहा।'

'क्या तुम अब भी इस देश में कुछ अच्छा होने की उम्मीद कर सकते हो?' ज़ायरा ने टेबल पर हाथ पटकते हुए कहा। 'अब फ़ैशिस्ट कैपिटलिस्ट का ही हर जगह क़ब्ज़ा रहेगा।'

मैंने ज़ायरा की तरफ़ देखते हुए बड़ी नाख़ुशी में अपना सिर हिलाया और कहा–

'मोहतरमा, आपके हर दूसरे वाक्य में नौ बार कैपिटलिज़्म आ जाता है। ज़रा आप बताइए कि पूँजीवाद का ही इतिहास कितना पुराना है? महज़ ढाई सौ से तीन सौ साल के युवा पूँजीवाद को सोवियत रूस नाम की टक्कर मिल ही चुकी थी। और, पूँजीवाद को टक्कर देने वाला सोवियत रूस ख़ुद ही इतिहास बन गया। इक्कीसवीं सदी में ही पूँजीवाद को बूढ़ा घोषित कर नया विकल्प खोजने की बात हो रही है। पुतिन जिस तरह फिर से सोवियत ड्रीम देख रहा है और उस पर आगे बढ़ रहा है, वह अमेरिका और उसकी सहयोगी यूरोपीय शक्तियों के लिए नाइटमेयर बन रहा है। पुतिन जिस तरह से साम्राज्यवादी और फ़ासीवादी विस्तार कर रहा है, उसे देखते हुए तो अमेरिका भला लगने लगता है।'

चूँकि मेरा भाषण ज़ायरा को सम्बोधित करते हुए शुरू हुआ था तो उसने मेरी बात ख़त्म होने से पहले ही मुझे सैल्यूट मारी। उसकी आँखों में अपने लिए तारीफ़ देखते ही मैं शर्मसार-सा हो गया। अपनी बात समेटने के अन्दाज़ में मैंने कहा–

'यार, ये कुछ नहीं हो सकता वाला तुम लिबरलों का भाव बड़ा इरीटेट करता है। मतलब सारी क्रान्तियाँ तुम सबको इस जन्म में अपने ही सामने अपनी ही आँखों से देख लेनी हैं। और, ऐसा नहीं होने पर कुछ नहीं हो सकता... आज दक्षिणपन्थी विचारधारा से जुड़े लोग गांधी की मूर्ति तोड़ रहे हैं। क्या भूल गये वो समय जब नक्सली विचारधारा से जुड़े लोग गांधी की मूर्तियाँ तोड़ते थे। माओ को सबसे महान बताने के लिए गांधी को गाली दी जाती थी। आज सत्ता को ख़ुद को बनाने के लिए नेहरू को खलनायक बनाना पड़ता है। कभी माओ के लिए गांधी को खलनायक बनाया गया था। आख़िर हर किसी को अपने नायक बनाने के लिए गांधी को खलनायक क्यों बनाना पड़ता है। आज संघियों के प्रभाव में आ जाने के बाद तुम लोगों को गांधी भले लगने लगे हैं। भाषा दूसरी होती है लेकिन तुम लोग भी अपने-अपने तरीक़े से हर दिन गांधी की हत्या करते थे। आज समय बदल गया और मार्क्सवादी-माओवादी-लेनिनवादी मतलब जितने भी तरह के हो सभी गांधी-गांधी जप रहे हैं।'

मैंने अपनी ठण्डी हुई चाय को एक घूँट में पीते हुए उठने का उपक्रम करते हुए कहा–

'कोई भी सच और समय हमेशा एक-सा नहीं रहता है।'

वहाँ बैठे सारे लोग मूर्ति की तरह शान्त बैठे थे, सिर्फ़ ज़ायरा की आँखों में अजीब सी हलचल थी। वो हलचल मेरे दिमाग़ को ठहरा सकती थी, इसलिए उन लोगों के मुँह खुलने के पहले मेरी लम्बी टाँगें मुझे वहाँ से दूर कर चुकी थीं।

अट्ठाईस

अरावली की पहाड़ियों में बसे जेएनयू के खुले आकाश की यादों से निकल मैं मुनिरका की तंग गलियों में पहुँच चुका था। मुनिरका के सौ गज़ वाले उस फ़्लैट के तीसरे माले तक पहुँचने में मेरी लम्बी टाँगों ने मेरी ख़ूब मुख़ालफ़त की। तीसरे माले पर पहुँचते ही एक कमरे की किवाड़ पर लिखा देखा, 'दीप जिसका महल्लात में ही जले...'। यही कमरा ज़ायरा का होगा सोचते ही बेधड़क खटखटा दिया। दरवाज़ा खोलते ही जो ज़ायरा सामने दिखी वो जेएनयू जैसी बिल्कुल न थी। छोटे बरगंडी बाल और नाक में नथ। रंग भी हल्का साँवला हो गया था। पर वो ज़ायरा थी। हर रूप में अज़ीम।

कमरे में ज़मीन पर ही गद्दा लगा हुआ था जो बिस्तर से लेकर वर्क डेस्क और डायनिंग टेबल सबका काम करता होगा। मेरे जैसे मेहमान को भी उसी पर तशरीफ़ रखनी थी।

ज़ायरा नीचे ज़मीन के बिस्तर पर बैठ गयी, पर मैं संकोच में खड़ा ही रहा।

ज़ायरा ने मुझे घूरते हुए कहा, 'जल्दी से बैठ जाओ।'

'क्यों'

'यहाँ की छत इतनी नीची है कि लग रहा तुम्हारा सिर पंखे से टकरा जायेगा।'

'अरे तुम सर्दी में भी पंखा चलाने लगी हो क्या।'

मेरे इतना कहते ही उसने मेरा हाथ खींच कर जबरन बिस्तर पर बिठा दिया। बैठ कर जूते की लेस खोलने में जो तकलीफ़ हो रही थी उसे मैंने चेहरे पर आने नहीं दिया।

'तो दिल्ली पुलिस से खफ़ा हो, कर क्या कर रहे हो जनाब!'

'अपनी जासूसी एजेंसी खोल ली है।'

'क्या बकवास है, क्या वाक़ई?'

'बाक़ी लड़कियाँ तो जासूसी की प्रोफ़ाइल सुन फ़िदा हो जाती हैं। लेकिन कामरेड से तो बकवास ही सुनने की उम्मीद थी।'

'पुलिस की नौकरी क्यों छोड़ी।'

जवाब देने के पहले मैंने देखा कि बिस्तर पर पुराने अख़बार रखे थे। एक ख़बर पर नज़र गयी, 'छब्बीस जनवरी की सुरक्षा का पुख़ता इन्तज़ाम, परिन्दा भी पर नहीं, मार सकता '। उसी जगह पर दूसरे दिन की ख़बर थी, 'राजपथ पर परेड के दौरान घुसे दो कुत्तों ने किया परेशान'। मैंने दोनों अख़बारों की हेडिंग को एक साथ लाते हुए ज़ायरा को दिखाया और कहा–

'बस इसलिए।'

हेडिंग देखकर ज़ायरा भी हँस पड़ी और बोली, 'पत्रकारिता व पुलिस दोनों को इस देश में कुत्ता ही बनाकर रख दिया गया है।'

'पुलिस की वर्दी की रोज़ तार-तार होती गरिमा से मैं परेशान हो गया था। बस ऊपर से टारगेट पूरा करने का ऑर्डर आ जाता था और तुम्हारा यह कथित कामरेड वसूली भाई बन जाता था। पुलिस का काम मजलूमों को सताना भर रह गया है। इस महकमे के भ्रष्टाचार ने मुझे जल्द ही सन्देश दे दिया था कि मैं यहाँ ज़्यादा नहीं टिक पाऊँगा। हाँ, जितने दिन मैंने नौकरी की इनवेस्टिगेटिव टीम के हिस्सा के तौर पर मेरी तारीफ़ होती थी। ख़ुद को तौलने के लिए पहले मैंने एक-दो केस निजी तौर पर लिये। उनमें सफलता मिलने के बाद लगा कि मेरे अन्दर के ग़ालिब, मीर ने मुझे ऐसा दिल और दिमाग़ दे दिया है जो आदमी की पहचान कर सकता है। अगर आपने सामनेवाले आदमी को पहचान लिया तो फिर केस की तह तक तो आप पहुँच ही सकते हैं।'

'मैंने कहा था न तुम्हारे अन्दर एक कामरेड है। पुलिस की पावर को लात मारने से बड़ी कामरेडशिप और क्या हो सकती है।'

ज़ायरा ने यह बात जिस तरह भावुक होकर कही, मुझे ज़रा भी अच्छा नहीं लगा। वह ख़ुद से थकी और परेशान लग रही थी। जेएनयू मेरी पसन्दीदा जगहों में तो ज़ायरा मेरी पसन्दीदा लड़कियों में से थी। इस तंग कमरे में कमज़ोर-सी ज़ायरा को देखना ज़रा भी भला नहीं लग रहा था।

'और तुम्हारा क्या चल रहा है।'

ज़ायरा ने तकिये के नीचे से तह कर रखा अंग्रेज़ी अख़बार पकड़ाया और एक ख़बर पर उँगली रखी। जेएनयू के एक स्टूडेंट एक्टिविस्ट पर सेक्सुअल हैरेसमेंट के मामले की ख़बर थी। मैंने सवालिया निग़ाह से ज़ायरा की तरफ़ देखा।

'यह केस करने वाली मैं हूँ।'

'अरे।'

इस ख़बर पर पहले मेरी नज़र पड़ी थी। चूँकि ऐसी ख़बरों में पीड़िता का नाम नहीं रहता है, इसलिए यह ज़ायरा से जुड़ी ख़बर है, यह मैं नहीं जान पाया था।

'तुम्हारे साथ। वो भी तुम्हारे विचारों वाला, तुम्हारी पार्टी का।'

हमारे देश में मर्द चाहे मार्क्स का झण्डा उठाकर चलें या गांधी, अम्बेडकर का। रहते वो आख़िरकार मर्द ही हैं। औरत की कंसेंट लेने की ज़रूरत मार्क्सवादी भी नहीं समझते हैं। अभी तक हमारे देश में ऐसा कोई वाद नहीं आया है जो दारू पीने के बाद मर्द को सिर्फ़ मर्द बनने से रोक दे। दारू पीने के बाद उस लड़की को अपनी प्रोपर्टी समझ लेते हैं जो उनके साथ दारू पी रही है। साथ दारू पी सकती हो तो साथ सो क्यों नहीं सकती? और क्वेश्चन टैग तो है ही नहीं, बस झपट्टा मारना है।'

ज़ायरा से जुड़ी ये सब बातें सुनकर मैं परेशान हो रहा था। तभी ज़ायरा ने कमरे की दीवार से लगी लकड़ी की अलमारी से वोदका निकाली और सामने पड़े दो गिलासों में उसे उड़ेल दिया। उस माहौल में मेरा पीने का मन बिल्कुल नहीं था लेकिन ज़ायरा की ख़ातिर घूँट भर लिया। ज़ायरा ने पीठ के बल लेटते हुए मेरी जाँघों पर अपना सिर रख दिया। बिस्तर के पास से उसने वालिनी की ट्यूब उठायी और मुझे कहा,

'कमर बहुत दर्द कर रही। ज़रा ये लगाकर दबा दो।'

'दारू कुछ देर में असर करेगी और दर्द ख़त्म हो जायेगा', मैंने टॉप से उसकी कमर ढकते हुए कहा।

'मैं चाहती हूँ देह पर कुछ देर किसी मुलायम से इन्सान की मुलायमियत का असर रहे।'

मैं लाजवाब होकर उसकी कमर पर लोशन लगाकर हल्की मालिश करने लगा। ज़ायरा ने कहा, 'अभी तुम्हें किसी चीज़ की तलब होती है? आई मीन भूख, क्रेविंग।'

'कालेज कैंटीन में मेरी अदरक वाली चाय का खाता देखा था? तुम्हारी पूरी लाल सलाम वालों की टोली का बिल एक तरफ़ और मेरे अकेले का बिल एक तरफ़।'

'अभि जानते हो, अदरक वाली चाय की तरह कभी-कभी रात में किसी मुलायम से इन्सान की भी क्रेविंग होती है। और, वो ऐसा ही इन्सान होता है जिससे आपका राब्ता रहा हो। उसकी ख़ुशबू याद आती है। मेरे लिए स्मेल हमेशा से एक इश्यू रहा है। मैं तुम्हारे सिंथाल साबुन की स्मेल को आज तक भूली नहीं हूँ। आज जब तुम आ रहे थे तो मुझे दूर से उसकी ख़ुशबू आ रही थी। लेकिन जब नज़दीक आये तो लगा तुममें, तुम्हारी वो ख़ुशबू नहीं है। मेरी तरह तुम भी बदल गये यानी तुम्हारी ख़ुशबू भी बदल गयी।'

'मोहतरमा अभी कड़कड़ाती ठण्ड है और सिंथाल साबुन गर्मी में इस्तेमाल करता हूँ।'

मालिश और हल्की बातचीत से ज़ायरा अजीब-सा सुकून महसूस करने लगी और थोड़ी देर में उसने टॉप ही उतार दिया। मैं हल्के-हल्के उसकी पीठ की मालिश करने लगा। कुछ ही देर में ज़ायरा को मेरी गोद में नींद आ गयी। कहीं उसकी रिब में दर्द न हो जाये, इसलिए मैंने उसे सीधा कर सुला दिया। उसे ठीक से रज़ाई भी ओढ़ा दी। थोड़ी-सी कुनमुनी होने के बाद वह गहरी नींद में सो गयी। रात के 10 बज गये और मैं लौटना चाहता था। लेकिन चैन से सोती ज़ायरा को जगाने की हिम्मत नहीं हुई। तभी मुझे कहीं कुछ पढ़ा हुआ याद आया—

'इफ यू लव समवन, लेट देम स्लीप।'

ज़ायरा नींद में थी तो मैं एक हाथ से उसकी पीठ सहलाते हुए दूसरे हाथ से अपना फ़ेसबुक देखने लगा। तभी एक फुलबाड़ी मसाजर का विज्ञापन करती लड़की दिखी। विज्ञापन में लड़की का हाव-भाव अजीब-सा था तो मैं ग़ौर से देखने लगा। लड़की ने मसाजर इस्तेमाल करने के पहले कमरे का माहौल रोमांटिक किया और फिर विज्ञापन के अन्त में सिर्फ़ उसके पैरों की अकड़न दिखायी गयी। यह अकड़न स्त्री के आर्गज्म का ही संकेत थी।

फिर मुझे समझ में आया कि यह वाइब्रेटर का विज्ञापन है। फ़ेसबुक पर इस तरह वाइब्रेटर बिकते हुए मैं हैरान रह गया। कैसी दो तरह की दुनिया में जी रहे हैं हम। एक तरफ़ तो वाम बुद्धिजीवियों को भी औरत का कंसेंट लेने की तमीज़ नहीं है, वहीं औरत आर्गज्म के लिए ख़ुदमुख़तार हो गयी है। तभी मुझे याद आयी वो विवादास्पद कविता जिसमें रचनाकार एक ऐसी स्मार्ट सिटी की माँग करती है जहाँ सेक्स टॉय बिकते हों। मेरे दिमाग़ से ज़ायरा के बोल टकराने लगे। मर्दवादी सोच ने औरतों को कितनी अकेली बना दिया है। स्त्री और पुरुष की देह का मिलन इस दुनिया का सबसे सुखद क्षण होता है। लेकिन मर्दवादी सोच औरतों के लिए इसे भी त्रासदी बना देती है।

मैं विज्ञापन को रिप्ले करता हूँ। अकेले कमरे में अकेली औरत के चेहरे पर सुख। आख़िर यह सुख एक मर्द की मौजूदगी में उसके साथ क्यों नहीं हो सकता था? हम अपनी सोच में ग़ैरबराबरी ख़त्म नहीं करेंगे तो इसी तरह स्त्री और पुरुष दोनों अकेले होते जायेंगे। कैसा होना चाहिए स्मार्ट सिटी का लुक? यह सोचते ही मुझे जेएनयू में नारे लगाती, दौड़ती-भागती ज़ायरा की याद आ गयी। उसे तो और

बेहतर होना था। पर, आज वो भारतीय क़ानून के हिसाब से एक ऐसी विक्टिम है जिसका नाम तक अख़बार में नहीं छप सकता है।

मैं रज़ाई में लिपटी ज़ायरा को देख रहा था। तभी उसकी रज़ाई उघड़ी और उसका एक वक्ष बाहर झाँकने लगा। मुझे मौली का चाक़ू धँसा वक्ष याद आ गया।

मेरा दिमाग़ उस आँकड़े को सोचने लगा जो कभी कहीं पढ़ा था। अपराध तो मर्द और औरत दोनों के साथ होते हैं। लेकिन औरतों के साथ बलात्कार व हत्या जैसे अपराध करनेवाले ज़्यादातर उनके आसपास के ही मर्द होते हैं। अपनी पहचान की निगाहों से होती है हवस का शिकार और जानने वाले ही वक्ष के आर-पार कर देते हैं चाक़ू। कहीं मौली का हत्यारा देवराज सिंह ही तो नहीं। अचानक ज़ायरा ने आँखें खोलीं और मुझे जाने का इशारा किया। मैंने राहत की साँस लेते हुए जूते पहने और दरवाज़े के बाहर तब तक खड़ा रहा जब तक ज़ायरा ने उठकर दरवाज़ा बन्द नहीं कर लिया। मुझे ज़िन्दा ज़ायरा में मौली का मरा हुआ चेहरा दिख रहा था। मुझे कली से बात करने की सख़्त ज़रूरत महसूस हुई।

उन्नतीस

दफ़्तर पहुँचा तो देखा, कली बैठी हुई थी। रात के 11 बज रहे थे। इतनी रात में भी उसे मुस्तैदी से बैठे देख मैं शर्मिन्दा हुआ। वह किचन की ओर जाने के लिए उठी। मैंने उसे बैठने को कहा और फिर उसे मौलश्री की माँ से अपनी मुलाक़ात का ब्योरा दिया।

'वहाँ माहौल ऐसा हो गया था कि मेरी हिम्मत नहीं हुई पूछने की कि उसकी माँ कौन थी और मौली का पिता कौन था। मौलश्री की माँ भावुक हो गयी थीं और कहने लगीं, आग से दूर रहने में ही भलाई है वरना आँच तो आयेगी।'

'आप जानना क्या चाहते हैं?'

'मैं चाहता हूँ कि तुम एक बार मौलश्री की सहेली बनकर जाओ और उसकी पारिवारिक पृष्ठभूमि का पता करके आओ।'

'कितनी उम्र थी मौलश्री की?'

'यही कोई 24 साल। लेकिन क्यों?' मैंने उसके सवाल पर हैरान होते हुए पूछा।

उसने मुँह में कुछ हिसाब किया और फिर बोली।

'इसमें मेरे वहाँ जाने की क्या ज़रूरत है। आप ही थोड़े हाथ-पैर हिला लेंगे तो हो जायेगा।'

'अच्छा, वो कैसे?' मैंने पूछा।

'वो ऐसे सर, कि आपने आंटी की बात पर ध्यान नहीं दिया। उनके आँसुओं में धुल गये। दिस इज़ नाट लाइक ए प्रोफ़ेशनल।

'क्या!' मेरा दिल किया कि उसको एक जड़ दूँ।'

'अरे सर जी, आपको आंटी जी ने बताया कि जब वो प्रेग्नेंट हो गयीं और उनके परिवारों में अनबन हुई तो मामला थाने तक पहुँच गया।'

उसकी बात सुन उसे अचरज से देखते हुए मैं स्प्रिंग लगे खिलौने की तरह उठा।

कली ने अपना बोलना जारी रखा।

'सर 1995 का रिकॉर्ड देखना या कोई पुराना घुटा हुआ पुलिसिया ढूँढ़ना। एक काम और कर सकते हैं?'

मैंने प्रश्न-भरी नज़रों से उसे देखा। वो मुस्करायी। एक मारक मुस्कान जो दिल को तीन धड़कों जितना पावरफुल एक ही धड़का लगाने में सक्षम थी। वह उछलते हुए बोली।

'पहले कोशिश करें अगर बेला को आंटी जी का नाम पता हो। नहीं तो फ़ोन नम्बर हो और उसी से नाम-पता मालूम हो। वरना 'दे दाता के नाम' करते-करते जो मिल गया, वही लेकर आप लौट जायेंगे।'

'आज तो तुमने साबित कर दिया कि मेरी सोहबत का कितना असर तुम पर हो गया है। देखो कैसा शातिर दिमाग़ हो गया है।'

उसके चेहरे पर अजीब से भाव आये। मेरा दावा था कि अगर हाव-भाव पढ़कर अभिव्यक्ति बताने वाला कोई विशेषज्ञ वहाँ होता तो मुझे बता देता कि उसका मतलब था, 'माई फुट।'

मैंने बेला को कॉल लगायी और कार की सीट पर बैठ गया। बेला ने नाम और फ़ोन नम्बर दोनों बता दिये। उसे पैकेट में डालकर दिये पाँच हज़ार का कमाल था कि वो मुझे फिर से उसके घर आने का निमन्त्रण दे रही थी।

तीस

मैंने पश्चिम विहार थाने में क़दम रखा। एसएचओ एक जवान लड़का था। सीधे इंस्पेक्टर भर्ती हुआ था खेल कोटे से। मेरा परिचय जानने के बाद उसने दिलचस्प निगाहों से मुझे देखा। फिर बोला–

'क्या कर सकता हूँ मैं आपके लिए।'

मैंने उसे बताया कि मैं एक केस के सिलसिले में थाने का 1995 का रिकॉर्ड चेक करना चाहता हूँ।

'कैसा केस।'

'एक फ़ैमिली डिस्प्यूट। लव मैरिज एंड आब्जेक्शन फ्रॉम गर्ल्स फ़ैमिली।'

'क्या ज़माना आ गया। मैरिज ब्यूरो का काम भी प्राइवेट डिटेक्टिव करने लगे।'

मैंने मुस्कराकर उसके तंज़ को झेल लिया। कहते हैं मौक़े पर तो गधे को भी बाप बनाना पड़ता है। उसने मुंशी को बुलाकर पूछा कि फ़ाइलें कहाँ हैं।

'जनाब ऐसे तो न पता चले। कोई तारीख़, वारीख़ हो या फिर केस नम्बर हो।'

'देखो भाई मेनका सिंह के नाम से कोई फ़ाइल हो।'

'ऐसे तो कुछ नहीं पता चलेगा।'

मैंने असहाय भाव से इंस्पेक्टर से पूछा। उसने मुंशी को निर्देश दिया कि फ़ाइलें मेरे हवाले कर दे। ये ख़ुद मत्था मार लेंगे। आख़िर रोज़नामचे की फ़ाइल तो होगी न। उसी रजिस्टर से कुछ आइडिया हो जायेगा। लेकिन मुंशी उससे बेहतर सुझाव लेकर आया। उसका कहना था—

'जनाब, एक साल पहले मिश्रा जी रिटायर हुए। वे तीसरी बार इस थाने में पोस्ट हुए थे। उनका घर पास ही में शालीमार बाग़ में है। 1995 में उनकी पहली पोस्टिंग भी यहीं थी। अपनी 28 साल की नौकरी के 22 साल उन्होंने इसी थाने में काटे।'

फिर वो मुझसे मुख़ातिब हुआ, 'आप वहाँ पहुँचे, जनाब! कुछ हाथ न लगा तो, रोज़नामचे में भी खोज लेना।'

मुझे उसकी सलाह ठीक लगी। उसने एक पर्ची पर मिश्रा का पता लिख दिया। मैं शालीमार बाग़ पहुँचा।

मिश्रा जी बड़े सौम्य स्वभाव के थे। मेरे कहने से पहले ही बीवी को चाय का ऑर्डर टिका दिया कुछ खाने-पीने के साथ।

'आ जाओ सर, आपके बहाने मैं भी मीठी चाय पी लूँगा। कुछ खाने को मिल जायेगा वरना शुगर की वजह से बीवी ने खाने-पीने पर ही राशन लगा रखा है।' फिर उन्होंने मेरे आने का सबब पूछा। मैंने बताया।

'ऐसे कैसे पता चलेगा।'

'जो लड़की प्रेग्नेंट हुई उसका नाम मेनका सिंह था। लड़के के घरवाले शादी को सहमत नहीं थे। उन्होंने ही कोर्ट में केस दर्ज करवाया था।'

तभी मेरे फ़ोन की घण्टी बजी। उधर कली थी। मैंने उसे फ़ोन नम्बर दिया था। उसने सेंसस डिपार्टमेंट की कर्मचारी बनकर मौलश्री की माँ को फ़ोन किया तो पता चला कि उसका स्थायी पता पंजाबी बाग़ का था।

'मिश्रा जी, लड़की पंजाबी बाग़ की रहने वाली थी।'

महज़ इस एक वाक्य से मिश्रा जी के चेहरे के भाव बदले। साफ़ लग रहा था कि उनको कुछ याद आ गया था। चाय आ गयी। बीवी के कमरे से निकलते ही मिश्रा जी ने मुझसे पूछने से पहले ही एक रसगुल्ला उठाकर मुँह में ठूँस लिया और बर्फ़ी के एक पीस को उसके पीछे ही मुँह में धकेला। अब तो उनकी एनर्जी देखने वाली थी।

'मुझे याद आ गया। लड़के वाले पश्चिम विहार के ही थे। मुख्य बाज़ार में उनका कपड़े का बहुत बड़ा और मशहूर शोरूम था। लड़की के पिता एक मामूली जूनियर इंजीनियर थे। लड़के वालों के सामने कोई बड़ी औक़ात नहीं थी क्योंकि 1995 में तब मल्टी स्टोरी बिल्डिंग का ट्रेंड शुरू हो गया था और उनके एक बेटे ने कंस्ट्रक्शन कम्पनी बनाकर रोहिणी में एक सोसाइटी की इमारत का काम ले रखा था।'

'थाने तक नौबत क्यों पहुँची?'

'लड़के वालों ने शिकायत की थी कि लड़की चालू है और जान-बूझकर उनके लड़के को उसकी दौलत की वजह से फँसा रही थी।'

'लेकिन लड़की तो शायद प्रेग्नेंट थी।'

'आपको तो सब पता है। लड़की का पिता गुहार लगाये था कि उसकी बेटी को बदनाम किया जा रहा था और लड़केवाले के परिवार वाले जान-बूझकर शादी नहीं करना चाहते थे। एक दिन दोनों परिवार जब थाने में थे तो लड़के की माँ ने लड़की को थप्पड़ जड़ दिया। इस पर लड़का लड़की को लेकर थाने से निकल गया।'

'झगड़ा निपटा कहाँ?'

'एक हफ़्ते बाद लड़का वापस आ गया लेकिन लड़की का कुछ पता नहीं था। हमने लड़कीवालों को बुलाया पर उन्होंने आने से इनकार कर दिया। वैसे भी लड़कीवालों ने तो कभी शिकायत दी ही नहीं थी। शिकायत तो लड़केवालों की थी और उन्होंने आगे परस्यू किया नहीं।'

मिश्रा जी चुप हो गये।

'लेकिन लड़की अगर गायब थी तो वे मामला आगे बढ़ा ही सकते थे।'

'वो तो है लेकिन शायद लाज-शर्म के चलते उन्होंने केस को आगे न ही खींचने का फ़ैसला किया। तब इलाक़े में यह चर्चा थी कि लड़केवालों ने पैसे देकर उनका मुँह बन्द कर दिया था।'

मैं मिश्रा जी की ओर देखता रहा। फिर मैंने पूछा, 'क्या लड़केवालों की शिकायत की कापी थाने में होगी?'

'क्यों नहीं होगी।' वे बोले। उन्होंने अपनी चाय उठायी और बोले, 'लेकिन एक चर्चा यह भी थी कि लड़की अपनी मर्ज़ी से अलग हो गयी थी और यह ग़लत था कि माँ-बाप ने पैसे लेकर अपना मुँह बन्द कर लिया था।'

मैंने जो ग़लती कालका जी में की और जिसके कारण मुझे कली के हाथों शार्मिन्दा होना पड़ा, यहाँ न करने की क़सम खायी थी। लिहाज़ा मैंने चाय का कप उठाया और मिश्रा जी से पूछा, 'जिस लड़के के साथ मेनका सिंह का अफेयर था, उसका नाम क्या था?'

मिश्रा जी ने नाम बताया। चाय का कप मेरे हाथ से गिरते-गिरते बचा।

'जानते हो उसे? आजकल तो बहुत नाम हो गया है परिवार का। हालाँकि अब वे लोग यहाँ से जा चुके हैं।' मैंने मिश्रा जी से विदा ली। वापसी पर मेरा दिमाग़ जैसे सुन्न हो गया था।

इकतीस

मौलश्री की हत्या के मुश्किल केस की आमद के साथ ही ज़िन्दगी में ज़ायरा ख़ान की वापसी हुई थी। उस दिन मुनिरका से लौटने के बाद अक्सर ज़ायरा के फ़ोन और मैसेज आते रहते।

सुबह-सुबह का आलस ख़त्म होने के बाद काग़ज़ पर केस का अब तक का डायग्राम बनाते ही स्क्रीन पर ज़ायरा का जारा लिखा नाम चमकने लगा। हैलो, बोलते ही उधर से आवाज़ आयी– 'आज बेहतर महसूस कर रही हूँ। क्या आ सकते हो?'

ज़ायरा और जेएनयू मेरी पिछली ज़िन्दगी का वह बैज-सा था जिसे मैं अपने कन्धे से उतारना नहीं चाहता था।

सँकरी सीढ़ियों से अपने लम्बे पैरों की मुठभेड़ करवाकर कॉलबेल बजायी तो लगा जैसे ज़ायरा दरवाज़े पर ही खड़ी थी। मेरे अन्दर घुसते ही वो मुझसे ऐसे लिपटी जैसे कभी अलग ही न होगी। मुझे उसके साथ लिपटे हुए ही ज़मीन पर लगाये गये बिस्तर पर गिरना पड़ा। वो मुझे और मैं उसे कपड़ों से अलग कर चुके थे। नंगे बदन हम एक-दूसरे के लिए पश्मीना शॉल बने हुए थे।

'जानते हो अभि, तुम्हारे साथ फ़िजिकल रिलेशन का लिटरल मीनिंग समझ आता है। दैहिक सम्बन्ध कितना वार्म, डेमोक्रेट हो सकता है, तुम्हारी बॉडी इसकी ब्रांड एम्बेसडर है।' ज़ायरा मेरी गर्म छाती पर अपना ठण्डा पड़ रहा चेहरा रगड़ते हुए बोली।

'ओह! तो इस ब्रांड एम्बेसडर का प्रचार-प्रसार करो। और लोगों तक इस सेक्स-दूत आई मीन देवदूत को पहुँचने दो'। यह सुनते ही ज़ायरा हँसते हुए मेरी देह से नीचे सरकी और हमारे साथ हमबिस्तर हुए अख़बार भी अपनी आवाज़ से मौजूदगी दिखाने लगे। जेएनयू के टिपिकल स्टूडेंट की तरह आज भी ज़ायरा का बिस्तर अख़बारों और किताबों से भरा हुआ रहता था। ज़ायरा ने अपनी पीठ के नीचे से अख़बार खींचा तो उसकी नज़र मौलश्री केस की ख़बर पर पड़ी जिसमें मेरा बयान भी था।

'और इस केस की क्या प्रोग्रेस है?'

'अरे यार, इस केस के साथ तुम भी तो आयी हो ज़िन्दगी में। दोनों ही अबूझ हैं।' मेरे इतना कहते ही ज़ायरा ने आँखें बन्द कर लीं।

'मुझे तो पूरा शक मन्त्री देवराज सिंह पर लगता है। उसी ने हत्या करवायी है अपनी पत्नी और बेटी के सामने पोल खुलने के डर से।' बुदबुदाते हुए ज़ायरा ने कहा।

'तुम अपने साम्यवाद और पूँजीवाद पर ध्यान दो और ये बचकाना अन्दाज़ मत लगाओ। ये टीवी एंकरों के लिए छोड़ दो। वैसे भी देवराज अपने करियर के पीक पर ऐसी बेवकूफ़ी नहीं कर सकता। ऐसे सुलझे राजनेता किसी को अपनी राह से हटाने के लिए हत्या नहीं करवाते, उनके पास और भी कई तरीक़े हैं।'

मेरे इतना कहते ही ज़ायरा फिर से मेरे ऊपर दूसरे राउंड के मूड में थी और ठिठुरती सर्दी में देह को देह के अलावा और क्या चाहिए था?

'तो तुम और तुम्हारी पुलिस अपनी तरफ़ से देवराज सिंह को क्लीन चिट दे चुके हो?' निढाल होकर मेरी देह से नीचे सरकते हुए ज़ायरा ने अलसाई-सी आवाज़ में कहा।'

'वो तो कोई बच्चा भी दे देगा। हाँ मेरा शक रो...वैसे छोड़ो न। तुम इस मसले पर क्यों अपना दिमाग़ ख़राब कर रही वो भी मेरे साथ बिस्तर में।'

'तुमने अपनी पीएच.डी. तो अधूरी छोड़ दी है, अब क्या करना चाहती हो?' मेरे इस सवाल पर ज़ायरा ने कहा, 'जेएनयू से पालीटिकल साइंस की एमए की डिग्री काफ़ी है। छात्रसंघ में बनी मिस ज़ायरा ख़ान की जुझारू पहचान के बाद हर राजनीतिक दल में विकल्प खुले हैं। नेताओं को हमारे जैसे सहायक की ज़रूरत होती है जो ज़मीन से लेकर थ्योरी तक पर काम कर सकते हैं।'

'तो क्या तुम भी राहुल-प्रियंका की टीम में जाने वाली हो?'

मेरे इस सवाल पर ज़ायरा खिलखिलायी।

'अरे, डगमगाती नाव के साथ कौन करियर बनाये। मुझे सत्ताधारी दल के नेताओं से ऑफ़र हैं, तो उन्हीं में से किसी एक को चुनूँगी।'

'हम तो जेएनयू के नाम पर कलंक साबित होंगे। मैं पुलिस से जासूस और तुम एक दक्षिणपन्थी सरकार के नेता के साथ।' मेरे इस ताने पर ज़ायरा थोड़ी नाराज़-सी दिखी और मेरी देह में अपना चेहरा छुपा लिया।

ज़ायरा मेरे शरीर को ओढ़े हुए सो चुकी थी और मैं अब उसे रज़ाई ओढ़ाते हुए एक बार और उसकी देह को देख रहा था। मेरा मन तृप्त-सा था और तय कर रहा था कि ज़ायरा से अगली मुलाक़ात मौली के क़ातिल के गिरफ़्त में आने के बाद ही करूँगा।

बत्तीस

देवराज सिंह ने बड़े ग़ौर से अपने दफ़्तर के शीशे से बाहर खड़ी मौलश्री को देखा। फिर वह अपनी कुर्सी से उठा और दफ़्तर के अपने वाशरूम में गया। हाथ धोने के लिए वाशबेसिन पर जब वह खड़ा था तो उसकी निगाह अपने पर पड़ी और उसने सोचा कि क्या था उसमें कि उसको मौलश्री जैसी हसीना का सहवास हासिल हो। कुछ भी नहीं। जिस किसी को वो पहली बार मिलती थी, उसकी यही चाहत होती थी, कि किसी तरह वक़्त थम जाये। उसको देखने भर में ही ऐसा सुख था कि व्यक्ति को ऐसे लगता था जैसे अचानक उसकी सभी ख़्वाहिशें एक ही ख़्वाहिश में विलोपित हो गयी हैं। उसे पा लेने की चाहत।

वह बाहर निकला तो उसने देखा, मौलश्री उसकी टेबल के पास खड़ी थी। उसने दफ़्तर के खुले शीशों पर ब्लाइंड्स खींच दी थी। उसे वाशरूम से निकलते देख वह मुस्करायी। ऐसे लगा उसके होंठों को चीरकर सितारे बिखर गये हों। सिंह का मन किया कि वह वहीं उसे दबोच ले लेकिन मौलश्री दफ़्तर में ख़ाली इजहारे ख़याल तक ही महदूद रहती थी। सिंह ने ख़ुद पर क़ाबू किया लेकिन उसके पास से गुज़रते हुए वह उसको छूना नहीं भूला और उसकी बाँह मौलश्री के वक्षस्थल को छूते हुए निकली। उसने एतराज़ न किया।

'आज शैंग्रीला में कमरा बुक करवा लेना।'

'आपने मेरी रिक्वेस्ट पर कुछ सोचा। मेरे पास वक़्त का तोड़ा है।'

सिंह की आँखों में अप्रसन्नता के भाव आये। लेकिन प्रत्यक्षत: वह बोला, 'शाम को बात करते हैं। देखते हैं क्या हो सकता है।'

मौलश्री टेबल पर झुकी और फिर उसके चेहरे के हाव-भाव बदले। अचानक उसकी आँखों से चिंगारियाँ-सी बरसीं।

'आप मेरे साथ यूँ खिलवाड़ नहीं कर सकते। मुझसे किया वादा तो क्या पूरा करना, आप तो मेरी वाज़िब माँग की भी उपेक्षा कर रहे हैं।'

'करते हैं न शाम को बात।'

'अमृतलाल जी को भेज दूँ?'

'वे आये हैं क्या? अरे उनको क्यों बाहर बिठाये हो? जल्दी भेजो।'

मौलश्री बाहर निकली लेकिन उसके चेहरे पर चिन्ता की लकीरें साफ़ दिखायी दे रही थीं।

अमृतलाल ने दफ़्तर में क़दम रखा। दोनों ने हाथ मिलाया।

'क्या हुआ?' अमृतलाल ने पूछा।

'कुछ नहीं, बस ऐसे ही चलता है सब।'

तभी उनका सहायक सुरेश अन्दर दाख़िल हुआ और उसने एक फ़ाइल उनके आगे रखी। मन्त्री जी भड़क गये।

'कितनी बार कहा है कि कोई अन्दर हो तो थोड़ा इन्तज़ार कर लो। ऐसी क्या मौत पड़ रही है।' यह कहकर उन्होंने फ़ाइल को परे सरका दिया। अमृतलाल ने देखा फ़ाइल उसके बिजनेस राइवल रोहित कापड़ी की थी।

'क्या बात हो रही थी?' मन्त्री ने पूछा।

'आप उखड़े-उखड़े दिखायी दे रहे हैं। मौलश्री से कोई बात हुई क्या?'

'अरे नहीं, भई!' देवराज सिंह अमृतलाल से मौलश्री की बात करते हुए बहुत सावधान रहता था। आख़िर उनके दफ़्तर में मौलश्री को लाने का श्रेय अमृतलाल को ही था।

'बहुत अच्छी लड़की है। अगर कोई समस्या है तो मेरे पास वापस भेज दो। कोई समस्या नहीं।'

'चलो छोड़ो। ऐसी कोई बात नहीं और अगर कुछ है भी तो ऐसी कोई समस्या नहीं जिसका समाधान न हो।'

मन्त्री जी ने सर्द आवाज़ में कहा। अमृतलाल के चेहरे पर चिन्ता की लकीरें साफ़-साफ़ थीं।

'मेरी फ़ाइल का कुछ हुआ?' अमृतलाल ने रोहित कापड़ी की फ़ाइल पर निगाह जमाये हुए पूछा।

'अरे भई, इस बार बहुत दबाव है। पीएमओ से भी फ़ोन आया है। एक फ़ाइल के लिए पर्यावरण मन्त्री ने ज़ोर डाला हुआ है। कुछ दबाव परिवार के एक सदस्य से भी है। पर आप निश्चिन्त रहो।'

देवराज सिंह के महकमे की वजह से ही उनकी अमृतलाल से दोस्ती हुई थी, लेकिन राजनीतिक व्यवहार में कोई लिहाज़ नहीं था। कमीशन के रेट तय थे। कई बार अमृतलाल ने महसूस किया कि दोस्ती के कारण उसको तय दरों से ज़्यादा ही पैसा ख़र्चना पड़ता था क्योंकि आये दिन कोई न कोई बेगार भी सुनायी जाती थी और फिर होली-दीवाली अलग। पर कुछ हो नहीं सकता था।

'यार, तुमने नैनीतालवाली प्रोपर्टी का पता किया क्या?' देवराज सिंह ने पूछा।

'आपके मतलब का अभी कुछ नहीं है। मैंने दो-चार लोगों को अलर्ट कर रखा है। कोई अच्छा सौदा आते ही हमारे पास ख़बर आ जायेगी। आप निश्चिन्त रहें।'

देवराज सिंह ने घड़ी को देखा। अमृतलाल ने संकेत को समझा, 'कोई मीटिंग है क्या?'

'है तो सही। पर अभी आधा घण्टा है। क्या पियोगे?' अमृतलाल की कुछ इच्छा नहीं थी लेकिन उसे अपनी फ़ाइल को पुश करना था, सो चाय का ऑर्डर हुआ।

'बॉस, अगर फ़ाइल इसी हफ़्ते निकल जाती तो! दरअसल बैंक से सारी बात हो चुकी है। देरी से कई बार नुक़सान हो जाता है। पिछली बार याद है न, अफ़सर ही बदल गया था। नये से नेगोसिएशन का नुक़सान यह रहा कि उसको कमीशन भी ज़्यादा दी और इंट्रेस्ट भी ज़्यादा।'

'आप पर्यावरण विभाग का ख़याल रखो। उनसे फ़ाइल निकलना मुश्किल है। यहाँ तो हो ही जायेगी।'

'यह कापड़ी की फ़ाइल?'

'इसी के लिए तो पीएमओ से दबाव है।' मन्त्री ने कहा।

अमृतलाल को साफ़ पता था कि देवराज सिंह झूठ बोल रहा है। कापड़ी की पहुँच तो मुख्यमन्त्री तक नहीं। पीएमओ का तो सवाल ही नहीं।

'चित्रा का दबाव तो नहीं?' अमृतलाल ने बरबस ही कहा और फिर ख़ुद को कोसा।

'क्या मतलब, भई? चित्रा का ही ख़ास नाम क्यों?'

'कुछ नहीं।'

'कुछ तो है।' मन्त्री ने नाराज़गी से कहा।

'वो क्या है कि जिमख़ाना वाली घटना सारे शहर को पता है।'

मन्त्री ने ज़ोर से देश में मशहूरो मारूफ़ हो चुकी बहन की गाली दी।

'चित्रा अभी बच्ची है। उसे वहाँ यह बात करनी ही नहीं चाहिए थी।'

'देवराज जी!' अमृतलाल ने पहली बार मन्त्री का नाम लिया। 'इस बार फ़ाइल मेरी ज़िन्दगी और मौत का खेल है। थोड़ा ध्यान रखना। आप जैसा कहोगे वैसा ही होगा।'

देवराज सिंह के चेहरे पर परम सन्तोष के भाव आये। पीएमओ का सहारा क़द बढ़ाने के लिए ही लिया गया था। राजनीति का यही सबक़ है कि 'ऊपर' का भरपूर इस्तेमाल हो ताकि दोस्ती भी बनी रहे और माल भी आता रहे। राजनीति ही क्यों रिश्वतख़ोरी ही इस पर टिकी है। आप कई बार काम अपने प्रभाव से करवाते हैं और फिर करवाने वाले के नाम पर माल झाड़ लेते हैं। इसी तरह बार-बार जो पोस्ट अप्रूवल कट होता है, वह फ़ाइल रूटीन में ओके हो जाने के बाद ले लिया जाता है। मतलब माया से है, वो किस रास्ते से आती है, उसके इतने मायने नहीं हैं। अमृतलाल ने चाय ख़त्म की और फिर देवराज से विदा ली। बाहर निकलते हुए वह मौलश्री के डेस्क के पास रुका। वह खड़ी हुई। उसने वही सवाल दुहराया जो देवराज सिंह से किया था।

'परेशान दिख रही हो?'

'ऐसी कोई बात नहीं। यहाँ कुछ न कुछ चलता ही रहता है।'

'दिमाग़ पर ज़्यादा बोझ लेने की ज़रूरत नहीं। तुम जब चाहो वापस आ जाना। मैंने पहले भी कहा, तुम्हारी जगह मेरी कम्पनी में सुरक्षित है सदा।'

मौलश्री ने कृतज्ञता-भरी नज़रों से अमृतलाल को देखा। फिर वो आश्वासन-भरी नज़रों से उसे देखते हुए वहाँ से विदा हो गये।

तय वक़्त पर जब मौलश्री अपने काम को समेटकर शैंग्रीला जाने के लिए उठ रही थी तो हॉल में राधिका के क़दम पड़े। उसने विष-भरी नज़रों से मौलश्री को देखा। मन में गाली दी। मौलश्री ने सोचा– अगर सब कुछ ठीक रहा तो जल्द ही उसका मुँह देखने से भी छुटकारा हो जायेगा। वह उठी और बाहर निकल गयी।

होटल के कमरे में देवराज सिंह उससे पहले मौजूद था। व्हिस्की का गिलास उसके हाथ में था और मुर्गे की टाँग मुँह में।

'इधर आ जाओ,' उसने अधिकार-भरे स्वर में कहा। उसने उसे देखा, फिर वाशरूम की ओर मुड़ गयी। थोड़ी देर में लौटी और उसके पास बैठी। टेबल पर

वोदका की बोतल और आरेंज जूस पड़ा था। वोदका के मामले में उसकी प्राथमिकता यही रहती थी। देवराज ने पेग बनाना चाहा। उसने रोका।

'आज नहीं।'

'क्यों? हटो, इधर दो गिलास।' कहकर उसने आधी वोदका और आधे जूस से गिलास भर दिया। अक्सर जब वह ज़्यादा पी लेती थी तो होटल में ही रुक जाती थी क्योंकि जाने लायक़ हालत सुबह से पहले होती ही नहीं थी।

देवराज उसके क़रीब सरक आया और एक हाथ में गिलास उसे थमाया और दूसरे से उसे अपने पास समेट लिया। उसने गिलास टेबल पर रखा और उसके साथ सट गयी।

'आप मेरा काम कर दीजिए। आप अपने कहे पर तो खरे उतरे नहीं, अब मुझे यहाँ से निकलने का रास्ता दीजिए क्योंकि इसका कोई अन्त नहीं।'

'क्या प्रॉब्लम है इसमें। सब कुछ ठीक तो है।'

वह बिफर गयी। 'कुछ ठीक नहीं है। आपने दफ़्तर घर में शिफ्ट कर दिया है। वहाँ काम करने से ज़्यादा सहन करना पड़ता है। हर वक़्त आपकी पत्नी की नज़रों में रहना पड़ता है। चित्रांगदा भी मुझे पसन्द नहीं करती।'

'सब ठीक हो जायेगा। सही मौक़ा आने दो।'

'नहीं, सही मौक़ा कभी नहीं आयेगा। आपसे मेरी दरख़्वास्त है कि आप मुझे मुक्ति दें, नहीं तो मुझे और रास्ता सोचना पड़ेगा।' कहकर वह खड़ी हो गयी।

देवराज सिंह का चेहरा तमतमा गया। नशा पहले ही काफ़ूर हो चुका था। उसने मौलश्री का हाथ पकड़कर उसे खींचकर अपने पास बिठा लिया। फिर ग़ुस्से से बोला, 'रात खोटी मत करो। दारू पियो। मस्त रहो। कल सुबह होशोहवास में बात करते हैं और मुझे यह दूसरे रास्ते के बारे में भी बताना।' बात ख़त्म हो गयी।

टीवी पर मौलश्री की हत्या की ख़बर देखते हुए गुज़िश्ता सब कुछ चलचित्र की तरह देवराज सिंह के दिमाग़ में घूम रहा था। जैसे-जैसे मामला तूल पकड़ रहा था, बस यही बात देवराज सिंह को सता रही थी और वह फ़्लैश बैक में चला जाता था कि उससे कहीं कोई ऐसी ग़लती तो नहीं हुई कि वह हत्या के सन्दिग्ध में आये। मौजूदा क़ायदा-क़ानूनों के चलते होटलों की आवाजाही के दस्तावेज़ी सबूत रहते हैं। उस पर सीसीटीवी फ़ुटेज और मोबाइल लोकेशन। उसने मन ही मन अपने आगे की रणनीति तय की।

तैंतीस

अपने फ़ोन पर थाने का नम्बर देखकर रोहित कापड़ी के होश गुम हो रहे थे। दूसरे फ़ोन से उसने महेश कान्त का नम्बर मिला रखा था। फ़ोन उसके पीए ने उठाया था जो कह रहा था कि साहब ने डिस्टर्ब करने से मना किया है। लगातार बजती घण्टी को न उठाना भी जोखिम-भरा काम था। वह किसी भी कारण इंस्पेक्टर को नाराज़ नहीं करना चाहता था। आख़िर उसने फ़ोन उठाया। दूसरी तरफ़ से थाने के मुंशी का शुष्क स्वर सुनायी दिया। आपको आधे घण्टे बाद थाने पहुँचना है।

'कौन बोल रहा है?'

'महिपाल सिंह।'

'महिपाल जी, मैं आज बहुत बिजी हूँ। मेरी एमपी महेश कान्त जी से अपाइंटमेंट है। मैं कल आ जाऊँगा।'

'जी, इंस्पेक्टर साहब को आपकी मसरूफ़ियत का पता था। इसलिए अगर आप नहीं आ सकते तो वे अभी आपके पास आ जाते हैं।'

रोहित के पैरों तले की ज़मीन खिसक गयी। उसके पिता को अगर पता चल गया कि उसे थाने में बुलाया है तो उसके भविष्य का भगवान ही मालिक था।

'अरे नहीं, मैं कोशिश करता हूँ पहुँचने की।'

अगले 20 मिनट बाद ही वह थाने में महिपाल के मन्द-मन्द मुस्कराते चेहरे से रूबरू था जो अपने रोज़नामचे पर हाथ रखे बैठा था। उसने रोहित की हाज़िरी भरी और दस्तख़त भी ले लिये। बड़ी चालाकी से उसने उसकी आमद का टाइम नहीं डाला।

जब इन्तज़ार करते आधा घण्टा हो गया तो उसने नाराज़गी से महिपाल को कहा, 'आप तो कह रहे थे कि वे थाने में ही हैं।'

'तब थे। क्या अचानक कोई काम नहीं पड़ सकता! यह थाना है। जहाँ-तहाँ वारदात होती रहती है। कोई आप ही का केस थोड़े है।'

रोहित जल के रह गया। थाने से गाहे-ब-गाहे उसके मैनेजरों को काम बताये जाते थे लेकिन आज उसके साथ एक अजनबी जैसा व्यवहार हो रहा था। उसने तय किया कि आगे से पुलिस के आला अफ़सरों को वह ख़ुद हैंडल करेगा। साला ज़रूरत पड़ने पर धमकायेंगे तो नहीं।

सवा घण्टे तक न तो एमपी साहब ने फ़ोन ख़ुद लिया न ही इंस्पेक्टर आया। आख़िर विक्रम की जिप्सी थाने के अहाते में रुकी। अन्दर आकर वह बिना रोहित की तरफ़ नज़र उठाये अपने कमरे में चला गया। दस मिनट बाद बुलावा आया। रोहित ने कमरे में क़दम रखा और विश किया।

'आपसे मुलाक़ात नहीं हुई कभी!'

उसके इस बयान की अनदेखी करते हुए विक्रम ने पूछा, 'मन्त्री जी की बेटी से क्या रिश्ता है आपका?'

रोहित के दिमाग़ में ख़तरे की घण्टी बजी। 'जी, दोस्त है।'

'कब से?'

'तीन-चार महीने से।'

'मिलने का अन्तराल कैसे रहता है?'

'होती ही रहती है मुलाक़ात, सर कोई ख़ास वजह?'

'वह भी आयेगी। पहले बाक़ी आम बातें तो हो लें।'

'आख़िरी बार कब मिले थे?'

'ऐसे कुछ याद नहीं। शायद इसी हफ़्ते।'

'कहाँ होती थी मुलाक़ात?'

'ऐसी कोई जगह निश्चित नहीं।'

तभी रोहित के फ़ोन की घण्टी बजी। रोहित ने फ़ोन देखा। फिर इंस्पेक्टर को देखा। उसकी फ़ोन उठाने की हिम्मत न हुई।

'दरअसल, एमपी महेश कान्त जी को मेरे साथ ही आना था। लेकिन किसी काम में फँसे थे, आ न सके।'

'अरे, आप एमपी साहब के दोस्त हैं?'

'बिल्कुल भाई जैसे, सर। कभी उनको आपके पास लेकर आता हूँ। उनको आज ही आना था पर...'

'अरे भई, पहले बताना था। अब तो मैं बहुत डर गया हूँ। सवाल कैसे पूछूँ?'

'आप भी तो हमारे भाई ही हैं, सर! हमारे मैनेजर रूपेश तो थाने से जुड़े ही रहते हैं। आप जब कोई सेवा हो मुझे सीधे बताना। मेरा सौभाग्य होगा कि आपके किसी काम आ सकूँ।'

'शुक्रिया। लेकिन समझते हो न कि सरकारी काम भी साथ-साथ चलता है। तो आख़िरी मुलाक़ात कहाँ हुई?'

'कुछ याद नहीं सर!'

'अच्छा, मौलश्री को जानते हो?'

'मन्त्री जी की सेक्रेटरी?'

'वही।'

'एकाध मुलाक़ात हुई पर कोई ख़ास दोस्ती नहीं।'

'मन्त्री जी की पुत्री के साथ तो दोस्ती ख़ास न?'

'बस आपका आशीर्वाद है।'

इंस्पेक्टर के नरम रवैये के साथ ही रोहित बेख़ौफ़ होता जा रहा था। उसे लग रहा था कि महेश कान्त के नाम का तगड़ा असर पड़ा था।

'मन्त्री जी के महकमे का आपसे ताल्लुक़?'

'सीधा तो नहीं सर, पर बड़े प्रोजेक्ट तो उनके पास मंज़ूरी के लिए जाते ही थे।'

'तो किसके थ्रू जाते थे? मन्त्री जी की बेटी के ही?'

'मदद तो सबसे लेते हैं सर, पर काम तो अपने तरीक़े से होते हैं।'

फिर उसने आगे झुककर बोला, 'मन्त्री जी के महकमे की अमृतलाल जी पर ख़ास ही मेहरबानी है। मौलश्री कभी उनके लिए ही काम करती थी। वहीं से मन्त्री जी के यहाँ गयी। बाक़ी आप समझदार हैं।'

'यह तुम्हारे आख़री वाक्य में कुछ पेच है कि बाक़ी आप समझदार हैं। सीधे बोलो।'

'जी बात अगर हम दोनों में रहे तो मैं कहूँ।'

'बेफ़िक्र कहो।'

'मुझे पता चला है कि उन दिनों मौली को लेकर मन्त्री जी और अमृतलाल में कुछ खटपट थी। लाल के काम भी मन्त्रालय में रुकने शुरू हो गये थे।' इंस्पेक्टर सँभलकर बैठा। उसे अमृतलाल की फ़ाइल पर 'नामंज़ूरी' की मुहर याद आ गयी।

'आने वाले दिनों में कहीं जाने का इरादा तो नहीं?'

'न सर, यहीं हूँ दिल्ली में।'

'यहीं रहना।'

रोहित उठ खड़ा हुआ। 'तो मुझे इजाज़त है?'

'बैठे रहो।' विक्रम के स्वर में अब तक की जो रज़ामन्दगी थी, वह अचानक ग़ायब हो गयी और वो सख़्त आवाज़ में बोला, 'अभी एक सवाल का जवाब दो।'

रोहित बैठ गया और उसने इंस्पेक्टर की तरफ़ देखा।

'तुमने मौलश्री की हत्या क्यों की?'

एक पल के लिए उसके चेहरे की हवाइयाँ उड़ गयीं। फिर वह संयत होकर बोला। 'मैं भला ऐसा क्यों करूँगा!'

'क्योंकि उसने जिमख़ाना क्लब में तुम्हारी बेइज़्ज़ती की। तुम्हें लगता है, हम यहाँ बैठे-बैठे ही जाँच करते हैं।'

'सर, वो तो बहुत मामूली बात थी। मुझे तो याद भी नहीं था।'

'तो तुम्हारी दोस्त नाराज़ होगी! आख़िर उसे क्यों क़ुबूल होगा कि सेक्रेटरी मन्त्री-पुत्री के मित्र को बेइज़्ज़ती कर दे!'

'आप ग़लत समझ रहे हैं, सर! ऐसी कोई बात नहीं। वो बात तो उस दिन वहीं ख़त्म हो गयी थी।'

'क़त्ल के रोज़ कहाँ थे तुम?'

उसने बोलने को फ़ौरन मुँह खोला, फिर जबरन होंठों पर आयी बात को वापस अन्दर ठूँसा। फिर बोला, 'किस रोज़, सर?

'तुम्हें नहीं पता कब क़त्ल हुआ?'

उसने हथियार डाले पर प्रत्यक्षतः बोला, 'क्या मैं यह बताने के लिए बाध्य हूँ?'

'बिल्कुल नहीं। बस जवाब न देकर हमारा काम बढ़ा दोगे। समन बनवाने पड़ेंगे। सम्भावित अभियुक्तों में तुम्हारा नाम जोड़ना पड़ेगा।'

'क्या ज़ुल्म करते हो, सर।' फिर शहीद होने के अन्दाज़ में उसने बताया। 'मैं आपसे हाथ जोड़कर प्रार्थना करता हूँ कि आप यह बात अपने तक रखना। उस रोज़ मैं पूरा दिन कमल कुन्दन के साथ था।'

'यानी?'

'जी, कमल के साथ।' रोहित ने फिर गुप्त तरीक़े से बोला।

'भई, तुम्हारे लिए हो सकता है कि उसका दर्जा अमिताभ बच्चन का हो पर मैं वाक़िफ़ नहीं, कौन हैं ये साहब?'

'सर, यह मशहूर डांसर है। मेरी दोस्त है।'

‘कमाल के आदमी हो, भई! तुम्हारी यारियाँ तो तुम्हारी मल्टीस्टोरी बिल्डिंग सरीखी हैं कि एक ही इमारत में कई फ़्लैट! यहाँ उसका पता और फ़ोन नम्बर लिखो।’ विक्रम ने एक काग़ज़ उसकी ओर बढ़ाया।

उसने ‘मरता क्या न करता’ के अन्दाज़ से लिखा। शहर न छोड़ने की हिदायत के साथ इंस्पेक्टर ने उसे विदा किया।

थाने से निकलते हुए उसे महेश कान्त के साथ अपनी दोस्ती की निरर्थकता का अहसास हुआ। उसने गाड़ी डिफ़ेंस कालोनी की ओर बढ़ायी। कमल को आगाह करना ज़रूरी था वरना वह भी डर ही न जाये।

चौंतीस

मैंने बड़े ग़ौर से अपने सामने बैठे अमृतलाल को देखा। जो हालात थे, उसमें मेरा उससे मिलना ज़रूरी हो गया था। हालात का इशारा जिन लोगों की ओर था, उनमें अमृतलाल भी शामिल था। उसके पास क़त्ल के एक से ज़्यादा मक़सद दिखायी दे रहे थे। कली जैसे ही चाय रखकर गयी, मैंने मौन तोड़ा।

'आप मेरे क्लायंट हैं। लिहाज़ा आपसे जुड़ी हर बात मेरे संज्ञान में होनी चाहिए।'

'बेशक।' उन्होंने एक संक्षिप्त जवाब दिया।

'मैं एक बार फिर आपसे सीधे तौर पर नहीं, पर यह जानना चाहता हूँ कि आपने मुझे ख़ुद को बचाने के लिए या फिर किसी दूसरे को फँसाने के लिए हायर किया है।'

अमृतलाल की आँखों में सख़्त नाराज़गी के भाव उभरे।

'मक़तूला ने मौत से पहले आपकी फ़ाइल, जिससे आपके पूरे बिज़नेस एम्पायर को झटका लग सकता था, पर नामंज़ूरी की मुहर लगायी थी। जिसका मन्त्री जी के पास पहुँचना महज़ वक़्त की बात था। क्या आपको इसका इल्म था?'

'पहले नहीं था, अब है।'

'मरने वाली को आपने ही मन्त्री जी के पास भिजवाया था। बाद में आपका उनसे दोस्ताना हो गया और अब मन्त्री जी के परिवार में उसकी वजह से घनघोर लड़ाई थी। मन्त्री जी की पत्नी को एक से अधिक बार उसे धमकाते हुए देखा गया। दोस्त पुरानी माशूक़ से ज़्यादा प्यारा हो सकता है!'

'सँभलकर, बरख़ुरदार! कोशिश करो कि कोई ऐसी बात न कहो जिससे मुझे यहाँ से उठकर जाना पड़े। मैं ऐसे चरित्र का व्यक्ति नहीं।'

'आपने रोहित की तरफ़ इशारा किया जबकि रोहित की जिस फ़ाइल को मौली ने रिजेक्ट करने की धमकी दी थी, वह आपकी फ़ाइल को बीट करके पास हो गयी थी। ज़ाहिर है कि आपके नुक़सान में रोहित का बड़ा फ़ायदा हो रहा था। यह भी एक बड़ा मक़सद हो सकता है क़त्ल का।'

'मौली के किरदार में जो भी परिवर्तन, जिसकी तरफ़ तुम इशारा कर रहे हो, मेरी मुलाज़मत से रुख़सत हो जाने के बाद आया। जब तक वह मेरे पास रही, पाक साफ़ थी।'

'जनाब, जिस कमल कुन्दन का नाम आपने सुझाया था, वह भी आपके ही पास थी। आपके हर इनागरल फ़ंक्शन में उसका नृत्य होता था। आपकी जानकारी के लिए आजकल वह भी रोहित कापड़ी के साथ गुलछर्रे उड़ा रही है।'

'मिले तुम उससे?'

'जी, और बैठक आनन-फानन ही मुल्तवी हो गयी क्योंकि रोहित कापड़ी के आने का वक़्त हो गया था।'

'ओह!'

'मन्त्री जी की पुत्री के बारे में आपकी क्या राय है?'

'चित्रांगदा? उसे क्या हुआ?'

'मरने से पहले वही मौली से आख़िरी बार मिली थी। गारंटी है इस बात की।'

'विश्वास नहीं होता। चित्रांगदा ने कभी मौली को पसन्द नहीं किया लेकिन उसका उसके साथ होना मेरी समझ के बाहर है।'

'आपसे मेरी दरख़्वास्त है। ज़रा आप हालाते हाजरा पर ग़ौर कीजिए और दिमाग़ पर ज़ोर दीजिए कि अगर कोई ऐसा हो जिसमें मौली का पूरा विश्वास हो क्योंकि...'

'क्योंकि...?'

'मरने से पहले मौली ने अपना एक सूटकेस और एक बैकपैक तैयार किया था। मानो कहीं जाना चाहती थी।'

'मुझे दो दिन का वक़्त दो। पता लगाता हूँ। और हाँ, हो सके तो रोहित पर और ग़ौर से ध्यान दो। मुझे पता नहीं क्यों उस पर बहुत गहरा शक है।'

मैंने तय किया कि रोहित और कमल कुन्दन से एक मुलाक़ात और करने का वक़्त आ गया है।

पैंतीस

बड़ी मुश्किल से विक्रम को मन्त्री जी से मिलने का समय मिला। उसे 'गो अहेड' देने से पहले राजबीर ने उसे साफ़ शब्दों में कह दिया था कि यह सब वो अपने रिस्क पर कर रहा था। देवराज सिंह ने ग़ौर से विक्रम नरूला को देखा, फिर पूछा, 'पंजाबी हो?' जैसे यह कोई घटिया बात हो।

'जी।'

'कहाँ के रहने वाले हो?'

'दिल्ली का ही हूँ। दादा जी पेशावर से आये थे 1947 में। सरकार ने यहाँ त्रिलोकपुरी में एक टुकड़ा ज़मीन अलाट की थी जहाँ से नयी ज़िन्दगी शुरू की।'

'अभी वहीं रहते हो?'

'जी नहीं, पिता जी का बिज़नेस था। कुछ मेहनत का जज़्बा था, अभी प्रीत विहार में घर है।'

'हूँ। मौली के मामले में क्या प्रोग्रेस है?'

विक्रम को लगा जैसे जवाबतलबी उसकी हो रही है।

'अभी तो कुछ ख़ास नहीं। आपसे मार्गदर्शन लेने आया था।'

'भई, हमसे नारेबाज़ी, जुमलेबाज़ी, भाषणबाज़ी वग़ैरह की ट्रेनिंग मिल सकती है। अपना काम तो तुम्हें ख़ुद करना पड़ेगा। कब से हो नौकरी में?'

'आठ साल से। सब-इंस्पेक्टर भर्ती हुआ था। एक प्रमोशन हो चुका है। एक बार कमिश्नर साहब से अच्छे काम का प्रमाण-पत्र पा चुका हूँ। तीसरे थाने में एसएचओ पोस्टिंग है। कभी कोई शिकायत नहीं है मेरे ख़िलाफ़।'

विक्रम ने नौकरी से जुड़े उनके सभी सम्भावित पूरक प्रश्नों का उत्तर देने की कोशिश की। लेकिन मन्त्री जी खाँटी राजनीतिक थे, ज़रा भी बेइज़्ज़त महसूस नहीं किया। एक सवाल निकाल ही लिया।

‘प्रमोशन किसी अच्छे काम की एवज़ में हुई या रूटीन में टाइम बाउंड तरीक़े से।’

आख़िर उसे ही बेइज़्ज़त होना पड़ा।

‘सर, मैं यह जानने आया था कि मौत से तीन दिन पहले जिमख़ाना क्लब में मौलश्री और आपकी बेटी के बीच में कहासुनी हो गयी थी। क्या यह बात आपकी जानकारी में थी?’

उन्होंने इनकार में सिर हिलाया।

‘दोनों में क्या पहले भी कभी झगड़ा हुआ?’

उन्होंने फिर इनकार में सिर हिलाया।

‘सर!’ विक्रम ने भरसक ख़ुद पर क़ाबू रखने की कोशिश करते हुए कहा, ‘क़त्ल के रोज़ आपकी बेटी ख़ुद अपनी गाड़ी में मक़तूल के साथ उसके घर गयी थी जहाँ वह क़रीब 15 मिनट तक रुकी। उसके बाद उसकी हत्या हो गयी।’

मन्त्री जी तमक गये। ‘भई, तुम हमारी शराफ़त का इतना नाजायज़ फ़ायदा उठा रहे हो कि हमारी बेटी पर क़त्ल का इल्ज़ाम लगा रहे हो। हमारे ही घर में बैठकर।’

‘सर, मैंने ऐसा तो कुछ नहीं कहा। मैं तो चाहता था कि आप मुझे चित्रांगदा मैडम से बात करने की इजाज़त दे दें तो...’

उनके ज़ोर-ज़ोर से हिलते सिर को देखकर विक्रम को रुक जाना पड़ा। अचानक उनका स्वर बुरी तरह तल्ख़ हो उठा।

‘अपने ये पुलिसिया हथकण्डे कहीं और दिखाना। महज़ साथ जाने से यह कैसे साबित हो गया कि क़त्ल चित्रांगदा ने किया। कहीं कोई फ़िंगर प्रिंट्स, कोई हथियार, कोई नोट या कुछ भी है? अँधेरे में तीर चलाने से पहले मेरे घर की बत्ती तो बुझा देते!’

उन्होंने एक अजीबोग़रीब मुहावरा गढ़ा। और उठकर खड़े हो गये। मैं भी यन्त्रवत् उठा।

‘चित्रा का इस मामले से कोई लेना-देना नहीं।’

‘सर, आपसे मौलश्री आख़िरी बार कब मिली थी?’

‘जाओ, जाकर हमारे पीए से हमारा अपाइंटमेंट चार्ट ले लो। और सुनो, तुम ये जाँच थोड़े पेशेवर तरीक़े से करो। ये अन्दाज़ों से क़ातिल गढ़ना छोड़ दो, तभी अगली तरक़्क़ी तुम्हें काम के बल पर मिलेगी।’

पिटा-सा मुँह लेकर विक्रम वहाँ से निकला।

छत्तीस

मैंने कमल कुन्दन से दुबारा सम्पर्क साधने की कोशिश की। उसने जल्दी ही फ़ोन उठा लिया।

'हेलो।'

'हाय। कैन वी मीट?'

'कहाँ?'

'अगर सम्भव हो तो अनारकली; मैं तुम्हें गेट पर ही मिलूँगा।'

'न। इधर कहीं आते हो तो ठीक है।'

मैंने अपने वॉलेट पर हाथ मारा। फिर पूछा, 'तो फिर आप ही बोलो।'

'लीला में आ जाओ। आधे घण्टे बाद।'

'मैं गोली की रफ़्तार से गाड़ी की ओर बढ़ा। क्योंकि मुझे लीला तक पहुँचने में 25 से 30 मिनट लग ही जाने थे। बावजूद इसके मैं उससे पहले पहुँचा और जाकर उनकी कॉफ़ी शॉप में डेरा जमाया। समय को देखकर मुझे लग रहा था कि यही वक़्त है कि नाश्ता पानी हो जायेगा। वह एकदम ताज़े फूल-सी महकती हॉल में दाख़िल हुई थी। उसकी चाल में कुछ बात थी कि वह चलती हुई भी नाचती महसूस हो रही थी। मुझे हॉल में बैठे 20 मिनट हो चुके थे। वेटर सभी दूसरी टेबल्स पर मसरूफ़ थे। शायद मैं उनको 'टिपटॉप' कस्टमर नहीं लगा था, इसीलिए किसी ने मेरी टेबल का रुख़ नहीं किया था। वह पूरी अदा से मेरी टेबल की ओर बढ़ी। क़रीबन आधे हॉल की नज़र उसके साथ-साथ ही मेरी टेबल की ओर घूम रही थी। उसने पास आकर अपने खुले बालों को झटका और उनमें फँसी पानी की बूँदें आकर मेरे मुँह पर गिरीं। मैं तो जैसे निहाल हो गया।

'जहें-नसीब!' मेरे अन्दर का फ़्लर्ट फ़ौरी हरकत में आया।

वह मुस्करायी। 'हँसी ते फँसी।' मेरा पंजाबी मन गुलशन-गुलशन हो गया।

हॉल में काउंटर पर मौजूद मैनेजर हमारी टेबल की ओर लपका। उससे पहले ही टेबल का वेटर अपने कस्टमर को छोड़कर हमारी तरफ़ आ चुका था। उसने कुर्सी पीछे सरकाकर मैडम को बैठने को कहा, जिसे मैडम ने क़ुबूल किया।

'वैलकम, वैलकम मैडम! हाउ गुड ऑफ़ यू टु कम।' वह एक कोने से दूसरे कोने तक अपनी बत्तीसी निकालता हुआ बोला।

'थैंक्यू। प्लीज़ टेक मिस्टर...' उसने मेरी तरफ़ देखा, फिर बोली, 'टेक हिज ऑर्डर फ़ॉर हिम एंड फ़ार मी माई यूजुअल ब्रेकफ़ास्ट।'

'यस सर!' उसने मुझसे पूछा। मुझे कुछ न सूझा। प्लीज़ मेक इट डबल। आई विल हैव द सेम।'

'सर, आर यू नॉन वेज?'

'नो प्रोब्लम।' मैंने कहा।

दोनों टेबल से रुख़सत हुए।

थोड़ी देर में स्क्रैम्ब्लड एग्स आन टोस्ट सर्व हुए। साथ में फ्रेश जूस। दोनों के लिए एक छोटा पोर्शन ब्लूबेरी चीज़ केक का भी था।

'क्या चाहते हैं?'

'चाहत की तो बात ही छोड़िए। जो चाहते हैं वह मिलता कहाँ है। ग़ालिब ने कहा है 'हज़ारों ख़वाहिशें ऐसी कि हर ख़्वाहिश पे दम निकलें।'

'अच्छा है, मगर ख़्वाहिशों को अमलीजामा पहनाने के लिए उनका इज़हार ज़रूरी है।'

'आप जान बख़्शी करें तो हौसला करूँ एक आपसे जुड़ी ख़्वाहिश ज़ाहिर करने का!'

उसने जूस का एक लम्बा घूँट लिया। कुछ सोचा, मुझे परखा और फिर फेंका।

'इजाज़त है।' उसका हाथ ऐसे अन्दाज़ में लहराया कि लगा जैसे वह नृत्य का कोई पोज देने जा रही है।'

'किसी दिन आपके 24 घण्टे पर अख़्तियार चाहता हूँ।'

'यह तो कोई मामूली ख़्वाहिश नहीं। ऐसी ख़्वाहिशें अगर हज़ारों हैं तो यह अभी नामंज़ूर। अब मतलब की बात करें।'

'हज़ारों तो क्या लाखों भी हैं पर आप जैसी कोई थोड़ी है। यह ख़्वाहिश भी वैसी हैं जैसी आप हैं। आप जैसी सिर्फ़ एक।'

'सोचना पड़ेगा। यह ख़्वाहिश उतनी भी आसान नहीं।'

'आप मेरे जज़्बे पर शक कर रही हैं।'

'बिल देकर घर चलते हैं।' उसने पेशकश की।

मुझे ध्यान था कि एक घण्टे बाद मेरी विक्रम के सामने पेशी है। इसलिए मैंने कहा, 'सुबह में शाम जैसी रंगीनी कहाँ। अगर गुस्ताख़ी न हो तो शाम कैसी रहेगी?'

'बढ़िया ख़याल है। शाम का काम शाम को ही हो। आगे बढ़ने से पहले एक बात याद दिलाना ज़रूरी है।' फिर उसने अर्थ-भरी नज़रों से मुझे देखा और बोली, 'काम समझते हो न! काम के लिए सुबह-शाम का फ़र्क़ करने वाले अक्सर ख़्वाहिशों में ही उलझकर रह जाते हैं।'

अब मेरा मन किया कि बिल देकर उसकी पेशकश ही क़ुबूल करूँ। ऐसी तैसी विक्रम की। कोई फाँसी थोड़े लगा देगा।

'कुछ पता चला?' मैंने उसकी तरफ़ देखा।

'क़ातिल का?'

'कुछ सॉलिड तो नहीं। एकाध लीड ज़रूर है।'

'क्या है?'

'सुनो, तुम्हारा अमृतलाल जी के बारे में क्या विचार है?'

'भले आदमी हैं। कई साल हो गये मुझे कार्यक्रम में जाते हुए। लेकिन कभी कोई शिकायत का मौक़ा नहीं देते। पेमेंट भी पूरे टाइम पर।'

'मौली तुमसे अपने दफ़्तर की बातें कभी शेयर करती थी। कोई लम्बी बात जो उसको मारने वाले की ओर इशारा कर सके।'

'ऐसी कोई बात मेरे ध्यान में तो नहीं। पर हाँ, मन्त्री जी की पत्नी और बेटी की ज़्यादती से दुखी रहती थी।'

'और मन्त्री जी से?'

'उनसे क्यों दुखी होगी? वे तो उसको सदा ख़ुश ही रखते थे। तुम्हें क्या लगता है कि उसके महँगे लाइफ़ स्टाइल का ख़र्चा उसकी तनख़्वाह से निकलता था!' वह रुकी।

'यानी हवा में जो धुआँ है, उसके नीचे आग है।'

'ऐसा भी कहीं होता है कि धुआँ हो और आग न हो।'

'यानी दोनों के बीच पेशेवर रिश्ते से ज़्यादा भी कुछ था?'

'डिटेक्टिव मैं हूँ क्या? अभी तक इतना ही न जान पाये या समझ पाये तो मसला पुलिस पर ही छोड़ दो।'

'मेरे आँख, कान, नाक भी तो गवाह होते हैं। और फिर तुम तो उसकी दोस्त थी।'

'तभी तो कहा, कुछ ठीक जगह निशाना लगाओ। पता करो कि कौन मौली से इतना दुखी हो गया कि उसको रास्ते से हटाना ज़रूरी हो गया।'

बात में दम था। मैंने उसी को कुरेदने की कोशिश की। वेटर दुबारा आ धमका, इस बार कैफ़े लाते के दो बड़े मग के साथ।

'मैंने सोचा, साहब तो वही पियेंगे जो मैडम पियेंगी, सो आपके लिए भी।' उसने कॉफ़ी का झाग से भरा मग मेरे सामने रखा।

'क्यों भई, ऐसा क्यों सोचा तुमने?' मैंने थोड़ी नाराज़गी से पूछा। उसकी बात मेरे अहंकार पर चोट जैसी थी।

'तजुर्बे से सर ! ब्रेकफ़ास्ट के मामले में भी तो आपने यही किया।'

मैंने वेटर के मुँह पर तमाचा जड़ने की अपनी ख़्वाहिशें पर ज़बरन क़ाबू करते हुए कॉफ़ी मग उठा लिया। उसके इस व्यवधान से हमारी बात बीच में टूट गयी थी।

'रोहित के बारे में क्या ख़याल है?'

'ठीक है। जवान है। दोस्त है मेरा पर कोई कॉपीराइट नहीं। उसके कार्यक्रम में जाना होता था। हमउम्र हैं तो हमारी बनती है।'

'उस दिन आपके घर आने वाला था। मुझे लगा जैसे उसके आने का कहते समय आपकी आँखों में डर था।'

'रोहित ग़ुस्से वाला है। तुम्हें देखकर वह नाराज़ हो सकता था। उसके साथ तुम्हारी पहली मुलाक़ात...' वह रुक गयी।

मैं समझ गया कि वह उसे हमारी मुलाक़ात के बारे में बता चुका है।

'उसके और मौली के बीच में तो मुलाक़ात ख़राब हुई थी। बताया उसने?'

'हाँ, उसे अपनी नयी सहेली पर बहुत विश्वास था कि वह उसकी फ़ाइल को 'यूँ', उसने चुटकी बजायी, साइन करवा देगा। लेकिन मौली ने उसे उसकी औक़ात बता दी।'

मुझे नहीं लगा कि रोहित की बेइज़्ज़ती से उसे कुछ तकलीफ़ हुई थी। बहरहाल मैंने बात को आगे बढ़ाया।

'जिमख़ाना में हुई बेइज़्ज़ती क्या क़त्ल का बायस बन सकती है? और यह सिर्फ़ बेइज़्ज़ती नहीं थी। करोड़ों के सौदे का मामला भी था।'

'जासूस साहब! तुम तो बिल्कुल ही किताबी लग रहे हो। यह तो नहीं? वह तो नहीं? कुछ काम करो। मौक़े से 15 किलोमीटर दूर रहकर क़ातिल को ढूँढ़ोगे तो फिर तो आतिशबाज़ी ही करोगे।' उसने एकदम बेलिहाज़ होकर मुझे मेरी जाँच की

दिशाहीनता की ओर इंगित किया। मुझे एक बार फिर बेइज़्ज़ती का अहसास हुआ लेकिन मैंने पीछा न छोड़ा।

'सुनो, याद करो कि क़त्ल के रोज़ तुम्हारी रोहित से मुलाक़ात हुई हो तो...?'

उसने वेटर को इशारा किया। बिल पलक झपकते हमारी टेबल पर था। मैंने बिल को लेने के लिए हाथ बढ़ाया लेकिन वेटर तो पहले ही बिल मेरी तरफ़ बढ़ा रहा था। 5200 रुपये। मैंने दो हज़ार के तीन नोट बिल बुक में रखे। वेटर ने उठाये और उसने मुझे उठाया।

'कीप द चेंज' कहकर वह आगे बढ़ी। 5200 का दुख 800 रुपये की टिप देकर एक हज़ार गुणा बढ़ गया।

गाड़ी पोर्च में मँगवायी गयी। मुझे यह पक्का पता चल गया था कि वह चाहे क़ातिल को न जानती हो पर क़त्ल की वजह और सम्भावित क़ातिल तक पहुँचने का रास्ता ज़रूर जानती थी। मैंने शाम को फिर उसके घर पर पहुँचने का संकल्प किया। वह अपने घर के बाहर उतरी।

'सुनो।' मैंने उसकी बाँह थामते हुए कहा–'कुछ तो बता दो।'

'बताया तो, 15 किलोमीटर वापस पहुँचो।' कहकर वह बिना विदा कहे विदा हो गयी।

सैंतीस

इंस्पेक्टर विक्रम नरूला जिमख़ाना पहुँचा। वह बहुत परेशान था कि केस का कोई सिरा हाथ में नहीं आ रहा था। टेलीविज़न मीडिया पर रोज़ पुलिस की नाक़ाबिलियत पर प्राइम टाइम डिबेट चल रही थी। कई चैनल पुलिस को डरपोक क़रार दे रहे थे कि वह मन्त्री के रुआब में आकर उनके परिवार से पूछताछ नहीं कर रही थी। उसका इरादा यहाँ चित्रांगदा से टकराना था। आख़िर वह दिखी बिजली की तरह क्लब में आते हुए। वह सीधे बार काउंटर पर पहुँची और पलक झपकते ही जैसे जादू के ज़ोर से ब्लडी मेरी का एक गिलास उसके सामने था। एक प्लेट पीनट बटर मसाला जो पहले से तैयार था, के ऊपर नीबू निचोड़कर और ख़ूब सारा हरा धनिया डालकर बार टेंडर ने उसके आगे सरका किया। उसने धीरे-से सिर हिलाकर उसे धन्यवाद किया और फिर अपनी ड्रिंक एन्जॉय करने लगी।

विक्रम उसके पहलू में पहुँचा। वह सादी वर्दी में था और उसमें पुलिसवाली कोई बात नहीं थी। वह एक ख़ाकी पेंट के ऊपर मैरून कलर की शर्ट और काली जैकेट पहने था। सलीक़े से कटे हुए बाल और क्लीन शेव चेहरा उसके जेंटलमैन होने का प्रमाणपत्र-सा लग रहा था।

'हैलो।' उसने मन्त्री-पुत्री से कहा।

'डू आई नो यू?' उसने पूछा। उसकी बड़ी-बड़ी आँखों में उत्सुकता थी।

'शायद नहीं। पर मैं आपको जानता हूँ।'

'ओह दैट वे।' कहकर वह अपनी ड्रिंक में मसरूफ़ हो गयी।

विक्रम को समझ नहीं आ रहा था कि वह बात को आगे कैसे बढ़ाये, पर यह मौक़ा दुबारा पता नहीं कब मिलता। लिहाज़ा उसने कहा, 'मैं मौलश्री की मौत की तहक़ीक़ात कर रहा हूँ।'

चित्रांगदा ने एक नयी दिलचस्पी के साथ उसे देखा।

'हफ़्ता होने को है। कुछ पता चला या टीवी पर ठीक ही पुलिस की छीछालेदर हो रही है!'

'कुछ तो पता चला है। आपसे भी दोस्ती थी मरने वाली की?'

'रियली, यू नो दैट? पर मेरे पिता की किसी मातहत से मेरी दोस्ती कैसे हो सकती है?'

'तो नहीं थी आपकी दोस्ती?'

'न। कोई मतलब ही नहीं। सच कहो तो मुझे वो कुछ ज़्यादा पसन्द भी नहीं थी। बिना वजह हमारी बदनामी का कारण बन रही थी। आपका नाम...?' अचानक उसे सूझा कि वह तो उसका परिचय जाने बिना ही शुरू हो गयी।

'विक्रम नरूला।'

'घर भी आये थे आप। पापा की डाँट से मन नहीं भरा आपका, जो मेरा पीछा करते यहाँ तक आ गये।'

विक्रम ख़ून का घूँट पीकर रह गया। ऐसा अपमान तो उसे किसी केस में नहीं झेलना पड़ा था। एक पल के लिए उसका मन पुलिस की नौकरी के प्रति घिन से भर गया। साला सारा दिन अफ़सरों की ग़ुलामी करो, उनके बीवी-बच्चों के नखरे उठाओ और फिर ऐसी सिरचढ़ी औरतों के हाथों बेइज़्ज़त होओ। अपने रुआब और रुतबे का इस्तेमाल ग़रीब आटोरिक्शावालों या बिना हेलमेट दुपहिया वाहनवालों पर करो और इतराओ। उन्हीं से 100 से लेकर 2000 रुपये तक की रिश्वत वसूल कर अफ़सरों की चाकरी करो। छोटे दुकानदारों से मुफ़्त में माल उठाओ और मॉल में जाकर मुँहमाँगी क़ीमत अदा करो। यह क़सम ख़ाते हुए उसने सिविल सेवा परीक्षा के लिए और कड़ी मेहनत का संकल्प लिया, पर प्रत्यक्षत: पूरी दिलेरी से बोला।

'ऐसा लगता है कि दूसरों के मान-सम्मान की हत्या करना आपके परिवार का शग़ल है। अच्छा, यह बताइए कि अगर मौलश्री आपकी दोस्त नहीं थी तो आप क्यों उसकी मौत से पहले उसे ख़ुद ड्राइव करके उसके घर छोड़कर आयीं?'

इस सवाल पर उसके चेहरे का रंग उड़ गया।

'वो क्या है कि...', वह हकलायी और फिर अपना ड्रिंक बीच में ही छोड़कर उठ गयी।

'हो सके तो बताकर जाइए कि ऐसा क्या हुआ कि आपके रुख़सत होने के बाद घर से मौलश्री की लाश ही बरामद हुई?'

लेकिन उसकी बात सुनने के लिए वह वहाँ नहीं थी। लगभग दौड़ते हुए वह क्लब से निकली और अपनी कार लेकर चली गयी। विक्रम वहीं बैठा रहा। विक्रम ने बार टेंडर को इशारा किया और उसे एक जिन और टॉनिक वाटर लाने को कहा। यों ड्यूटी पर न पीना उसका दस्तूर था लेकिन पुलिसिया नौकरी की ज़लालत की दलदल में और धँसने से बचने का यही एक साधन था, जो उसे थोड़ी दिमाग़ी राहत दे सकता था। वेटर ने गिलास वहीं उसकी टेबल पर पहुँचाया जो बार स्टूल छोड़कर उसने क़ब्ज़ायी थी। पहली चुस्की से ही उसकी रगों में जैसे हौसले का करंट दौड़ गया। उसने चिकन टिक्का भी मँगवाया। वेटर को पता नहीं क्या सूझा कि पूछ बैठा, 'आपका मेम्बरशिप नम्बर, सर!' विक्रम ने उसे ऐसी ख़ूँख़ार नज़रों से घूरा कि वेटर का दम निकलते-निकलते बचा। मिनटों में ही चिकन उसकी टेबल पर था।

तभी हॉल में रोहित कापड़ी की आमद हुई। 'ए कापड़ी', विक्रम ने ज़ोर से आवाज़ दी। कई टेबल के गेस्ट्स ने उसकी तरफ़ देखा। रोहित ने भी उसकी तरफ़ ग़ुस्से से देखा लेकिन उस पर नज़र पड़ते ही ग़ुस्सा तपते तवे पर गिरी पानी की बूँद की तरह काफ़ूर हो गया। और वो विक्रम की टेबल की ओर बढ़ा।

विक्रम ने तय किया कि वह चित्रांगदा का सारा ग़ुस्सा अब रोहित पर ही निकालेगा।

'अब बताओ उस दिन क्या हुआ यहाँ?' उसके बैठने से पहले ही विक्रम ने सवाल दागा।

'सर, आपको सब कुछ तो बता दिया। अब और क्या बताऊँ?'

'मन्त्री-पुत्री को मौलश्री के पास तुमने भेजा था?'

'मैं ऐसा क्यों करूँगा?'

'तुम्हारे प्रोजेक्ट का क्या हुआ जिसके लिए तुम उससे दस्तख़त चाहते थे।'

'मेरी जानकारी में कुछ नहीं। वैसे भी यह कोई वक़्त नहीं।'

'तुम्हारी तीन कम्पनियाँ बैंक में डिफ़ॉल्टर हो चुकी हैं।'

'सर, यह सब तो बिज़नेस में चलता ही रहता है।'

'नहीं, ऐसा नहीं है। यह प्रोजेक्ट साइन नहीं हुआ तो तुम दीवालिएपन की ओर चले जाओगे।'

'सर, लगता है आप अमृतलाल जी की डिटेल मेरी समझ रहे हैं। उनका मौजूदा प्रोजेक्ट अगर अटक गया तो उनका बिल्डिंग कंस्ट्रक्शन से बोरिया बिस्तर उठ

जायेगा। उनके एक प्रोजेक्ट के बाइंड-अप हो जाने की वजह से उन्हें अपने कस्टमर्स को भारी मुआवज़ा देना पड़ा था। उनकी आइन्दा ज़िन्दगी का पूरा दारोमदार उनके मौजूदा प्रोजेक्ट पर ही है।'

विक्रम का माथा ठनका। वह तो अपना पूरा फ़ोकस ही रोहित और मन्त्री-पुत्री पर किये बैठा था। यह एंगल तो उसने कभी एक्सप्लोर ही नहीं किया। मन्त्री जी के साथ मौलश्री के सम्बन्धों की बात होने के बावजूद उसकी हिम्मत नहीं थी कि वह बिना किसी सबूत के उनको शक के दायरे में लाता।

वैसे भी उनके शेड्यूल से ज़ाहिर था कि क़त्ल के रोज़ वे घर पर ही थे। और फिर मन्त्री को ख़ुद क़त्ल करने की ज़रूरत भी क्या थी? और अगर ऐसा कुछ था तो वहाँ क़त्ल से पहले उनकी अपनी ही बेटी की हाज़िरी क्यों कर होती?

रोहित की आँखों में राहत थी। उसको समझ आ गयी थी कि उसका तीर निशाने पर लगा है। उसने वेटर को इशारा किया और साहब के लिए रिफिल और अपने लिए जानीवॉकर ब्लैक लेबल ऑर्डर की। बाक़ी टाइम ख़ामोशी रही। अचानक विक्रम उठा और चल दिया। रोहित ने चैन की साँस ली।

अड़तीस

कमल कुन्दन की आवाज़ मेरे कानों में गूँज रही थी। '15 किलोमीटर वापस पहुँचो।' मैं इसका मर्म समझने की कोशिश में था। मुझे लगा नहीं कि मौलश्री जहाँ रहती थी वहाँ अभी कुछ और मिलने की सम्भावना थी। लेकिन मैंने गाड़ी को उधर मोड़ा। मुझे लगा 'शर्मा जी' से एक और मुलाक़ात ज़रूरी है। मैं सोसाइटी के गेट पर पहुँचा। शर्मा जी वहाँ मौजूद थे।

'नमस्ते, शर्मा जी!' मैंने उनकी ईगो मसाज के लिए पहल की। शर्मा जी ने मेरी आँखों में देखा और फिर जाने क्यों मुँह फेर लिया। उनकी इस बेरुख़ी का कारण मेरी समझ से बाहर था।

'क्या बात, कुछ परेशान दिखायी दे रहे हैं?' मैंने पूछा।

शर्मा जी ने अपना मौन तोड़ा। मैं दो सीढ़ी चढ़कर उनके छोटे-से कमरे में पड़े एक स्टूल पर बैठ गया।

'कुछ फ़ायदा नहीं साहब। मुझे कुछ नहीं पता।'

'अरे, मैंने कब कहा आपको कुछ पता है। मैं तो इधर से निकल रहा था, सोचा आपसे मिलता चलूँ। आप भी तो चाहते हैं कि मौली जैसी अच्छी मैडम का क़ातिल पकड़ा जाये।'

'साहब, यह अब हमें नहीं पता। हम ग़रीब को तो दो वक़्त की रोटी की जुगत जुटाने में ही टाइम लग जाता है। और जो होना था हो चुका।'

मुझे पक्का पता लग गया था कि शर्मा जी के पास कुछ ऐसी जानकारी थी जिसका जाँच में फ़ायदा हो सकता था लेकिन वे किसी दबाव में थे। मैंने अपने दिमाग़ पर ज़ोर दिया। फिर मुझे अर्जुन की याद आयी जिसने कहा था कि जिस समय घटना घटित हुई, शर्मा जी ड्यूटी पर नहीं थे। ज़ाहिर है कि घटना से पहले या बाद में ऐसा कुछ हुआ था जो शर्मा जी की जानकारी में था।

'शर्मा जी मेरे को जो काम मिला है, उसमें ऐसी व्यवस्था है कि जो भी मौली के क़त्ल को हल करने में मदद करेगा, उसको कुछ रक़म इनाम में दी जायेगी। आप मेरी मदद करें। क्या बतायेंगे कि मौली को मिलने कौन-कौन लोग आते थे।'

'अरे साहब, आपने देखा तो है कि यहाँ गाड़ी से आने वाले बेरोकटोक अन्दर जाते हैं। मैडम के पास ज़्यादातर गाड़ीवाले ही आते थे। कभी-कभार ही कोई गेट से होकर जाता था।'

'फिर भी कोई तो सिलसिला होगा यह जानने का कि उनके पास कौन-कौन आता था। गेट पर जो सीसीटीवी हैं, उनका रिकॉर्ड किसके पास है?'

'यह तो आपको सोसाइटी के ऑफ़िस में पूछना पड़ेगा।'

'अच्छा, यह तो बता दीजिए कि आगे पीछे कोई मौली के पास आया हो।'

'साहब, यूँ चर्चा तो हो ही जाती है। मैडम के पास एक बड़े साहब आते थे जिनका बिल्डिंग कंस्ट्रक्शन का काम है। एक मैडम जो शादी ब्याह में नाच गाना करती हैं वे नियमित आती थीं। इसके अलावा तो वे ज़्यादातर मन्त्री जी के दफ़्तर या उनके अपने दफ़्तर के लोगों से ही मिलती थीं। अक्सर मिलने वालों को गेट से ही लौटना पड़ता था।'

मैंने हताशा में सिर हिलाया और शर्मा जी को नमस्ते करके निकल पड़ा।

उन्तालीस

विक्रम ने पहले कमल कुन्दन को थाने बुलाने की सोची लेकिन फिर यह विचार दिमाग़ से झटक दिया। उसे लगा कि उसके पास कोई वजह नहीं है कि वह उसको थाने बुलाये। आख़िर वह कोई सन्देह के दायरे में तो थी नहीं। उसका दर्जा महज़ एक 'ऑफ़ द रिकॉर्ड' गवाह जैसा था। उसका मक़सद भी उसको मिलने के पीछे रोहित की एलीबाई को चेक करना था। उसके मुताबिक़ क़त्ल के रोज़ वह उसके पहलू में था। अगर हाँ तो कब तक? उसने अपने एडिशनल एसएचओ विजय कुमार को बुलाया और थाना उसके हवाले कर कमल कुन्दन के घर के लिए गाड़ी में बैठा। एक बार उसने सोचा कि वह किसी महिला अधिकारी को साथ ले लेकिन फिर इस ख़याल को भी दिमाग़ से झटककर वह डिफ़ेंस कॉलोनी की ओर चल दिया। फ़र्स्ट फ़्लोर की घण्टी बजाकर वह सीढ़ियाँ चढ़कर घर के दरवाज़े पर पहुँचा। घर की साज-सज्जा की गन्ध उसके दरवाज़े से ही आ गयी थी जिसके आगे दहलीज़ के आकार का कारपेट का टुकड़ा बिछा था। दो बड़ी-बड़ी मूर्तियाँ हाथों में फूलों के गुलदस्ते थामे थीं जिनमें से कोई ग़ैर-कुदरती सेंट महक रहा था। दरवाज़े में अत्याधुनिक बिल्ट-इन लॉक था जो शायद बटन से ही ऑपरेट होता था। कोई बटन दिखायी न दिया। फिर उसकी नज़र लॉक पर लगे एक मिनी की-कॉर्ड पर पड़ी जिसमें पिन दाख़िल करके ही अन्दर प्रवेश पाया जा सकता था। दरवाज़ा आठ फ़ीट ऊँचा था और निश्चित ही टीक-वुड से बना था। अचानक दरवाज़े के ऊपर लगा एक बल्ब जला और विक्रम ने देखा उस, पर लगा एक कैमरा पैन होकर उसके चेहरे पर टिक गया।

'कौन?' अन्दर से एक खनकती हुई आवाज़ आयी।

'पुलिस।'

दो क्षण मौन रहा। फिर दोबारा आवाज़ आयी– 'किससे मिलना है?'

'आयम इंस्पेक्टर विक्रम नरूला एंड आई वांट टू मीट मैडम कमल कुन्दन।'

कुछ क्षणों बाद ही दरवाज़ा खुल गया। उसने अन्दर क़दम रखा। आजकल यह जोखिम का काम था लेकिन विक्रम ने फिर भी अकेले आने का साहस किया। एक छोटे-से पैसेज को पार करने के बाद वह एक बड़े से लिविंग एरिया में पहुँच गया। वह सामने खड़ी थी। एक वन पीस पहने हुए। विक्रम के क़दम एक पल को ठिठके। फिर वह संयत हुआ और आगे बढ़ा। वह सामने के सोफ़े पर बैठ गयी।

'कहिए इंस्पेक्टर साहब!'

'जी, मैं माफ़ी चाहता हूँ कि मैं अकेला ही आया हूँ। दरअसल बात कुछ ऐसी थी कि मुझे लगा कि आप भी शायद प्राइवेसी को ही प्रिफ़र करेंगी।'

'मैं तो डर गयी हूँ आपकी ऐसी बातों से। क्या मैंने कोई ओवर स्पीड की या कोई मेरी गाड़ी के नीचे आकर मर गया और मुझे पता भी नहीं चला हो।'

'जी नहीं। ऐसी कोई बात नहीं। दरअसल एक केस के मामले में आपकी मदद की ज़रूरत है।'

'ज़रूर।'

'आप रोहित कापड़ी को जानती हैं?'

'जी बिल्कुल, मेरे दोस्त भी हैं और उनसे व्यावसायिक रिश्ता भी है। उनके यहाँ होने वाले कार्यक्रमों में अपनी प्रोफ़ेशनल कैपेसिटी में परफ़ारमेंस करने का भी। रोहित ने कुछ किया!'

उसने उसके जवाब में आख़िरी हिस्से को दरकिनार करते हुए पूछा, 'तो आप मौलश्री को भी जानती हैं?'

'जी, बहुत अफ़सोस है उसकी मौत का। हम लोगों में बहुत पटती थी हालाँकि उसके साथ पहली मुलाक़ात किसी परफारमेंस में ही हुई थी। फिर दोनों अकेली थीं तो कभी-कभार मुलाक़ात भी हो जाती थी।'

'आख़िरी मुलाक़ात कब हुई?'

'ऐसे कुछ ध्यान तो नहीं एग्ज़ैक्ट, पर हाँ जनवरी के शुरू में ही हुई थी।'

'उनकी ऐसी कोई बात जिससे लगता हो कि वे परेशान हैं या कोई उनको तंग कर रहा हो?'

'ऐसा कुछ खुलकर तो नहीं कहा उसने। पर अपने काम से कुछ ज़्यादा ख़ुश नहीं थी। उसका कहना था कि प्रेशर बहुत ज़्यादा था। फ़ैसले तो सारे मन्त्री जी के या महकमे के होते थे लेकिन लोग उससे नाराज़ हो जाते थे और फिर फ़ोन पर नैस्टी मैसेज और ट्रोलिंग के कारण तो उसने अपना ट्विटर हैंडल भी सस्पेंड कर दिया था।'

'फिर भी सोचिए, कोई ऐसी बात जो उनके क़त्ल की ओर इशारा कर सकती हो या क़ातिल की सम्भावना बताये। कोई दुश्मनी?'

'इंस्पेक्टर साहब, आप बात को अपने तक महदूद रखें तो कहूँ, आख़िर यह एक लड़की का ही नहीं बल्कि मेरी दोस्त का भी मामला है।'

'आप बेफ़िक्र होकर कहें।' विक्रम ने आश्वासन दिया।

'इसकी दुश्वारियों का कारण मन्त्री जी का परिवार भी था। मन्त्री जी की पत्नी और पुत्री दोनों उसे सख़्त नापसन्द करती थीं। जिस वजह से वह नौकरी से तंग थी। लेकिन शहर में अकेले रहना वह भी किसी नौकरी के बिना आसान नहीं था। और फिर मन्त्री जी को नाराज़ करके नौकरी मिलने का चांस भी ज़्यादा नहीं था।'

उसने विक्रम की तरफ़ देखा। उसे इस मामले में अपनी निस्सहायता पर तरस आया।

'कोई और...?'

उसने इनकार में सिर हिलाया। आख़िर विक्रम ने ही उसे टटोलने का मन बनाया।

'रोहित का क्या सीन है इस मामले में।'

'उसका क्या है, वह तो सारा वक़्त मेरे पास था।'

'कौन सा सारा वक़्त।'

'30 जनवरी को इंस्पेक्टर साहब, जिस दिन क़त्ल हुआ।'

उसके जवाब ने विक्रम के मन में जलते उम्मीद के दिये की पहले से ही बुझती हुई लौ को एक फूँक से बुझा दिया। क्या हो रहा था? सबके पास कितनी सॉलिड एलीबाई थी। तभी उसके फ़ोन पर राजबीर सिंह का नम्बर उभरा।

'जी जनाब, जय हिन्द।'

'फ़ौरन पहुँचो।' उधर से हुक्म हुआ। विक्रम ने कमल का धन्यवाद किया और निकल लिया। ख़ाली हाथ।

चालीस

चित्रांगदा रोहित के साथ कार में थी। कार मन्थर गति से चल रही थी और रोहित के हाथ हरकत में थे। एक हाथ में स्टेयरिंग तो दूसरे में चित्रांगदा का हाथ था। दोनों नोएडा की एक पॉश सोसाइटी 'द इलीट' में पहुँचे। गेटवाले ने रोहित की गाड़ी देखते ही गेट खोल दिया। गाड़ी सोसाइटी के टॉवर वन में रुकी और दोनों गाड़ी पार्क करके लिफ़्ट तक पहुँचे। लिफ़्ट ऑपरेटर लिफ़्ट रोके उनकी प्रतीक्षा कर रहा था। उनको देखते ही उसने सैल्यूट ठोंका और हाथ से लिफ़्ट के दरवाज़े को खुला रखा। दोनों दाख़िल हुए लिफ़्ट की ओर बढ़ते एक अन्य जोड़े को लिफ़्टमैन ने साथ वाली लिफ़्ट की ओर इशारा करके रोक दिया। लिफ़्ट सीधे 15वीं मंज़िल पर रुकी। दोनों फ़्लैट नम्बर 1501 के बाहर पहुँचे। रोहित ने जेब से की-कार्ड निकालकर चित्रांगदा के हवाले किया।

'मुबारक हो।'

'फुल्ली फ़र्निशड है न?'

'ख़ुद देखो।'

'चित्रांगदा ने की-कार्ड स्लाट में डाला और दरवाज़े का हैंडल घुमाकर उसे खोला। दरवाज़े के आगे के पैसेज में रेड कार्पेट बिछा था। वह बड़ी नज़ाकत से अन्दर दाख़िल हुई। रोहित उसके पीछे-पीछे घुसा।

'कोई भी कमी तुरन्त पूरी होगी। सोफ़े के साथ की चिट पर सोसाइटी के मेंटीनेंस ऑफ़िसर से लेकर मालिक तक के नम्बर हैं। तुम्हारा नम्बर उनके साथ शेयर कर दिया है। कोई समस्या हो तो मुझे, नहीं तो इनमें से किसी को भी कॉल लगाना। नाओ लैट्स सेलीब्रेट।' इतना कहकर उसने ड्राईंग रूम से सटे छोटे-से कमरे में बनी बार में से दो जाम तैयार किये और ड्राईंग रूम में ले आया। चित्रांगदा घर का जायज़ा ले रही थी। 15 मंज़िल ऊपर के इस पेंट हाउस की बालकनी से दिल्ली तक साफ़

दिखायी दे रहा था। ऊँचाई पर होने का अहसास भी कितना प्रबल होता है। इस पेंट हाउस को तो उसे रूफ़ राइट्स के समेत दिया गया था।

'पैसे ट्रांसफ़र हो गये?'

'पूरे।'

'मेंटीनेंस?'

'अगले पाँच साल की पेड।'

'परफ़ेक्ट।' उसने सभी चार बेडरूम का जायज़ा लिया। सन्तुष्टि से सिर हिलाते हुए वह जब लौटी तो रोहित सोफ़े पर पसरा हुआ था। दोनों ने चीयर्स बोला।

गिलास मुँह को लगाते ही रोहित ने मन-ही-मन उसे एक मोटी गाली दी। लेकिन सामने उसने सिर नवाकर उसका शुक्रिया अदा किया।

'यह जाम तुम्हारी मेहरबानी के नाम। तुम्हारे बिना यह काम मुमकिन नहीं था।'

'मुमकिन तो यह मौली की वजह से हुआ।'

'बेचारी!' चित्रांगदा के मुँह से निकला।

रोहित ने कुछ कहने के लिए मुँह खोला, फिर चुप हो गया।

'बोलो क्या कहना था?'

'कुछ नहीं ऐसे ही चैनल्स वाले कुछ ज़्यादा ही बकवास कर रहे हैं। तुम्हारा नाम भी उछाल रहे हैं।'

'चक्कर तो तुम्हारा भी थाने में लग चुका है। उसके बारे में क्या कहते हो? या चैनल में मेरा ज़िक्र सुनने के बाद ही चैनल बदल देते थे।' वह सर्द स्वर में बोली। उसके ऐसे अन्दाज़ से उसकी यह उम्मीद जाती रही कि कभी उसे इस फ़्लैट के बदले उसके साथ हमबिस्तर होने का मौक़ा मिलेगा। लड़कियों को पटाना, उनके साथ सोना उसके लिए कोई नयी बात नहीं थी। लेकिन मन्त्री-पुत्री के साथ फ़्लर्ट करने के नशे और अभिमान का तो अलग ही मज़ा है।

'वैसे तुम्हारे पास तो क़त्ल का तगड़ा मक़सद था।'

'लेकिन वह तो रहा नहीं जब फ़ाइल ही साइन हो गयी और फिर बिज़नेस में नफ़ा-नुक़सान तो चलता ही रहता है। ऐसी वजहों से कहीं क़त्ल थोड़े ही हो जाते हैं।' उसने सफ़ाई दी।

चित्रांगदा को उसकी बात ठीक लगी।

'लेकिन कोई तो है ही जिसने उस बेचारी को मौत के घाट ही उतार दिया।'

'तुम्हें वो कब से बेचारी लगने लगी। तुम्हारा तो उससे छत्तीस का आँकड़ा था!'

'वो अलग बात है। अगर वो अपने काम से मतलब रखती तो हमें क्या पड़ी थी उसे कुछ कहने की!'

'चलो छोड़ो। मेरे लायक़ कुछ हो तो?'

'है न! एक और जाम बनाओ।'

'क्या क़िस्मत थी! कभी कमल के लिए और कभी इसके लिए बार टेंडर का काम करो। कमल से तो सब हासिल था पर यहाँ तो उलटा था। कभी हिसाब बराबर करने की क़सम ख़ाकर उसने जाम तैयार किये।

इकतालीस

थोड़ी देर में जब रोहित की गाड़ी 'द इलीट' से निकली तो मैंने उसके आँखों से ओझल हो जाने तक इन्तज़ार किया और फिर टहलता हुआ सोसाइटी के गेट पर पहुँचा। गार्ड ने अपने रूटीन से पूछा, 'जी साहब, कौन सा नम्बर।'

'सोसाइटी का दफ़्तर कहाँ है?' मैंने पूछा।

'फ़र्स्ट फ़्लोर पर एक फ़्लैट में है।'

'फ़्लैट ख़ाली हैं। मुझे एक घर ख़रीदना है।'

'फिर तो आप सेल्स ऑफ़िस में जाओ, साब! फ़र्स्ट फ़्लोर पर ही एक नम्बर फ़्लैट में।'

'दफ़्तर कौन से फ़्लैट में है?'

'तीन नम्बर में।' फिर उसने मेरे नाम की एंट्री की जो मैंने फ़र्ज़ी बताया। मेरा मोबाइल नम्बर पूछा। मैंने जो मुँह में आया बोल दिया। गार्ड ने अपना फ़र्ज़ अदा किया और मुझे अन्दर का रास्ता दिखा दिया।

मैं सीधा 'फ़र्स्ट फ़्लोर के तीन नम्बर फ़्लैट पर पहुँचा जहाँ विग पहने लगभग पैंसठ साल का आदमी बैठा था। उसकी भरसक कोशिश थी कि वह जवान दिखे जिसके लिए उसने अपने क्लीन शेव्ड मुँह पर कोई चमकदार क्रीम थोप रखी थी। विग के नीचे से झाँकते छोटे-छोटे सफ़ेद बाल उसके गंजे सिर की चुगलियाँ कर रहे थे। कलाई पर उसने घड़ी पहन रखी थी। और इस उम्र में भी लाल रंग की टी-शर्ट पहन रखी थी।

'मैनेजर साहब?' मैंने पूछा।

'जी बताइए।' मैंने बताया कि हमारी बड़ी आईटी कम्पनी अपने छह बड़े अफ़सरों को यहाँ फ़्लैट ख़रीदकर देना चाहती है। सम्भावना बतायें।'

मैनेजर, जो ख़ुद को गुलाटी साहब कह रहा था, ने सिर हिलाया। फिर बोला,

'देखिए सर, हमारी सोसाइटी में 15 टावर हैं। एक टावर में एक फ़्लोर पर चार फ़्लैट्स का सेट है। हमारी बेस्ट एकोमोडेशन हमारे पेंट हाउस हैं। लेकिन किसी भी टावर पर सभी चार ख़ाली नहीं हैं।

'देखिए टावर तो हम अलग-अलग भी ले लेंगे लेकिन हमें यह बताइए कि क्या आपकी सोसाइटी में हमारे अफ़सरों के लेवल के लोग हैं। हमारे अफ़सर बहुत सीनियर और हाइली पेड हैं, उनके लिए नेबरहुड ज़्यादा इम्पोर्टेंट है।'

'क्या बात करते हैं, सर! जिस सीट पर आप बैठे हैं, इस पर अभी थोड़ी देर पहले एक मन्त्री जी की बेटी बैठकर फ़्लैट का पोजेशन लेकर गयी है।'

'क्या वाक़ई?' मैंने नक़ली हैरानी ज़ाहिर की।

'जी बिल्कुल। चित्रांगदा सिंह, जो शहरी विकास मन्त्री देवराज सिंह की बेटी हैं, ने हमारे टावर-ए में पेंट हाउस लिया है।'

'फिर तो बढ़िया है। आप मुझे अपनी कैटेलाग और नम्बर दे दें, मैं अपने अफ़सरों से बात करके आपसे सम्पर्क करता हूँ।'

मामला सुलझने के बजाय और उलझता जा रहा था। रोहित और चित्रांगदा की जुगलबन्दी और यहाँ फ़्लैट की ख़रीद। रोहित का ख़ुद चित्रांगदा को लेकर आना। कुछ पेच था। फिर मुझे दो ज़मा दो-चार जैसी इक्वेशन दिखायी दी। रोहित की फ़ाइल ओके हो चुकी थी और उसके एवज़ में रिश्वत के तौर पर अगर वह अपनी सोसाइटी में चित्रांगदा को फ़्लैट देता तो सीधे-सीधे अदले के बदले का सीन बन जाता जिस वजह से फ़्लैट इस सोसाइटी में दिलाया गया।

अचानक मुझे फिर से मेरी जेब में पालिथीन के बैग में पड़ा सुनहरा बाल सताने लगा। मुझे यह अपनी बड़ी ग़लती लगी कि मैं उसे उठा लाया। पुलिस लाती तो शायद वह और भी ज़ोरदार तरीक़े से चित्रांगदा से पूछताछ कर पाती लेकिन अब तो तीर चल चुका था। मैंने तय किया कि मयूर विहार में मक़तूला के फ़्लैट का चक्कर अनिवार्य था। अभी यहाँ से निकलता तो देर शाम पहुँच ही जाता। सर्द रातों की वजह से लोग अक्सर जल्दी सोने को घरों में बन्द हो जाते हैं। ऐसे भी ज़्यादा लोगों की नज़रों से बचा जा सकता था।

बयालीस

इंस्पेक्टर नरूला ने पुलिस मुख्यालय के कम्पाउंड में गाड़ी से उतरकर ड्राइवर को गाड़ी पार्किंग में जाने की हिदायत की। वह अपने कमिश्नर के दफ़्तर में पहुँचा। राजबीर सिंह ने अजीब-सी नज़रों से उसे देखा। बैठने का इशारा किया और फिर बड़ी गम्भीरता से कहा, 'नरूला, तुम्हें जल्दी कुछ करना पड़ेगा। ऊपर से बहुत प्रेशर है। देवराज सिंह के गृहमन्त्री बनने का चांस है। ऐसा हो गया तो जाने कितने सिर लोटेंगे। वह हमसे नाराज़ भी हो चुका है।'

'जनाब, उसकी बेटी का तो पूरे मामले में निश्चित ही दख़ल है। आप अगर उसकी कस्टोडियल इंवेस्टिगेशन ओके करें तो क़ातिल जोकि वह ख़ुद ही है, फ़ौरन से पेश्तर आपके सामने हाज़िर होगी।'

'भई, कुछ वजह भी तो हो उससे पूछताछ की। मजिस्ट्रेट ही कितने सवाल पूछेगा।'

विक्रम मुस्कराया। फिर उसने वो सारे कारण पेश किये जो चित्रांगदा की गिरफ़्तारी अगर न भी हो तो पुलिस थाने में बुलाकर पूछताछ करने को काफ़ी थे।'

'मौक़ा-ए-वारदात पर चित्रांगदा की मौत के वक़्त के आसपास हाज़िरी है। तीन दिन पहले उसकी जिमख़ाना क्लब में मरने वाली से बहस के कई गवाह हैं। बहस के वक़्त रोहित कापड़ी उसके साथ था और उसके ही प्रोजेक्ट पर मंज़ूरी का मुद्दा था।'

वह रुका और उसने कमिश्नर की तरफ़ देखा जो उम्मीद कर रहा था कि कुछ और भी सॉलिड होगा।

'जनाब, जिस फ़ाइल के लिए बहस थी, वह ओके हो चुकी है।'

'जब ओके हो चुकी है तो फिर क़त्ल क्यों?'

'सर, अभी यह तय होना बाक़ी है कि ओके किन हालात में हुई।'

कमिश्नर का सिर इनकार में हिलने लगा। लेकिन उसके कुछ बोलने से पहले ही विक्रम नरूला ने कहा, 'अभी-अभी मुझे पता चला है कि रोहित कापड़ी ने आज ही मन्त्री-पुत्री को नोएडा की 'द इलीट' सोसाइटी में पेंट हाउस दिलवाया है। आपसे फ़ारिग़ होते ही मैं वो सब काग़ज़ात लेकर हाज़िर हो जाऊँगा।'

जिस सूचना के दम पर विक्रम नरूला अपने कमिश्नर से वाहवाही बटोरना चाहता था, वह मैंने कुछ ही देर पहले उसे फ़ोन पर दी थी। यह इसलिए भी ज़रूरी था कि अगर मक़तूला के फ़्लैट में मेरे दूसरे फेरे का किसी तरह उसे पता चल भी जाता तो वह मेरे प्रति अपना रुख़ नरम रखता। यह मैं उस सूरत में भी सोच रहा था जबकि मुझे अभी पक्का नहीं पता था कि मेरा दाख़िला उसके फ़्लैट में हो भी सकेगा कि नहीं।

अपनी बात पूरी करने के बाद विक्रम ने राजबीर सिंह के चेहरे को देखा। वो एक नयी दिलचस्पी के साथ उसे देख रहा था। लेकिन अभी भी वह थाने बुलाकर पूछने को कंविंस दिखायी नहीं दे रहा था। प्रत्यक्षतः उसने कहा, 'देखो, तुम काग़ज़ लाओ। यह अहम डेवलपमेंट है। लेकिन सब कुछ अभी तक सरकमस्टांसेस ही है। कुछ ठोस लाओ। तुम्हारे पास मज़बूत केस है लेकिन ठोस नहीं। ढूँढ़ो, ज़रूर तुम कुछ मिस कर रहे हो।'

विक्रम ने मन-ही-मन मेरा धन्यवाद किया। लेकिन, तभी राजबीर ने उसे जाने को तैयार देखकर बैठने का इशारा किया। घण्टी बजाकर अपने चपरासी को बुलाया और कॉफ़ी लाने का ऑर्डर दनदनाया। विक्रम का माथा ठनका। उसे समझ आ गया कि कोई बेगार भी मिलने वाली है। राजबीर ने उसको ग़ौर से देखा फिर कहा, 'जो भी काम करो एक बात याद रखना, तुम हत्या के मामले की जाँच कर रहे हो न कि भ्रष्टाचार की। फ़ाइल के बदले फ़्लैट का मतलब यह नहीं कि वह क़त्ल का उद्देश्य था। क़त्ल का कारण कुछ सीधा होना चाहिए। और हाँ, मुझे याद आया। मर्डर वैपन के बारे में कुछ पता चला?'

'सर, जनपथ की एंटीक शॉप पर उसका फ़ोटो भिजवाया था लेकिन कुछ ठोस पता नहीं चला। एक सब इंस्पेक्टर इस काम पर लगा है। मैं आज चेक करता हूँ।'

कॉफ़ी आ गयी। राजबीर फिर बोला, 'देखो जल्दी कुछ करो। केस लम्बा खिंच रहा है। अफ़सर परेशान हैं। मुझे तो तुमसे बहुत उम्मीद है।'

'सर, मैं यहाँ से नोएडा जाकर आता हूँ और वहाँ से काग़ज़ लेता हूँ, शायद कुछ हाथ लग जाये। क्योंकि जनाब, फ़ाइल का कुछ-न-कुछ रिश्ता तो क़त्ल से है।

फ़ाइल के लिए पहले रोहित, मौली और चित्रांगदा की जिमख़ाना में किचकिच, फिर चित्रांगदा का मौली के साथ उसके घर जाना, फिर फ़ाइल पर मौली की ओके और फिर रोहित का चित्रांगदा के साथ फ़्लैट की ख़रीद के लिए जाना।'

'लेकिन तुम यह क्यों भूल रहे हो कि अगर एक फ़ाइल मंजूर हुई तो एक नामंज़ूर भी हुई।' विक्रम का माथा ठनका। इतनी बड़ी बात उसकी नज़र से दूर कैसे रही? अमृतलाल।

'ग्रेट सर, दैट्स ए सॉलिड लीड। ठीक कहा आपने। फ़ाइल मंज़ूरी अगर क़त्ल का कारण नहीं, तो नामंज़ूरी तो एक अहम वजह हो भी सकती है।' विक्रम उठा। सैल्यूट ठोंका और दरवाज़े की तरफ़ बढ़ा। राजबीर की पीछे से आवाज़ आयी, 'सुनो, तुम्हारी रश्मि से बात हो गयी?' रश्मि साहब की पत्नी का नाम था।

'सॉरी सर, मेरा फ़ोन गाड़ी में है। मैं उनको अभी जाकर कॉल लगाता हूँ।' वाक्य का एक हिस्सा जो बहन की मशहूर गाली थी, उसने मन-ही-मन बोला।

तेतालीस

मैंने अपेक्षा हाउसिंग काम्प्लेक्स के बाहर ही कार रोकी। कार अन्दर ले जाकर सीसीटीवी की ज़द में आने का मेरा कोई इरादा नहीं था। पैदल जाकर आप कैमरा एवायड कर सकते हैं, पर कार में ऐसा संभव नहीं था। गार्ड रूम में अर्जुन मौजूद था।

'कैसे हो, दोस्त,' मैंने उसको सहज करने की नीयत से पूछा। मुझे देख उसका चेहरा खिल उठा। मैं किसी और सूचना के लिए उम्मीदज़दा हुआ। यही तो ख़ास बात थी अंगूर की बेटी की। जिसके मुँह लग जाती थी, उसकी ज़िन्दगी का अहम हिस्सा बन जाती थी। लेकिन, इससे पहले कि मैं उससे कुछ पूछ पाता तभी विक्रम की गाड़ी बाहर आकर रुकी। मैंने फ़ौरन अपना सिर नीचे झुकाया। अर्जुन ने बटन दबाकर बूम बैरियर को ऊपर उठा दिया। गाड़ी आगे बढ़ गयी। 'सर आप तो निकल लो। इंस्पेक्टर साहब की आपके लिए बार-बार ख़ास हिदायत थी कि आपके यहाँ दिखते ही उन्हें फ़ोन किया जाये।'

'सुनो यार, मुझे ज़रूरी काम है तुमसे। कुछ तो बताओ, मुझे एक बार मौली मैडम के घर जाना है।'

'सर जी, यह वक़्त वैसे भी नहीं। आप रात को आना, फिर बात करते हैं और...' उसने वाक्य अधूरा छोड़ दिया लेकिन उसके बिना कहे मैं उसका मक़सद समझ चुका था। मैं वापस निकला और गाड़ी जनपथ के लिए मोड़ दी।

जनपथ पर एक पूरी पंक्ति छोटे बूथों की थी जहाँ एंटीक चीज़ों से लेकर फ़र्ज़ी टेपेस्ट्री तक फ़ुटपाथ पर बिकती दिख जाती थी। लेकिन, यहीं कुछ किताबों की दुकानें भी थीं जहाँ आपको मुंशी प्रेमचन्द से लेकर गुलशन नन्दा और मार्सल प्रूस्ट से लेकर सिडनी शेल्डन तक की किताबें मिल जाती थीं। ख़ास बात यह थी कि ड्रैन ब्राउन की 'एंजल्स एंड डीमन्स' आपको बूथ में सवा पाँच सौ रुपये की और

उसका फ़र्ज़ी वर्ज़न सामने फ़ुटपाथ पर दो से तीन सौ तक मिल जाता है। बस क़ीमत आपकी भाव-तोल करने की क्षमता के मुताबिक़ तय होती थी।

मैं जनपथ के कनाट प्लेस की तरफ़ के चौराहे की तरफ़ के बूथों में पहुँचा जहाँ एंटीक चीज़ों के बूथ थे। फ़ुटपाथ पर खुलेआम चाक़ू बिकने का मुझे कोई अन्देशा नहीं था क्योंकि यहाँ हरदम पुलिस का पहरा रहता था। कोने से चौथी दुकान पर कई एंटीक चीज़ें जैसे हुक़्क़ा और ग्रामोफ़ोन पड़े थे। एक लड़का वहीं जनपथ से ख़रीदे कपड़ों में ख़ुद को शाहरुख ख़ान की तरह समझता हुआ काउंटर पर खड़ा था।

मैं दिल्ली का जानकार न होता तो ज़रूर चकाचौंध हो जाता और वह वहाँ लटकती रेशमी पगड़ी को चाचा चौधरी की और तलवार को महाराजा रणजीत सिंह की बताकर शायद मुझे बेच ही देता। लेकिन मुझे मालूम था कि वहाँ पड़ा सौ फ़ीसदी माल नक़ली था। मैंने तलवार उठायी। वह लपककर मेरे पास आया। 'सर, क्या पीस उठाया आपने। मुझे लगा ही था कि आप पारखी हैं।'

मैंने मन-ही-मन ठहाका लगाया और ख़यालों में ही उसके पाउडर पुते मुँह पर एक चपाटा रसीद किया पर प्रत्यक्षतः बोला, 'कमाल की चीज़ है।'

'क्या इतिहास है इसका?'

'सर, किसी और की दुकान होती वो इसे सिकन्दर से लेकर राणा प्रताप तक की बता देता। इस पर काम देखिए। यह मूठ पर सोने की परत चढ़ी है। इस पर यह सुच्चे मोतियों की माला जड़ी है।'

'वही तो देखा मैंने। पर इसकी क़ीमत क्या है?'

'सर, यह इस पूरे इलाक़े की एकमात्र दुकान है जहाँ कोई बारगेनिंग नहीं। सिर्फ़ एक दाम सच्चा काम।'

'क़ीमत?' मैंने टोका।

'बताता हूँ। पहले तलवार के बारे में। तो सर, हमने कभी अपना माल झूठ बोलकर नहीं बेचा। यह तलवार भामाशाह के अंगरक्षक की है। भामाशाह अमीर आदमी थे, लेकिन तलवार से उनका कोई वास्ता नहीं था। लेकिन उनकी जान के ख़तरे को देखकर कुन्दनशाह नाम का उनका अंगरक्षक था जो कहा जाता है कि उनका रिश्तेदार ही था। हालाँकि यह दावा डिस्प्युटिड है। कहते हैं यह अन्दाज़ा कुन्दन के नाम के साथ शाह जुड़ा होने से उसे रिश्तेदार मान लिया गया था जबकि शाह उसको भामाशाह के साथ होने के कारण ही कहा जाने लगा था।'

उसकी कल्पनाशीलता के आगे मैं बस मूर्च्छित होने से ही बचा था। तलवार का ऐसा इतिहास। मुझे लगा कि यह लड़का कुछ लिखने बैठा तो बड़े-से-बड़े खिलाड़ियों को शार्मिन्दा कर देगा। मैंने उसे फिर रोका, 'भई, क़ीमत बता दो।'

'सर, बस ज़रा सी... लेकिन मैं अब पक चुका था। मैंने उसकी बकवास और सुनने के बजाय बाहर का रुख़ किया तो उसने मुझे फिर रोका। 'सर, आप जैसे पारखी को यह शोभा नहीं देता। बिना ऐंटीक आइटम का इतिहास जाने आप उसे कैसे ख़रीदेंगे?' मुझे लगा इस केस में बेइज़्ज़ती करवाने का मेरा रिकॉर्ड ही न बन जाये। मैं मुड़ा और फिर पूछा, 'क़ीमत?'

'सिर्फ़ पचपन हज़ार।' इस बार तो मूर्च्छा बस आ ही गयी थी।

'भई, तुम्हारे पास कोई ऐसी नक़्क़ाशीदार छोटी आइटम नहीं जैसे चाक़ू। सिंगल पीस?'

'क्या सर, कोट ख़रीदते-ख़रीदते आप बटन पर आ गये।' मेरा मन किया कि उसे पटककर पीट दूँ। लेकिन मैंने अपने मन की हिंसक भावनाओं पर क़ाबू पाकर पूछा, 'भई, चाक़ू का काम तलवार से हो सकता है क्या? मुझे चाक़ू दिखाओ अगर है तो? सिंगल पीस।'

'नहीं सर, हम छोटी आइटम में डील नहीं करते।'

मैंने बाहर निकलते हुए वहाँ पड़ी एक टूटी लकड़ी जिस पर एक पुराना निब जड़कर उसे क़लम का रूप दिया गया था, उठाकर पूछा, 'यह जो ऋषि वेदव्यास की क़लम है जिससे उन्होंने महाभारत रचा, बड़ी आइटम है। दुकान में इसे क्रेन से उठाकर लाये थे?'

उसने हिकारत-भरी नज़रों से मुझे देखा और बोला, 'रख दो, सर! यह आपके बस का नहीं। मुझे आपको पहचानने में भूल हुई। आप निकलो।'

उसने अपनी तरफ़ से फिर मुझे नीचा दिखाने की कोशिश की लेकिन इस बार पलड़ा मेरा भारी था। मैं हँसते हुए वहाँ से रुख़सत हुआ। अगली दो दुकानों पर मुझे कुछ हासिल न हुआ। मुझे निराशा होने लगी थी। समझ नहीं आ रहा था, कहाँ कुछ ऐसा मिस हो रहा है जो क़ातिल के लिए वरदान साबित हो रहा है। एक पूरा हफ़्ता भटकते हुए निकल गया। कल ही अमृतलाल मामले की प्रगति जानने के लिए आने वाला था लेकिन मेरे हाथ ख़ाली थे। फ़िलहाल पूरी तरह। जब मैं यह सोच रहा था तो मैं इस बात से पूरी तरह बेख़बर था कि अमृतलाल पर क्या पहाड़ टूटने वाला है।

चौवालीस

विक्रम की गाड़ी अपेक्षा हाउसिंग काम्प्लेक्स के गेट से दनदनाती हुई सीधी मौली के फ़्लैटवाले टावर के सामने रुकी। वह सीधा लिफ़्ट की ओर बढ़ा। लेकिन पता नहीं क्या सोचकर उसने सीढ़ियों का रुख़ किया। पहले फ़्लोर के सभी दरवाज़े बन्द थे। लेकिन दूसरे फ़्लोर पर उसे एक सामने वाले फ़्लैट में एक उम्रदराज़ महिला दिखायी दी। कुछ सोचते हुए वह उस फ़्लैट की तरफ़ बढ़ा। अन्दर बैठी महिला जो उसे बाद में पता चला कि एक रिटायर्ड मजिस्ट्रेट की पत्नी थी और पूरी सोसाइटी की ख़बर रखती थी, विक्रम ने अपना परिचय दिया। उसने ग़ौर से परखा। यह अँधेरे में तीर मारने जैसा था लेकिन कोशिश करने में क्या हर्ज़ था।

आं... फिर आंटी जी को वापस अपने मुँह में ठूँसते हुए विक्रम ने कहा, 'मैडम मैं आपके ऊपर के फ़्लोर पर रहने वाली मौलश्री के क़त्ल की जाँच कर रहा हूँ।'

मैडम के सम्बोधन ने अपेक्षित असर किया था।

'इंस्पेक्टर साहब, सोसाइटी पर कोई ग्रहण लग गया है। पहले बेचारी मौलश्री का क़त्ल हो गया। फिर डी ब्लाक वाले शर्मा जी के जवान लड़के ने ड्रग्स की ओवरडोज़ ले ली। कल सोसाइटी में एक गार्ड का एक्सीडेंट हो गया। पता नहीं और क्या होगा?'

बुढ़िया ने मुहल्ले का न्यूज़ बुलेटिन जारी किया और इससे पहले कि वह मुझे कुछ और सूचनाओं से लाद देती। मैंने अपनी तरफ़ से पूछना शुरू किया।

'पड़ोस से कैसा व्यवहार था मौली का?'

'कुछ ज़्यादा वास्ता नहीं पड़ता था। मामूली दुआ-सलाम थी। उसे अपने रुतबे का थोड़ा अभिमान था। दरअसल, उसका घर आने-जाने का भी कोई ख़ास तयशुदा टाइम नहीं था।'

'जी!'

'और बात यह है, इंस्पेक्टर साहब, मौली के पास उसके कुछ मेहमानों का लगातार आना-जाना रहता था।'

'आप ऐसे कुछ लोगों को जानती हैं जो उसके पास आते-जाते हों।' हालाँकि यह दूर की कौड़ी थी क्योंकि ब्लाक में लिफ़्ट लगी थी तो वृद्धा उन्हीं को जानती थी जो सीढ़ियाँ पकड़ते थे।

'इंस्पेक्टर साहब, रेग्यूलर आने-जाने वाले तो दो-तीन लोग ही थे। बाक़ी तो कभी-कभार आते थे। दिवाली पर ख़ूब गिफ़्ट आते थे उसके घर।'

'लेकिन आं...मैडम आपके इस फ़्लोर पर तो लोग लिफ़्ट का इस्तेमाल नहीं करते होंगे?' वह एक रहस्यमयी हँसी हँसी और फिर उसने मुझे घर के अन्दर से ऊपर जाती हुई सीढ़ियाँ दिखायीं। और बोली, 'यह ड्यूप्लेक्स है। हमारे दो बेडरूम और एक लाबी ऊपर है। 'आओ' कहकर बुढ़िया उसे सीढ़ियों से ऊपर ले चली। उसके घर का दरवाज़ा सीढ़ियों के बिल्कुल सामने था और उससे दोनों घरों में आने-जाने वालों पर निगाह रखी जा सकती थी।

'देखो इंस्पेक्टर साहब, यह पुरानी सोसाइटी है। ज़्यादातर अलाटी शुरू के हैं और पिछले 20 साल के दौरान रिटायर्ड हो चुके हैं। इसलिए अब अपनी सुरक्षा के प्रति चिन्तावान हैं। इसलिए ध्यान रखना पड़ता है।'

'तो रेग्युलर आने वाले कौन लोग थे?'

'एक तो मौली का ड्राइवर था जो रोज़ सुबह उसका बैग लेने और शाम को छोड़ने आता था। एक मुझे पता चला कि मन्त्री जी का कोई पीए था। एक साहब और थे जो महीने-दो महीने में आते ही थे। काफ़ी बड़े आदमी लगते थे। बड़े सभ्य। कई बार उनसे आँखें मिलतीं तो नमस्ते भी करते थे।'

'आप उनके बारे में और बता सकती हैं।'

'और क्या बताऊँ। मुझे अन्दर तो लेकर जाते नहीं थे। उम्र में काफ़ी फ़र्क़ था दोनों की तो ज़ाहिर है कि किसी तरह के शक की सम्भावना कम थी और फिर उनकी तरफ़ से कभी कोई परेशानी भी नहीं हुई।'

'क़त्ल के रोज़ आपने कुछ देखा हो जो हमारे काम आ सके।'

'ऐसा कुछ याद तो नहीं।'

विक्रम ने आंटी का शुक्रिया अदा किया और मौली के फ़्लैट की ओर बढ़ा। उसने ताला खोलकर फ़्लैट में क़दम रखा। सब कुछ वैसा ही था। उसका मन किया, वह दीवार पर सिर पटक दे। उसने जेब से सिगरेट निकाली और तनाव में उसके हाथ से पैकेट छूटकर नीचे गिर गया। उसने झुककर उठाया तो उसकी नज़र बेड के

नीचे एक चमकती हुई डिब्बी पर पड़ी। बेचैनी में उसने हाथ बढ़ाकर उसे उठाया तो वह एक सिगरेट लाइटर था जिस पर 'ए' गुदा हुआ था। वह कुछ क्षण लाइटर को निहारता रहा, फिर उसके दिमाग़ में जैसे बिजली कौंधी, उसने अपने मोबाइल पर अमृतलाल की कंस्ट्रक्शन कम्पनी को सर्च किया। पहले ही पन्ने पर अमृतलाल की मुस्कराती हुई तस्वीर थी।

वह गोली की तरह घर से निकला। घर को बन्द किया और देखा कि मिसेज़ शर्मा वहीं अपने जालीवाले दरवाज़े से घर पर नज़र रखे थीं। वह उनके फ़्लैट के अन्दर पहुँचा।

'इनको जानती हैं आप? मेरा मतलब कभी यहाँ देखा इन्हें।'

'बिल्कुल। इंस्पेक्टर साहब, यही तो हैं वे साहब जो मौली के पास रेग्युलर आते-जाते थे।' विक्रम को जैसे पंख लग गये। जाने की जल्दी में वह वृद्धा की आवाज़ भी न सुन पाया जो उसको अभी कुछ और बताना चाहती थी। यही वक़्त था जब मैं मयूर विहार में लिकर मॉल के नाम से मशहूर शराब के कई शोरूमों वाली इमारत में दाख़िल हो रहा था। मैंने अर्जुन के लिए टीचर्स की एक बोतल ख़रीदी और अपनी गाड़ी की ओर बढ़ चला। मैंने आज तब तक घर में क़दम न रखने की क़सम खायी जब तक कि कुछ हासिल न हो जाये।

पैंतालीस

बाक़ी सब कुछ गोली की रफ़्तार से हुआ। विक्रम ने टेलीफ़ोन पर ही राजबीर को सब कुछ बताया और अमृतलाल को पकड़ने के लिए वारंट हासिल करने की बात कही। उसे अमृतलाल के ख़िलाफ़ मज़बूत केस दिखायी दे रहा था। मौक़ा-ए-वारदात से उसका लाइटर, मक़तूल के घर उसका आना जाना और उसकी करोड़ों की फ़ाइल जिस पर उसके आइन्दा भविष्य का दारोमदार था, का नामंज़ूर हो जाना। उसने फ़ोन पर ही अमृतलाल को थाने पहुँचने का हुक्म दनदनाया। वारंट से पहले वह एक बार लाइटर की उनकी मिल्कियत की बाबत पक्का कर लेना चाहता था।

अमृतलाल आधे घण्टे बाद थाने पहुँचा। उसके चेहरे पर चिन्ता की लकीरें थीं। विक्रम ने उनको ग़ौर से देखा। वह अमृतलाल के चेहरे पर गिरफ़्तारी का ख़ौफ़ तलाश कर रहा था। लेकिन हाथ निराशा लगी। आख़िर उसने बड़े नाटकीय तरीक़े से मौलश्री के घर से बरामद लाइटर को अमृतलाल के सामने रखा। उनके चेहरे पर फ़ौरन पहचान के भाव आये लेकिन साथ ही उनको सिगरेट की तीव्र तलब महसूस हुई जिस पर उन्होंने जबरन क़ाबू किया।

'जनाब, आप अपना यह लाइटर कहीं भूल आये थे।'

'लेकिन मेरा कोई लाइटर गुम तो हुआ नहीं। पर हाँ, यह है मेरे लाइटर जैसा ही।'

'ग़ौर से देखिए, अमृतलाल जी, यह आप ही का लाइटर है। मैं समझ सकता हूँ कि क्यों आप इसे अपना मानने से गुरेज़ कर रहे हैं।'

'ध्यान नहीं। सच में।'

'चलिए कोई बात नहीं। आपको यह ध्यान है कि आपका मौलश्री के घर में अक्सर फेरा रहता था।'

'इंस्पेक्टर साहब, मौलश्री पहले मेरे ही पास काम करती थी। मैंने ही उसे मन्त्री जी के पास भेजा था क्योंकि उनको एक क़ाबिल सेक्रेटरी की तलाश थी।'

'लेकिन मरने वाली में ज़रूर कोई ऐसी क़ाबिलियत थी कि आप भी उसका लाभ लेते रहे।'

'मौलश्री बहुत कुशाग्र बुद्धि थी और मुझे जब कभी ज़रूरत होती थी, मैं उससे सलाह लेने पहुँच जाता था। वाक़ई बहुत काम की लड़की थी।'

'लेकिन आपके काम तो न आयी। आपकी फ़ाइल तो मरने से पहले नामंज़ूर कर गयी। इतना ही नहीं, आपके घोर विरोधी कापड़ी कंस्ट्रक्शन की फ़ाइल ओके कर गयी।'

'पता नहीं यह कैसे हुआ? मुझे तो अब भी यक़ीन नहीं कि उसने ऐसा किया। मन्त्री जी को अर्ज़ी लगायी है। देखें क्या अन्तिम फ़ैसला होता है।'

'क्या यह सच है कि यह फ़ाइल ओके न होने की सूरत में आप पर दिवालिया होने की तलवार लटक जायेगी।'

'इंस्पेक्टर साहब, 1075 करोड़ की फ़ाइल है। सारी औपचारिकताएँ पूरी थीं। ज़रूर कहीं कोई चूक रही होगी जो किसी बेध्यानी में फ़ाइल की पूरी स्टडी नहीं हो पायी होगी।'

विक्रम ने अमृतलाल को ग़ौर से देखा। फिर बोला, 'क्या यही वजह थी कि आपने उसे मौत के घाट उतार दिया।'

'क्या बात करते हैं, इंस्पेक्टर साहब! मैं तो ऐसा सोच भी नहीं सकता। मैं तो ख़ुद चाहता हूँ कि मौलश्री का क़ातिल पकड़ा जाये।'

'बिल्कुल पकड़ा जायेगा। अभी आपकी गिरफ़्तारी का वारंट आते ही पकड़ा जायेगा।'

'क्या?' अमृतलाल का रंग उड़ गया। उन्होंने अपना मोबाइल फ़ोन निकाला जिसे विक्रम ने फ़ौरन उनके हाथ से खींच लिया।

'फ़ोन आप ज़रूर करना लेकिन गिरफ़्तारी के बाद।' इतना कहकर उसने फ़ोन दराज़ में डाल दिया।

अमृतलाल को लग रहा था कि कहीं वह कुर्सी से गिर ही न जाये। थाना उनको घूमता हुआ दिखायी दे रहा था। वे पछता भी रहे थे कि उन्होंने एक नाक़ाबिल प्राइवेट डिटेक्टिव को हायर किया। जिस दिन से मौलश्री की हत्या हुई थी, वे इसी घड़ी के लिए चिन्तित थे। क्योंकि अभी एक और बात ऐसी थी जिसे इंस्पेक्टर थोड़ी-सी गहन पूछताछ से ही पता कर सकता था। और जो उनके लिए बहुत भारी साबित हो सकती थी। जल्दी ही उन्होंने ख़ुद पर क़ाबू पाया और आगे की रणनीति तय करने लगे जिसमें वकील से भी पहले अभिमन्यु से मिलना ज़रूरी था। अभी उनके दिमाग़

में यह उथल-पुथल चल ही रही थी कि तभी सब-इंस्पेक्टर सुभाष लूथरा कमरे में दाख़िल हुआ। उसने तह किया हुआ एक काग़ज़ इंस्पेक्टर विक्रम के हाथ में थमाया और उसकी प्रतिक्रिया जानने के लिए वहीं रुका रहा। विक्रम ने काग़ज़ देखने से पहले दराज़ में हाथ डालकर अमृतलाल का फ़ोन निकाला। लेकिन काग़ज़ पर निगाह पड़ते ही उसके चेहरे का रंग बदल गया। मजिस्ट्रेट ने गिरफ़्तारी वारंट जारी करने से इनकार कर दिया था कि पुलिस के पास समुचित सबूत नहीं और कुछ ठोस सबूत के बाद ही वारंट जारी हो सकता था। विक्रम ने मजिस्ट्रेट को मन-ही-मन एक भद्दी गाली दी। उसे पता था कि वारंट न मिलने का कारण क्या था! प्रत्यक्षत: उसने फ़ोन अमृतलाल के सुपुर्द किया और बोला, 'आप ख़ुशक़िस्मत हैं। अभी आज़ाद हैं लेकिन मैं आपको बता रहा हूँ कि यह आज़ादी ज़्यादा दिन की नहीं। मैं जल्द ही वारण्ट लेकर आपके घर आऊँगा।'

अमृतलाल ने इंस्पेक्टर की बात को उसकी हताशा मानते हुए जवाब देने की ज़रूरत न समझी और फ़ोन अपनी जेब में डालकर बिना किसी को अभिवादन किये बाहर निकल गया। उन्हें हौसला हुआ और देश के निज़ाम में ख़ासकर न्यायिक प्रक्रिया में उनका विचार और दृढ़ हो गया।

छियालीस

अगले दिन सुबह 11 बजे तक मैं घर पर ही था। कली मुझे कॉफ़ी पिलाकर वापस ऑफ़िस में अपनी कुर्सी पर क़ाबिज़ हो चुकी थी। 12.30 बजे मुझे निगम बोध घाट पहुँचना था जहाँ मौलश्री का अन्तिम संस्कार होना था। पुलिस के पोस्टमार्टम की रिपोर्ट में हत्या का कारण चाक़ू के वार को ही ठहराया गया था। उसका विसरा विस्तृत जाँच के लिए भेजा जा चुका था। उसके पेट में शुरुआती जाँच में सुबह के नाश्ते में लिये गये सैंडविच के अंश ही थे। जबकि डॉक्टरों का मानना था कि वह काफ़ी समय से भूखी थी। उसकी ब्लड स्ट्रीम में अल्कोहल पायी गयी थी। यानी वोदका का जो गिलास लगभग ख़ाली था वह उसका हो सकता था। शुरुआती जाँच में पुलिस ने ज़हर की सम्भावना से भी इनकार कर दिया था। मेरे पास अभी डेढ़ घण्टा था। मैंने सोचा, मैं डिफ़ेंस कॉलोनी या अपेक्षा हाउसिंग सोसाइटी का चक्कर लगाकर भी डेढ़ घण्टे में श्मशान घाट पहुँच सकता था। पहले मैंने कमल कुन्दन का नम्बर डायल किया। देर तक फ़ोन बजता रहा लेकिन किसी ने उठाया नहीं। मैंने दस मिनट बाद दुबारा ट्राई की। नतीजा वही। फिर मैंने वहाँ से मयूर विहार की तरफ़ जाने के इरादे से सोसाइटी के गार्ड अर्जुन को फ़ोन लगाया। फ़ोन बन्द था। मैंने सोचा शायद कुछ नेटवर्क में लोचा हो। लिहाज़ा दुबारा फ़ोन लगाया। पर इस बार भी बन्द फ़ोन की ही डायल टोन सुनायी दी।

मैं काफ़ी देर तक दफ़्तर में ही बैठा केस के हर पहलू पर विचार करता रहा लेकिन कोई सॉलिड लीड नहीं मिली। मौलश्री का संस्कार होने में काफ़ी समय लगा। सप्ताह भर तो पुलिस ने उसके किसी वारिस का इन्तज़ार किया। अख़बार में इश्तहार भी दिया गया लेकिन जब कोई आगे नहीं आया तो लाश अमृतलाल के सुपुर्द करने का फ़ैसला किया गया जिसने अन्तिम संस्कार की सारी व्यवस्था की। मुझे मरने वाली से सहानुभूति हो रही थी। जब तक ज़िन्दा थी, उसके नाज़-नखरे

उठाने वाले, आगे-पीछे घूमने वाले कई थे लेकिन मरने के बाद कन्धा देने वाला कोई अपना नहीं था। अमृतलाल ने लाश को क्लेम न किया होता तो लावारिस ही जलाना पड़ता। मैं समय से दस मिनट पहले श्मशान घाट पहुँचा। अर्थी अभी पहुँची नहीं थी। अमृतलाल वहीं मौजूद थे। उन्होंने एक शिकायत-भरी नज़र से मुझे देखा। फिर धीरे-से बोले, 'यह मौक़ा ऐसा नहीं पर मुझे तुमसे ऐसी उम्मीद नहीं थी।' तब तक मुझे विक्रम की उनको गिरफ़्तार करने की जल्दबाज़ी की ख़बर लग चुकी थी।

'आप बेफ़िक्र रहें। नौसिखिए क़ातिल को पकड़ना सदा ही मुश्किल होता है क्योंकि वह अपने किताबी ज्ञान के चलते क़त्ल करता है और ज़रूरत से ज़्यादा सावधान होता है। लेकिन उसके पीछे कोई इतनी सीधी असावधानी होती है कि पकड़ में आने में थोड़ी मुश्किल हो जाती है। बस दो दिन और।' अमृतलाल मुझे छोड़कर परे हुआ और सामने से आती मन्त्री-पत्नी व पुत्री की ओर बढ़ा। दोनों की मौजूदगी से मुझे सख़्त हैरत हुई। मन्त्री जी का वहाँ कुछ पता न था।

'अभी टाइम लगेगा क्या?' सजी-धजी राधिका को देखकर लगा नहीं कि वह घर से श्मशान के लिए निकली थी। यह तो तय था वहाँ से सीधे उसे किसी पार्टी में ही जाना होगा।

'कोई देर नहीं, आपके पीछे ही है।'

राधिका ने पीछे मुड़कर देखा। अमृतलाल की कम्पनी के लड़के अर्थी लेकर अन्दर आ रहे थे। अमृतलाल ने लाश को नीचे रखवाने के लिए हाथ बढ़ाया। राधिका पीछे हट गयी और मैं उसके क़रीब पहुँचा और खँखारकर उनका ध्यान अपनी ओर किया।

'बहुत दरियादिली दिखायी आपने आकर।'

'ऐसा क्या?'

'जी, बिल्कुल।'

'नहीं, ऐसा नहीं है। जब तक वह मेरे पति से दूर रहकर काम करती, मुझे उससे क्या प्रॉब्लम थी। वह अपनी लाइन क्रॉस करेगी तो उसका असर तो सीधा मुझ पर ही था। वरना मन्त्री जी के पास काम करने वाली वह कोई अकेली लड़की थोड़े थी!'

'सही फ़रमाया आपने। पर जिस तरह से आपके साथ वह घर में ही भिड़ जाती थी, उसके चलते आपको यहाँ देखकर हैरत ही है।'

'तुमने क्या हमारे घर में सीसीटीवी सेट कर रखे हैं!' वह बेरुखी से बोली।

'एक हफ़्ते से ज़्यादा हो गया, तुम्हारी जासूसी का क्या हुआ? कभी कोई बिल्डिंग से रिलेटिड काम करने का इरादा हो तो बताना अब तो मेरी चल ही जायेगी।' कहकर वह मुझसे अलग हो गयी।

मैंने बेटी की तरफ़ क़दम बढ़ाये। चित्रांगदा ने मुझे देखा, फिर सिर हिलाया।

'आप यहाँ?'

'क्यों यहाँ सिर्फ़ वही लोग आ सकते थे जिनके सिर पर सींग हों!'

'नहीं, आपके जैसे ताल्लुक़ात मरने वाली के साथ थे, उनकी विदाई में आपका यहाँ आना थोड़ा हैरान करने वाला है।'

'ऐसा कुछ नहीं है। हम दोनों में समझौता हो गया था। वह समझदार लड़की थी।'

'लगता है कि समझौता मौत से चद घड़ियों पहले ही हुआ होगा!'

उसने ख़ूँखार नज़रों से मुझे देखा। 'तुम हटोगे नहीं!'

मैंने अपनी जेब में से पालिथीन के पैकेट में बन्द उसका सुनहरा बाल उसकी आँखों के सामने लहराया।

'तमीज़ से।' मेरा स्वर हिंसक हो चला था, 'मेरी शराफ़त का नाजायज़ फ़ायदा नहीं। यह बाल उसी समझौता टेबल से उठाया गया है जहाँ तुमने मक़तूल के साथ वोदका की आख़िरी चुस्की लेकर रोहित की फ़ाइल पर दस्तख़त करवाये थे।'

उसको काटो तो ख़ून नहीं। लेकिन तभी उसके बचाव में उसका यार आ गया। रोहित कापड़ी ने पीछे से आकर 'हेलो' बोला। वो फ़ौरन मुड़ी और उसकी तरफ़ बढ़ने लगी। मैंने टोका, 'ठहरो।'

वो वहीं ठिठक गयी। 'किसी दिन 'द इलीट' में हमें भी बुला लो।' मैंने कहा और फिर उसे तनाव के सागर में डुबकियाँ लगाने के लिए छोड़कर वहाँ से विदा हुआ।

तभी मेरी नज़र दूसरी तरफ़ खड़े विक्रम नरूला पर पड़ी। वह मुझे इशारा कर रहा था।

'कुछ हासिल हुआ?'

'होगा क्यों नहीं!'

वह मेरे साथ सटकर खड़ा हुआ और मेरे कानों में बोला, 'चलोगे?'

'कहाँ,' मैंने पूछा क्योंकि मेरा उसके साथ जाने का कोई इरादा नहीं था। मेरे आज के शेड्यूल में कमल और अर्जुन से मिलकर केस को सिरे लगाना था।

तभी एक अधेड़ महिला वहाँ पहुँची। मैंने विक्रम को देखा। 'यह न्यूज़पेपर है मौली की सोसाइटी की। उसके नीचे वाले फ़्लैट में रहती है। उसके फ़्लैट का एक दरवाज़ा ऊपर मौली के घर के सामने खुलता है। मिले नहीं।'

'नहीं', मैंने कहा। लेकिन साथ ही मैंने आज की मुलाक़ातों में एक नाम और जोड़ दिया।

'तुमने जवाब नहीं दिया?'

'किस बात का?' मैं अपनी ही उधेड़बुन में लगा था।

'चलोगे?'

'कहाँ'

'डिफ़ेंस कॉलोनी।'

मेरे कान खड़े हो गये। ज़ाहिर है कि वह भी कमल कुन्दन की फ़िराक़ में ही था। 'नहीं, मैं बाद में चला जाऊँगा।' मेरी उसके साथ जाने की इच्छा नहीं थी। मैंने पिछली मुलाक़ात में उसे अच्छा कल्टीवेट किया था। और मेरा मानना था कि पुलिस की मौजूदगी में वह मुझसे खुलकर बात नहीं करेगी। उसने मेरी तरफ़ देखा, फिर बोला

'लेकिन तब तक हम बॉडी वहाँ से हटा देंगे।'

उसने जैसे बम फोड़ा।

केस से जुड़ा दूसरा अहम किरदार इस नश्वर दुनिया से रुख़्सत हो चुका था। मेरी आँखों के आगे से कमल का चमकता चेहरा गुज़रकर रह गया। क्या हो गया था मेरी क़िस्मत को। हम दोनों फ़ौरन ही श्मशान घाट से निकले। जलती चिता के पास खड़े अमृतलाल ने अजीब नज़रों से हमें देखा और फिर चिता की तरफ़ मुँह करके हाथ जोड़ दिये। चित्रांगदा और रोहित घुट-घुटकर बातें कर रहे थे जबकि राधिका फ़ोन पर मसरूफ़ थी। अपेक्षा सोसाइटी की 'न्यूज़पेपर' से बचने के लिए हम दोनों भागते हुए श्मशान घाट से निकले और आगे-पीछे गाड़ी डिफ़ेंस कॉलोनी की तरफ़ बढ़ा दी। जहाँ एक सपना टूट चुका था लेकिन दिल्ली अपनी रफ़्तार से बढ़े जा रही थी। सड़क पर वाहनों की लम्बी क़तारें लगी थीं।

सैंतालीस

लाश लिविंग रूम में ही पड़ी थी। दीवार के साथ-साथ बनाये गये एल शेप के सोफ़े के ऊपर। पाँव नीचे लटके हुए थे। बाक़ी बदन सोफ़े पर दायीं तरफ़ लुढ़का हुआ था। वह एक बैंगनी रंग की स्कीवी और काली फ़ॉर्मल पेंट पहने हुए थी। स्कीवी में ख़ून जज़्ब हो गया था लेकिन जो ख़ून ज़ख़्म से निकलकर सफ़ेद सोफ़े में से होते हुए नीचे कालीन पर गिर रहा था, उसी की सुर्ख़ी से उसके ख़ून होने का अहसास हो रहा था। नक़्क़ाशीदार मूठ वाला एक चाक़ू उसके बायें वक्ष को चीरता हुआ निकला था। उसके गाल पर लाली थी जैसे चाक़ू मारने से पहले किसी ने उसको चाँटा जड़ा हो। उसकी बायीं बाँह पीठ की तरफ़ मुड़ी हुई थी। जबकि दायीं उसके अपने ही बदन के नीचे दबी थी। बाद में पोस्टमार्टम से पता चला था कि उसकी बाजू भी कुहनी से टूटी हुई थी। ज़ाहिर-सी बात थी कि मरने से पहले उसने संघर्ष किया था। टेबल पर दो गिलास पड़े थे लेकिन इस बार दोनों में वोदका या शराब नहीं थी। एक गिलास में विस्की के अंश थे जबकि दूसरा लुढ़ककर टूटा हुआ था और विस्की टेबल पर बिखरी हुई थी। टेबल के ग्लास टॉप में एक दरार साफ़ दिखायी दे रही थी। लगता था जैसे संघर्ष के दौरान उस टेबल पर कुछ टकराया या कुछ गिरा जिससे उसमें दरार आ गयी। मरने वाली की आँखें खुली थीं और उसके चेहरे पर अविश्वास के भाव थे।

हत्या के सप्ताह भर बाद मौली के फ़्लैट से अमृतलाल का लाइटर बरामद करने वाले विक्रम नरूला ने अपने साथियों को फ़्लैट की महीन तलाशी लेने के निर्देश दिये। उसने मेरी तरफ़ देखा।

'क्या लगता है?'

'यह तय है कि दोनों में जान-पहचान थी। दरवाज़े के जबरन खुलने का कोई चांस नहीं।'

मुझे ध्यान आया कि कमल कुन्दन के फ़्लैट के मुख्य दरवाज़े पर कैमरा लगा है जिससे वह आने वाले आगन्तुकों को अपने मोबाइल या कम्प्यूटर स्क्रीन पर देखकर ही दाख़िला देती थी। लेकिन मैं विक्रम को यह नहीं बताना चाहता था कि मेरी उससे ऐसी मुलाक़ात थी। फिर भी मैंने उसे बताया कि घर के मुख्य दरवाज़े पर कैमरा लगा था, उसकी फ़ुटेज हमें फ़ौरन अपने क़ाबू में करनी चाहिए। तब सबकी नज़र एक कोने में लगे कंट्रोलिंग डिवाइस पर अटककर रह गयी जिसका कवर एक साइड में पड़ा था और अन्दर की मशीन बलपूर्वक तोड़कर निकाली जा चुकी थी।

मुख्य बेडरूम के वार्डरोब के अन्दर एक तिजोरी थी जो एक डिजिटल लॉक से लैस थी। फ़ौरन पुलिस के आईटी सेल के इंजीनियर को बुलाया गया। तिजोरी में 20 लाख रुपये नक़द पड़े थे। इसके अलावा कुछ गहने थे। क़रीबन डेढ़ लाख रुपया अलग से भी पड़ा था। ज़ाहिर था कि बीस लाख कमल के पास हालिया दिनों में आया था। ड्राईंग रूम के एक तरफ़ ग्रेनाइट की स्लैब लगी थी जो उसके साथ ही सटी किचन व बार के लिए टेबल टॉप के तौर पर भी इस्तेमाल होती थी। वहाँ जानीवॉकर ब्लैक लेबल की बोतल पड़ी थी। स्लैब के एक कोने में जहाँ से ब्लैक लेबल को निकाला गया था, उस क्लोजेट में एक विजिटिंग कार्ड पड़ा था। विक्रम ने कार्ड को उठाया। यह अमृतलाल का कार्ड था।

'तो हत्यारा जान-पहचान वाला था और कमल कुन्दन अमृतलाल के सभी इनागुरेल प्रोग्राम्स में अपना नृत्य पेश करती थी। कमबख़्त आज बच निकला लेकिन इस पूरे मामले में अमृतलाल की हाज़िरी दोनों मौक़ा-ए-वारदात और उससे जुड़े सभी किरदारों के साथ थी। लेकिन जज को कौन समझाये!' विक्रम ने कलपकर रहा।

'लेकिन सब जगह हाज़िरीवाला यह अकेला तो नहीं। मन्त्री की पुत्री भी सब जगह है। रोहित कापड़ी भी ज़्यादातर जगह मौजूद है।'

'भई, मरने वाली रोहित के निर्दोष होने का प्रमाण-पत्र थी। उसने ख़ुद मुझे बताया कि क़त्ल के पूरा दिन और आधी रात तक रोहित उसके पहलू में रहा।'

'फिर तो रोहित का बड़ा नुक़सान हो गया था कि उसकी गवाही जाती रही।'

'ऐसा नहीं है। उसके बयान की ऑडियो रिकार्डिंग है। कौन हो सकता है जिसका कमल कुन्दन की हत्या में हित हो। कहीं यह कोई अलग ही क़िस्सा तो नहीं?' विक्रम बड़बड़ाया।

'नहीं, अलग तो नहीं। ताल्लुक़ तो सीधा उसी मामले से है। सीने में घुसे ख़ंजर पर ध्यान दो। आइडेंटिकल है। वार का अन्दाज़ा भी वैसा ही है। हत्यारे का ताक़तवर

होना भी निश्चित है। तभी एक ही वार में काम तमाम। और फिर अमृतलाल के कार्ड को मत भूलो।'

'अरे यार, कुछ तो है जो हम पकड़ नहीं पा रहे।'

'वो तो ज़ाहिर ही है वरना अब तक तो क़ातिल सलाख़ों के पीछे होता।'

मैंने एक बार फिर से लाश का बारीक मुआयना शुरू किया। मैंने देखा मरने वाली के हाथ में ख़ून का निशान था। मुझे लगा कि शायद यह उसके जिस्म से निकले ख़ून का ही निशान था लेकिन ख़ून का यह निशान उसके दायें हाथ की मध्यमा और तर्जनी के कोर पर था। मैंने विक्रम को इशारा किया।

'मुझे लगता है, मरने वाली के दायें हाथ की दो उँगलियों के पोरों पर जो ख़ून का धब्बा है, वह क़ातिल का हो सकता है। फ़ोरेंसिक से कहो सैम्पल लें, कहीं बॉडी ट्रांसफर करते वह नष्ट न हो जाये।

विक्रम ने फ़ौरन फ़ोरेंसिक टीम को इशारा किया। सैम्पल को सुरक्षित किया गया ताकि बाद में डीएनए से मिलान हो सके।

मेरा ध्यान बार-बार आला-ए-क़त्ल पर अटक जाता था। नक़्क़ाशी के कारण उसकी जो अलग पहचान थी, वह हमारी मददगार हो सकती थी। मैंने ऐसी ऐंटीक आइटम की जनपथ के अलावा दुकानों की जानकारी गूगल करने का फ़ैसला किया।

विक्रम ने मरने वाली का फ़ोन उठाया। फ़ोन पर कोई कोड नहीं था, उसने उसके लास्ट डायल नम्बरों पर नज़र डाली थी। मरने वाली ने अपनी आख़िरी कॉल अमृतलाल को की थी। दोनों में साढ़े तीन मिनट तक बात हुई थी। आस-पड़ोस में पूछताछ से कुछ हासिल नहीं हुआ। किसी को घर के अन्दर किसी भी तरह की किसी नोक-झोंक या झगड़े का पता नहीं चला। वैसे भी दिल्ली बेमुरव्वत पड़ोसियों का शहर है। यहाँ किसी मिसेज़ शर्मा की यह दिलचस्पी तो हो सकती है कि किसके घर कौन आ रहा है लेकिन दर्द से तड़पते पड़ोसी को अस्पताल ले जाने को सभी एम्बुलेंस बुलाने की सलाह देते हैं। इतना ही नहीं, होली-दिवाली की आपको मुबारकबाद भी आप पर अहसान करके ही देते हैं, वरना मुँह फेर लेना ही दिल्ली का मिज़ाज है।

अड़तालीस

अमृतलाल के चेहरे पर चिन्ता की रेखाएँ साफ़ झलक रही थीं। थाने का चक्कर उनको आज भी यक़ीन की कसौटी पर पिटता नज़र आ रहा था। मैं चुपचाप उनके बोलने की प्रतीक्षा करता रहा। कली ने कॉफ़ी लाकर हम दोनों के आगे रख दी। उसने गर्दन हिलाकर उसका शुक्रिया अदा किया और मग अपने दोनों हाथों में थामकर दिल्ली की सर्द सुबह में ठण्डे पड़े अपने हाथों को गरमाइश देने की कोशिश की।

'तुम्हारे मौन से मुझे लग रहा है कि कोई प्रोग्रेस नहीं है। भई, मैं तो तुम्हें बहुत क़ाबिल समझा था।'

'आपकी निराशा वाज़िब हो सकती है लेकिन मैंने भी आपसे यह तवज्जो की थी कि आप मुझे सब कुछ सच-सच बतायेंगे लेकिन ऐसा हुआ नहीं।'

'भई, क्या झूठ बोला मैंने?'

'आपने मुझे यह कब बताया कि आप मौलश्री के घर आते-जाते थे।'

'लेकिन मैंने यह कब कहा कि मैं नहीं जाता हूँ। ख़ुद से भी और तुम्हारे किसी सवाल के जवाब में भी। बरख़ुरदार, अपने लफ़्ज़ों पर ध्यान दो। मैं तुम्हारा क्लायंट ही नहीं वरना उम्र में भी तुमसे ख़ासा बड़ा हूँ। और ख़ास बात यह है कि इस सारे सिलसिले में जो सवाल सबसे अहम है वो यह था कि क्या मैंने मौलश्री का क़त्ल किया? और उसका जवाब मैंने तुम्हें पूरी ईमानदारी से दिया।'

'लेकिन ये बातें जब दूसरे से पता चलती हैं तो बुरा लगता है।'

'बहरहाल, आपको यह तो मालूम पड़ ही गया होगा कि कमल कुन्दन को भी कल उसी अन्दाज़ से मार दिया गया।'

मैं रूका फिर बोला,

'कोई अन्दाज़ा है आपको कि कौन हो सकता है?'

'मैं क्या कह सकता हूँ, भई! लेकिन ऐसा लग रहा है कि दोनों हत्याओं का गहरा रिश्ता है।'

'आपसे कमल कुन्दन की बातचीत होती रहती थी क्या?'

'ऐसे कोई तयशुदा तरीक़े से नहीं, पर हाँ, बीच-बीच में बात हो तो जाती थी।'

'आख़िरी बार कब बात हुई?' मुझे दु:ख हो रहा था कि अमृतलाल अब भी मुझे स्वयं सूचना देने से कतरा रहा था।

'कल उसका फ़ोन आया था। कुल तीन-चार मिनट बात हुई। बहुत परेशान थी। मुझे बुला रही थी।'

'आप कब गये?'

'जाने का मौक़ा ही कहाँ आया। कल मैं थोड़ा बिजी था और फिर इंस्पेक्टर नरूला ने भी मेरा दिमाग़ ख़राब कर रखा था। उसने तो मुझे गिरफ़्तार करवा के मँगवा ही लिया था। वह तो भला हो मजिस्ट्रेट का जिसने समझा और वारंट इश्यू नहीं किया। उस सिलसिले में वकील से मिलना था।'

'तो आप वहाँ गये थे या आपका जाने का इरादा नहीं था।'

'इरादा क्यों नहीं था, भई? मुझे यह थोड़े पता था कि बात इतनी सीरियस है। थोड़ा अपनी परेशानी में था। आज जाना था लेकिन नौबत ही न आयी।'

फिर वो रुका और उसने पूछा, 'भई, तुम ही सवाल पूछते रहोगे या क्लायंट की हैसियत से मेरा भी कुछ अख़्तियार है।'

'ज़रूर।' मैंने सच में थोड़ा शार्मिन्दा महसूस किया।

'क्या है अब तक का हासिल?'

'सच पूछें तो अभी कुछ भी नहीं। हाँ, ऐसे कई क्लू मिले हैं जिनसे शक के दायरे में कई लोग आ गये हैं?'

'तुम्हें लगता है कि यह काम किसी किराये के क़ातिल का भी हो सकता है?' उन्होंने सवाल दाग़ा। इस सम्भावना पर तो हम लोगों ने कभी सोचा ही नहीं। मैंने तय किया कि इनके यहाँ से निकलते ही मैं अपेक्षा सोसाइटी का रुख़ करूँगा।

'होने को क्यों नहीं हो सकता। लेकिन सम्भावना कम लगती है।'

'तो शक के दायरे में कौन है मेरे सिवा?'

'सबसे ज़्यादा सन्देह के घेरे में आप ही हैं, जनाब! मरने वाली के पास आपका मुतवातिर आना-जाना था। आपको उस तक आसानी से पहुँच हासिल थी। आपके पास मक़सद भी बड़ा मज़बूत है।'

'क्या मक़सद है?'

'मरने वाली ने मरने से पहले आपकी फ़ाइल पर नामंज़ूरी की मुहर लगायी।

यह नामंज़ूरी मामूली नहीं। रोहित कापड़ी की बदौलत यह अब सबको मालूम है कि यह आपको दिवालिएपन की कगार पर ले जा सकती है।'

'क्यों भई?'

'क्योंकि आपके फ़ाइनेंशियल रिकार्ड्स से ज़ाहिर है कि नोटबन्दी के बाद आपका बिज़नेस लगातार गिरता चला गया। ज़्यादातर प्रोजेक्ट क़ानूनी दाँवपेंच में फँसे हैं। मार्केट में जेनरल डिप्रेशन भी है।'

'याद रहे बरख़ुरदार, हाथी मरा हुआ भी सवा लाख का होता है। बक़वास है सब और रोहित कापड़ी से क्या उम्मीद करते हैं मेरे बारे में? सच्चाई इसके उलट है। असल में उसकी कम्पनी का तो अस्तित्व ही ख़तरे में है।'

'देखिये, आपकी बात सच हो सकती है पर...'

'पर क्या? उसकी फ़ाइल पर मंज़ूरी की मुहर से ही वह पास होगी। फ़ाइल को तो अभी फाइनल रिव्यू के लिए मन्त्री जी और फिर महकमे की कमेटी के अलावा पर्यावरण मन्त्रालय भी जाना है। यह इतना भी आसान नहीं।' वे रुके। कॉफ़ी का घूँट ख़ून की तरह पीकर बोले, 'यह मेरी पहली फ़ाइल नहीं है जिस पर मौलश्री ने नामंज़ूरी की मुहर लगायी हो और जो 'ऊपर' जाकर मंज़ूर हो गयी हो। यह ज़्यादा माल झटकने के हथकण्डे हैं। और कुछ भी नहीं।'

मैं हैरत से उनका मुँह ताक रहा था। वे अपनी बात ज़ारी रखे थे।

'तुम्हें क्या लगता है मौलश्री ने पहली बार मेरी फ़ाइल पर नामंज़ूरी की मुहर लगायी थी। जब धीरज राम प्रमोद दत्त कम्पनी के साथ मेरी लड़ाई चल रही थी तब मौलश्री ने मेरी एक नहीं तीन फ़ाइलों पर नामंज़ूरी की मुहर लगायी थी। तो मैंने तब उसे मौत के घाट क्यों न उतारा। और बरख़ुरदार, उनमें से दो फ़ाइलों पर मन्त्री जी ने मौली की मुहर को ओवररूल कर दिया था।'

'लेकिन जनाब, आपका लाइटर वहाँ से मिला, उस पर क्या कहेंगे?'

'यही एक बात है जो मैंने तुमसे छुपायी थी। क्योंकि मुझे लगता था कि यह ऐसा काम था जिसे मैं शायद छुपा सकूँ। सच तो यह भी है कि मैंने तुम्हें दो वजह से हायर किया। पहला यह कि जब मौलश्री मेरे पास काम के लिए आयी थी, वह पूरी तरह बेसहारा थी। नौकरी न मिलने की सूरत में उसके पास सिर्फ़ आत्महत्या का ही रास्ता था। मेरा उसके साथ एक स्वाभाविक लगाव बन गया था और वह भी मेरी अहसानमन्द थी।'

अमृतलाल ने बात खुलकर नहीं कही लेकिन मैं उनका मतलब बख़ूबी समझ गया था।

'दूसरा बड़ा कारण यह था कि मौली की हत्या के दिन मैं उसके घर गया था और मेरा मक़सद उसे समझाना था कि वह फ़ाइल ओके कर दे। लेकिन उससे बड़ी बात यह थी कि मौली गम्भीरता से शहर से कूचकर जाने का विचार कर रही थी। मन्त्री जी के साथ उसके अन्तरंग हो चुके सम्बन्धों के चलते उनकी पत्नी और बेटी दोनों उसकी जान की दुश्मन बनी हुई थीं।'

'यह बात आपको मुझे पहले बतानी चाहिए थी। आप उसी रोज़ उसके घर क्यों गये।'

'क्योंकि हत्या के एक दिन पहले मौली ने मुझे फ़ोन करके घर आने को बोला था। उसका कहना था कि वह अपनी ज़िन्दगी का एक बड़ा फ़ैसला कर चुकी है जिसे अमली जामा पहनाने से पहले वह उसे मेरी जानकारी में लाना चाहती थी।'

'ऐसा क्या फ़ैसला था? उसका कोई संकेत उसने दिया। या कोई भी ऐसी बात जिसकी वजह से वह इतना बड़ा फ़ैसला ले रही थी।'

'न भई, फ़ोन पर तो ऐसी कोई बात हुई नहीं। हाँ, मैं तय वक़्त पर उसके फ़्लैट पर पहुँचा था। मैंने घण्टी बजायी पर कोई जवाब नहीं आया। मैंने दरवाज़े का हैंडल घुमाया तो उसे खुला पाया। मैं अन्दर पहुँचा तो उसकी लाश से रूबरू हुआ। मुझे तो कुछ सुध-बुध ही न रही। मैं उसके पास पहुँचा और यह देखने के लिए कि उसमें जीवन का कोई भी कैसा भी अंश हो तो मैं कुछ करूँ। उसी समय शायद लाइटर वहाँ गिर गया होगा।'

'लाइटर इंस्पेक्टर नरूला के पास है। उनको आपने अपनी विजिट के बारे में बताया?' उसने इनकार में सिर हिलाया।

'वह इंस्पेक्टर तो पहले ही मेरी जान का दुश्मन बना हुआ था। वह तो मजिस्ट्रेट से मेरी गिरफ़्तारी का वारंट लेने पहुँच गया था।'

'जनाब, आपके लिए हालात बहुत जटिल होते जा रहे हैं।'

'तो तुम कुछ करो न, भाई! इसीलिए तो तुम्हें इंगेज किया था।'

'मसला तो यह है कि दोनों ही मौक़ा-ए-वारदात पर आपकी हाज़िरी या आपकी हाज़िरी का कारण है। मौलश्री के यहाँ आप ख़ुद गये और कमल कुन्दन ने अपनी आख़री कॉल आपको बुलाने के लिए की।'

'अंग्रेज़ी में इसको कहते हैं– यू आर इन डीप शिट, सर जी!'

'देन प्लीज़ ड्रैग मी आउट ऑफ़ इट। फ्रैंकली आय हायर्ड यू फ़ार दिस। हेंस बिफ़ोर आई गो फ़रदर डीप यू बैटर क्लीन दिस शिट।'

मेरी एक लाइन के जवाब में अमृतलाल ने पूरी कहानी कह दी।

'मेरी एक सलाह है आपके लिए।'

'सिर माथे।'

'आप कुछ दिन, मेरा मतलब दो-तीन दिन शहर से निकल लो। मेरे को उम्मीद है कि जल्दी ही कुछ मिलेगा। क़ातिल कैसा भी होशियार हो, अपना निशां ज़रूर छोड़ता है। बस अपनी निगाह का भी फेर है कि अभी वह पकड़ में नहीं है। लेकिन पहला क़त्ल अगर ग़लती होती है तो उससे जुड़ा दूसरा क़त्ल बहुत बड़ी ग़लती होती है जिसका पकड़ा जाना महज़ वक़्त की बात होती है।'

'यह मुमकिन नहीं। इंस्पेक्टर ने मुझे शहर में ही रहने का हुक्म सुनाया है। तुम अपना काम करो। मेरी गिरफ़्तारी की चिन्ता मेरे वकील कर लेंगे।' कहकर वे कुर्सी से उठ गये।

उनचास

अमृतलाल के दफ़्तर से निकलते ही कली ने मेरे कमरे में क़दम रखा। वह अपने छोटे बालों में आज एक सुनहरा क्लिप लगाये थी। आज उसने बालों को खुले छोड़ने के बजाय पीछे एक छोटा-सा जूड़ा बना रखा था जिसमें वो क्लिप ऐसा लगता था कि कभी भी गिर जायेगा क्योंकि क्लिप को होल्ड करने लायक़ बाल उसके थे ही नहीं।

'आज तो तुम्हारी तरक़्क़ी हो गयी है।' मैंने उसको ग़ौर से देखते हुए कहा। क्योंकि आज वह अपने होंठों पर लिपस्टिक भी लगाये थी और उसने कोई ऐसी ब्रा पहनी थी कि उसका वक्षस्थल उन्नत दिखायी दे रहा था। मेरी इस टिप्पणी पर उसने बारीकी से थ्रेड की हुई अपनी भवें उठायीं। मेरे दिल ने जैसे कुछ पल के लिए धड़कना बन्द कर दिया।

'ऐसा क्यों? इतने साल से तनख़्वाह तो कोई ख़ास बढ़ायी नहीं तो तरक़्क़ी क्या होगी? पिछले साल पाँच सौ रुपये बढ़ायी थी। अच्छा पिज़ा भी 650 का आता है। तरक़्क़ी करेंगे। उसे छोड़िए। कॉफ़ी लाऊँ?' उसने पूछा।

कमबख़्त ने, मेरे मन में उठी एक नन्ही-सी चिंगारी पर जैसे पूरा एक फ़ायर टेंडर बहा दिया।

'अरे भई, मैं तो तुम्हारे जलवे को देखकर कह रहा था। कली से फूल बनकर आयी हो।'

वह हँसी। 'आप चाहो तो मैं पूरा गुलदस्ता बन जाती हूँ। इंक्रीमेंट अनाउंस कर दो।' मैंने मन में दृढ़ निश्चय किया कि अगर मामला हल हो गया और अमृतलाल ने बाक़ी फ़ीस चुका दी तो इसको तीन हज़ार महीने का जम्प दूँगा।

'कॉफ़ी?' उसने फिर पूछा। 'नहीं मुझे निकलना है अभी' कहकर मैं निकला। एक बार फिर क़सम खायी कि दफ़्तर में फ़्लर्ट नहीं करना पर क्या करता, आदत से मजबूर।

पचास

राधिका ने ग़ौर से अपने पति देवराज सिंह को देखा। काफ़ी गंजा सिर, गहरा रंग, बेढब मूँछें, कटोरियों से बाहर निकलती बड़ी-बड़ी आँखें, भद्दे और बड़े-बड़े हाथ। नेताओं की ख़ास पहचान जैसा सफ़ारी सूट। अपने नसीब पर उसने लानत भेजी। यह सोचकर कि कुछ ही देर बाद सुन्दरता के नाम पर कलंक जैसा यह राक्षस उसको रौंदने लगेगा। लेकिन हर बार की तरह फिर उसने ख़ुद को याद दिलाया कि यह शादी उसने अपनी मर्ज़ी से की थी। वह कभी पार्टी की मामूली कार्यकर्ता थी। नगर-निगम का टिकट लेने के लिए उसने कम-से-कम चार बार मन्त्री जी को चाय का कप पकड़ाते हुए जान-बूझकर उनका हाथ छुआ था। उनके पास से गुज़रते हुए वह इतने क़रीब से गुज़रती थी कि उनको उसके स्पर्श का अहसास हो सके। पूर्वी दिल्ली की अक्षरधाम से लगती सड़कों से वो जब भी गुज़रती तो एनएच-24 और मयूर विहार की मुख्य सड़क के बड़े-बड़े बैनरों पर अपनी मुस्कुराती हुई तस्वीर का तसव्वुर करती। मन्त्री जी तब दिल्ली इकाई के प्रभारी महासचिव थे और टिकट आबंटन समिति के अध्यक्ष थे। अकेले थे लेकिन राधिका से काफ़ी बड़े थे। उनका डीलडौल ऐसा था कि उनके पास खड़ी राधिका ऐसी लगती थी जैसे शैतान के पास कोई राजकुमारी खड़ी हो। पर राधिका को मन्त्री जी की नज़रें इनायत में पार्टी टिकट दिखायी देता था। लिहाज़ा वह हर सम्भव कोशिश करती थी कि वे उसके रूप जाल में उलझकर रह जायें। देवराज सिंह राजनीति में सेक्स की भूमिका को बख़ूबी समझते थे। उनको अपनी छवि की भरपूर चिन्ता रहती थी। यही वजह थी कि वे राधिका के खुले इशारों की ऐसी अनदेखी करते थे कि राधिका को उनके पौरुषत्व पर भी शक होने लगा था।

लेकिन यह सब देवराज सिंह की सोची-समझी योजना थी। उनकी अनुभवी आँखें राधिका का मक़सद भाँप चुकी थीं और उन पर भी उन दिनों अकेलापन भारी पड़ रहा था। आख़िर उन्होंने अपनी ज़िन्दगी का बड़ा फ़ैसला कर ही लिया— राधिका

से शादी का। तब मन्त्री जी इतने बुरे भी नहीं थे। उम्र और विलासितापूर्ण ज़िन्दगी ने उनकी तरुणाई को छीन लिया। वे आरक्षित सीट से चुनकर आते थे। पार्टी का हिस्सा होने के नाते राधिका को यह बात मालूम थी। लेकिन उनके रुतबे और कुर्सी ने राधिका के मन से यह जातिभेद मिटा दिया था। दो दशक से भी ज़्यादा पुरानी अपनी शादी के बाद भी राधिका ने अपनी उस चीज़ को सहेजकर रखा जो मन्त्री जी ने गँवा दी थी। जवानी। आज भी वह और चित्रांगदा जब घर से निकलती थीं तो बहनें ही लगती थीं। माँ-बेटी मन्त्री जी के काम में भरसक दख़लन्दाज़ होती थीं।

दोनों की दख़लन्दाज़ी में आधारभूत फ़र्क़ था और दोनों में ही मौलश्री काँटे की तरह फँसती थी। माँ को मौलश्री का देवराज सिंह की ज़िन्दगी में होना क़ुबूल न था और बेटी को कामकाज में उसका ज़रूरत से ज़्यादा दख़ल और मन्त्री जी की उन पर निर्भरता पसन्द नहीं थी। दोनों लगभग सारा समय यह जुगत भिड़ाती रहती थीं कि कैसे उसे मन्त्री जी के दफ़्तर और घर से बाहर का रास्ता दिखाया जाये। लेकिन मौलश्री का जादू मन्त्री जी के सिर पर चढ़कर बोलता था। उसकी मौत के बाद से देवराज सिंह का मूड उखड़ा-उखड़ा रहता था।

राधिका ने देवराज सिंह को उसके सामने बैठते हुए घूरा। फिर बोली, 'सात दिन में तो राजकीय शोक भी समाप्त हो जाता है। आप कब तक यह मुँह लटकाकर बैठे रहोगे।'

देवराज सिंह ने राधिका की इस बात की उपेक्षा की।

'कुछ पता चला?' फिर उसने पूछा।

'पता तो अभी नहीं चला। लेकिन जिस दिन पता चल गया, करने वाले की ख़ैर नहीं। इतनी हिम्मत!'

'औक़ात से बढ़कर कोई भी काम करेगा तो यही हश्र होगा।'

'औक़ात बनाने से बनती है। हाँ, यह ज़रूर है कि औक़ात बन जाने के बाद लोग असली औक़ात को भूल जाते हैं।'

'सुबह आईना देख लिया करो। रोज़ याद आ जायेगी।' मन्त्री के गाल लाल हो गये। 'और सुन लो', वह ग़ुस्से से तमतमाते हुई बोली, 'यह औक़ात के ताने उसे मारना जिसे तुम्हारा न पता हो। तुम्हारे गाँव के पुराने घर की सब तस्वीरें हैं मेरे पास। चाहो तो मेरी मँगवा लेना। अगली बार ऐसा कुछ बोला तो अभी एक फटका झेल नहीं पाये हो। दूसरा तो ख़त्म कर देगा।'

'तुम पागल हो क्या!' मन्त्री नरम पड़ा। बीवी का ग़ुस्सा और ग़ुस्से में उठा कोई भी क़दम उसके लिए भारी मुसीबत का बायस बन सकता था। ख़ासकर मौजूदा

हालात में।'हम फिर कभी बात करेंगे।' बेला जो आकर हॉल में खड़ी हुई थी वापस जाने को मुड़ी। मन्त्री जी ने उसे रोका, 'बेला, मैडम के लिए ऑरेंज जूस और मेरे लिए सोडा लाओ।'

देवराज सिंह को जब भी राधिका के साथ सम्भोगरत होना होता था, वह उसे, उसकी मनपसन्द ड्रिंक ख़ुद बनाकर पिलाता था। शादी के शुरुआती सालों में यहाँ तक कि अपनी ज़िन्दगी में मौलश्री के पहले तक यह काम कर जाता था। राधिका दूसरे ही पेग में पिघल जाती थी।

वह उसको थामकर अन्दर ले गया। बेला उनके बेडरूम में ही एक तरफ़ लगे एक काउंटर पर सब सामान रख गयी। खाने के लिए भुनी हुई मूँगफली और टाकोज भी थे। राधिका को पता था कि थोड़ी ही देर में वह बाक़ी स्नैक्स भी दे जायेगी। एक दौर चला। राधिका थोड़ी ठण्डी हुई। फिर बोली, 'देखो देव, मुझे कलपाया मत करो। मैं अपने पूरे राजनीतिक करियर को क़ुर्बान करके तुम्हारे साथ हूँ। घर में तमाशा अच्छा नहीं। अब तुम अपनी सहायक या बेहतर हो कि अपना सहायक सोच-समझ कर ही चुनना।'

देवराज ने सब्र रखा। दूसरे दौर के बाद उसने बातों को कुरेदने का फ़ैसला किया। इन दिनों उसे अपनी बीवी और बेटी दोनों के बारे में तरह-तरह की बातें सुनने को मिल रही थीं। चित्रांगदा की तो मौक़ा-ए-वारदात पर मौजूदगी निर्विवाद थी। टीवी चैनल राधिका और मौलश्री की तनातनी की ख़बरें भी ख़ूब चला रहे थे। टीवी पर उसके घरेलू हालात को इतना तड़का लगाकर पेश किया जाता था कि उसको उनकी कल्पनाशीलता पर हैरानी होती थी।

देश का प्रधानमन्त्री बहुत ही सख़्त था। मौलश्री की हत्या के फ़ौरन बाद उन्होंने कैबिनेट के विस्तार को रोक दिया। तीन बार समय माँगने के बाद भी देवराज सिंह को समय नहीं दिया। सिंह को अपना करियर डाँवाडोल नज़र आ रहा था। वह रोज़ कमिश्नर पुलिस को फ़ोन कर रहा था कि मामला जल्दी हल करो और मामला हल होने के बजाय और उलझता जा रहा था। कोई भी पत्रकार थोड़ी-सी ही मेहनत के बाद उसके और कमल कुन्दन के बीच कभी-कभार की मुलाक़ातों के बारे में जान ही जाता। सोचते हुए उसे इस प्राइवेट डिटेक्टिव की याद आयी। उसने तय किया कि आज ही उससे भी मुलाक़ात करेगा। राधिका को टटोलने से पहले उसने अपने पीए को एसएमएस करके मुझे बुलाने की हिदायत की।

'सुनो राधिका।' उसने आँखे उठायीं। मदिरा का यही कमाल था। उसका ग़ुस्सा नशे में पिघलकर बह चुका था। वह हल्के सुरूर में थी। आँखों से ही उसने 'क्या' पूछा।

'यह चित्रा का मौली के घर जाने का क्या क़िस्सा है। सारे चैनल दिन भर इसी ऐंगल को एक्सप्लोर करते रहते हैं।'

'कोई क़िस्सा नहीं है। सब वाहियात हैं। उसे सबसे ज़्यादा ख़तरा मुझसे था।'

'देखो, ऐसी कोई भी बात है तो मुझे बताओ। हम इससे निकलने का कोई रास्ता ढूँढ़ लेंगे।' राधिका तमक गयी।

'तुम यह कह रहे हो कि मैंने उसका क़त्ल किया है।'

'अरे मैं यह कब कह रहा हूँ। पूछ रहा हूँ। देखो एक्सपेंशन रुक गयी है। हमें जल्दी कुछ करना होगा। तुम चित्रा से बात करो। ऐसा न हो कि कहीं देर हो जाये!'

देवराज सिंह ने अपनी बीवी को यह नहीं बताया कि कमिश्नर अब चित्रा से पूछताछ के लिए जाँच-अधिकारी को फिर भेजना चाहता है। प्राइवेट डिटेक्टिव को तो उसने दौड़ा दिया था लेकिन पुलिस की दुबारा पूछताछ उसके लिए मुसीबत खड़ी कर सकती थी। इस बार चित्रांगदा से थोड़ी कड़ी पूछताछ हो सकती थी। हादसे के वक़्त उसकी मौजूदगी उसे सन्देह के घेरे में लाती थी। वह क़ातिल न भी हो, उसकी हैसियत मैटीरियल विटनेस की तो थी ही जिसे जाँच में शामिल होने को कहा जा सकता था। राधिका ने बात को समझा और उसको आश्वस्त किया कि वह चित्रा से ज़रूर बात करेगी। मन्त्री ने राहत की साँस ली और एक ही झटके में जाम ख़ाली करके बीवी के कमर में हाथ डालकर उसे बेड की ओर खींचा। थोड़ी देर में बिस्तर पर मौलश्री की मौत की ख़ुशी और ग़म दोनों एकसार होकर नदी की धारा की तरह बह निकले। शायद यही है ज़िन्दगी जिसका दस्तूर मेरी किताब में सदा ही यही रहा है–'आता है आने दो अपना है, जाता है जाने दो सपना है।' कभी किसी से सुना था, फिर तो बस अपना ही लिया।

इक्यावन

चित्रांगदा ने मादक अदा से रोहित को देखा। पिछले कुछ अरसे से रोहित उसकी हर अहम ज़रूरत को पूरा करने का साधन बन गया था। मौलश्री के जीवनकाल तक उसके मन में रोहित के उसकी ज़िन्दगी में बने रहने को लेकर कुछ शुबहा था भी तो वह मौलश्री की मौत के साथ ही ख़त्म हो गया था। रोहित जवान था। अब उसकी राह में बार-बार रोड़े की तरह अटक रही मौलश्री भी नहीं थी। करोड़पति और कनाट प्लेस के बीचोबीच जनपथ के किनारे पर बड़ी-बड़ी दो इमारतें। नोएडा में तीन प्रोजेक्ट और एक नया प्रोजेक्ट भी। चित्रांगदा ने अपने बाप की तरह मुफ़लिसी का कोई दौर नहीं देखा था, न ही वह कभी किसी सामाजिक उत्पीड़न का शिकार रही। मन्त्री-पुत्री होने के कारण सब उसके आगेपीछे बिछबिछ जाते थे।

उसे अपनी हैसियत के क्षणभंगुर होने का पूरा अहसास था। क्योंकि पढ़ी-लिखी होने के कारण उसे यह बख़ूबी पता था कि राजनीति में ज़िन्दगी पाँच साल की होती है। अगले पाँच साल का चांस बस फ़िफ़्टी-फ़िफ़्टी था जबकि पैसे की ताक़त का ऐसी किसी अस्थायी स्थिति से कोई ताल्लुक़ नहीं था। ऐसे में इन्हीं पाँच सालों में जिनमें से तीन तो जा भी चुके थे, इतना पैसा बनाना ज़रूरी था कि वह अपनी आइन्दा ज़िन्दगी ख़ुशी से गुज़ार दे। और इस बीच अगर रोहित से शादी करने की भी जुगत लग जाये तो सौदा उम्र भर का था। शादी उसकी वित्तीय और सामाजिक दोनों तरह की उन्नति का रास्ता था।

उधर अपने सबसे बड़े प्रोजेक्ट की मंज़ूरी के बाद रोहित भी ख़ुश था। उसका मानना था, यह सब चित्रांगदा के कारण ही हुआ। लेकिन उसने चित्रांगदा के साथ अपने रिश्ते को कभी शादी के साँचे में ढालकर नहीं देखा। उसके लिए वह सिर्फ़ दिलजोई का सामान थी। और फिर शादी का सवाल ही कहाँ था! प्रोजेक्ट ओके हुआ तो उसके बदले 'द इलीट' में साढ़े पाँच करोड़ का फ़्लैट अदले का बदला ही तो था, उसमें किसी भी भावना की कोई सम्भावना कहाँ थी!

लेकिन उसकी वक़्ती ज़रूरत तो यही थी कि चित्रांगदा शीशे में उतरी रहे। ऐसे में अगर वह कोई सपना देखती है तो यह उसका जन्मजात अधिकार है। रोहित कोई बच्चा नहीं था। पढ़ाई-लिखाई में उसकी नालायक़ी के चलते ही उसके पिता ने उसे अपने साथ बिज़नेस में लगा लिया था। जिसने उसे अनुभव सिखा दिया। मौजूदा प्रोजेक्ट की मंज़ूरी और वह भी अमृतलाल के मुक़ाबले उसे अपने पिता की नज़र में क़ाबिल बना गयी थी। जैसे ही यह सूचना उसने उन्हें दी थी, उन्होंने पहले इसे शक की नज़र से देखा। 'अभी दो स्टेप और हैं' सीनियर कापड़ी ने कहा। 'जी डैडी, पर वह कोई मुश्किल नहीं। मन्त्री जी के साथ सारी सेटिंग हो चुकी है। कमेटी में महज़ औपचारिकता है।'

सीनियर कापड़ी की आँखों में आश्वासन के भाव आये। मन्त्री की बेटी के साथ रोहित की नज़दीकियाँ उनसे छुपी नहीं थीं। लिहाज़ा बुज़ुर्गवार निश्चिन्त थे कि अब इस प्रोजेक्ट का शिलान्यास महज़ वक़्त की बात थी।

चित्रांगदा ने उसके साथ सटकर उसकी जाँघ पर अपना हाथ धरा तो उसकी तन्द्रा भंग हुई। उसने नीट वोदका का एक बड़ा घूँट भरा जो उसकी फूड पाइप को चीरता हुआ किसी चिंगारी की तरह उसके पेट में गिरा। उसने एक तृप्तिपूर्ण साँस ली और चित्रांगदा का हाथ अपने हाथ में ले लिया।

'कहाँ खोये हो?' चित्रांगदा का स्वर रंगीन हो गया था।

'कहाँ खोना है जब तुम साथ हो।' उसने जवाबी कार्रवाई की।

'कहीं तो खोये थे। अगले प्रोजेक्ट का ड्राफ़्ट तो नहीं बना रहे।'

'अरे नहीं, पहले यह तो ओके हो जाये।'

'इसमें अब क्या है?'

चित्रांगदा आज रोहित का मन लेने की फ़िराक़ में थी।

'कितनी गर्लफ्रेंड्स हैं तुम्हारी!'

'कौन हिसाब रखे!' उसने ठहाका लगाया।

'ज़ाहिर है कि कभी तो कोई आयेगी। हिसाब रखने वाली।' रोहित के कान खड़े हो गये। यह बहुत बोल्ड संकेत था। प्रत्यक्षतः वह बोला, 'क्या वाक़ई?'

'क्यों नहीं, भई! ऐसी कौन सी बीवी होती है जो हिसाब न रखे और न सिर्फ़ हिसाब रखे बल्कि उसे बराबर भी करे।'

'आर यू सीरियस?'

'यस आयम।' वो उसके साथ सट गयी। आदतन ही रोहित का हाथ उसके कन्धों से होता हुआ उसके वक्ष की ऊँचाइयों को छूने लगा। उसने एतराज़ न किया।

रोहित ने एक घूँट में गिलास ख़ाली किया। उसने मुँह उसकी तरफ़ बढ़ाया। कमरे के ब्लोअर के सदके हल्के गर्म वातावरण में भी चित्रांगदा के गाल अंगारों की तरह दहक रहे थे। लाली ऐसे लग रही थी जैसे उसने अतिरिक्त रूज लगाया हो। रोहित को लगा कि आज उसकी लॉटरी लगने वाली है।

'कई सालों से अकेले हो, कभी शादी का विचार मन में नहीं आया।'

चित्रांगदा के सवाल से रोहित की छठी इन्द्रीय सक्रिय हो गयी। क्या गड़बड़ थी। उसने सोचा, फिर सबसे फट्टू जवाब दिया, 'कोई मिली ही नहीं।'

चित्रांगदा ने राहत की साँस ली यानी सम्भावना बराबर थी।

'आगे क्या इरादा है?'

'बस मिलकर काम करेंगे।'

'वह तो पहले से ही तय है। पेपर कब तक तैयार हो जायेंगे।'

'द इलीट' में प्रोसेस थोड़ा लम्बा है। पर यू नो बाल इज़ सेट रोलिंग सो एसैप।'

'दुहरा नशा हो रहा है।'

'कैसे?'

'एक तो इस कमबख़्त वोदका का जो मेरी कमज़ोरी बन गयी है, दूसरा मेरे इस धड़कते हुए दिल का– यह कहकर उसने रोहित का हाथ अपने बायें वक्ष पर रख दिया—'जो तुम्हें देखते ही अपनी रफ़्तार डबल कर देता है।'

रोहित निहाल हो गया। मन्त्री-पुत्री के ऐसे आशिक़ाना संवाद उसे किसी दूसरी ही दुनिया में ले गये। अचानक उसे अपनी जवानी पर अभिमान होने लगा। उसने चित्रांगदा को अपनी तरफ़ खींचा और भींच लिया। 'आओ मैं थोड़ा ब्रेक लगा के इसे क़ाबू कर दूँ।'

चित्रांगदा इसी पल के इन्तज़ार में थी। वह मछली की तरह छिटककर उससे अलग हुई और फिर इतराकर बोली–'उसके लिए लाइसेंस लेना पड़ता है। अभी तो पहले वोदका से ही काम चलाओ।'

रोहित उसका इशारा बख़ूबी समझ रहा था पर अनजान बना रहा।

चित्रांगदा पर नशा हावी था लेकिन होश क़ाबू में थे। उसने अचानक एक नया राग छेड़ा–'कमल कुन्दन का क्या सीन हुआ।'

'क्या कह सकते हैं!' वह अचानक हुए इस विषय परिवर्तन से सकपका गया।

'एक साथ दो हत्याएँ हुई हैं। कुछ तो है जो उनको आपस में जोड़ रहा है। दिल्ली पुलिस तो जैसे नाकाम हो गयी है। बस ट्रैफ़िक का काम ही ठीक करती है।'

'क्या पता लगता है!' वह लापरवाही से बोला। 'हो सकता है कोई ताल्लुक़ न भी हो। दोनों जवान थीं। क्या पता कौन है और क्यों हो रहा है। लेकिन दोनों का सीन अलग भी हो सकता है।'

'हो तो सकता है। लेकिन पता नहीं क्यों, मुझे कुछ गड़बड़ लग रही है। मैं उस दिन जब मौली के घर से निकली तो वो कहीं जाने को तैयार थी। पहली बार वह बड़े सौहार्दपूर्ण तरीक़े से मुझसे मिली और उसने बताया कि इस शहर से उसका दाना पानी उठ चुका है। मैंने उसे कभी पसन्द नहीं किया तो मुझे राहत ही हुई। बहरहाल, छोड़ो... तुम्हारा काम तो हो गया।'

'यह तो सच है।' रोहित का चेहरा खिल गया।

चित्रांगदा ने उसे चिकोटी काटी। 'अभी देखो कैसे खिल-खिल जा रहे हो। उस दिन जब मैंने फ़ोन पर कहा कि तुम्हारी फ़ाइल रिजेक्ट हो गयी है तो कैसे ग़ुस्से से बिलबिला रहे थे। क्या बोले थे। बिच!' रोहित का नशा उड़ता जा रहा था। उसकी इन बातों में दिलचस्पी नहीं थी और जिस बात में दिलचस्पी थी, उस पर लाइसेंस की दरकार थी।

बावन

सूरज एक दहकते हुए अंगारे की तरह क्षितिज की छाती चीरकर निकला था। जनवरी के महीने में सूरज की तपिश मई के महीने जैसी थी। गाड़ी में एसी चलाने की नौबत थी, लेकिन मैंने शीशा थोड़ा नीचा करना ही वाज़िब समझा। आज मैंने पक्का मन बनाया था कि मैं मामले को किसी एक तरफ़ करके मानूँगा। कमल कुन्दन की हिदायत '15 किलोमीटर वापस जाओ' मेरे दिमाग़ में जड़ थी। मैंने आईटीओ से गाड़ी विकास पथ पर डाली और फिर लक्ष्मीनगर से पहले ही बायीं ओर का कट लेकर अक्षरधाम फ़्लाई ओवर पर चढ़ गया। गाड़ी मयूर विहार की ओर उड़ चली। मैंने अपेक्षा सोसाइटी के बाहर गाड़ी रोकी। टीचर्स की बोतल अपने क़ाबू में की और लिफ़ाफ़ा लेकर गार्ड रूम की ओर बढ़ा। गार्ड रूम पर नज़र पड़ते ही मेरा मुँह उतर गया। वहाँ शर्मा जी अपने मोबाइल फ़ोन पर लगे थे। मैंने इन्तज़ार किया। फ़ोन बन्द करके उन्होंने मुझे देखा। फिर पूछा, 'जी सर, कुछ पता चला?'

'किसका?' मैंने अनजान बनते हुए पूछा।

'अरे और किसका! मौली मैडम के केस का।'

'आप कुछ मदद करो न।'

'मैं क्या मदद कर सकता हूँ। मैं कोई जासूस थोड़े हूँ।' दिल्ली शहर में हर कोई नहले पर दहला था।

'कुछ तो याद कीजिए जो मामले पर कोई रोशनी डाले। और हाँ, अर्जुन कहाँ है?'

'अरे सर, उसका तो एक्सीडेंट हो गया। किसी गाड़ी ने उसके स्कूटर को टक्कर मार दी। पूरा जबड़ा तोड़ दिया। बोलने-चालने की हालत भी नहीं है।'

मेरा माथा ठनका। मेरी छठी इन्द्री ने मुझे मजबूर किया कि मैं उसका पता करूँ। मैंने शर्मा जी से पूछा–'कहाँ रहता है वो। घर पर ही है या अस्पताल में?'

'मण्डावली में रहता है। शायद घर पर ही है।'

मैंने उसका पता नोट किया। शर्मा जी का धन्यवाद किया और गाड़ी वापस मण्डावली की ओर मोड़ दी। काफ़ी मशक़्क़त के बाद मुझे अर्जुन का घर मिला। मैंने घण्टी बजायी। मण्डावली में गाड़ी गली में लाता तो शायद वहाँ से पैदल गुज़रना भी मुश्किल होता, सो मैं गाड़ी दूर एक खुली जगह पर पार्क करके अर्जुन के घर पहुँचा था जोकि एक और भी सँकरी गली में था। दरवाज़ा क़रीबन तीसेक बरस की महिला ने खोला जो मैंने अन्दाज़ा लगाया कि अर्जुन की पत्नी थी। मैंने उससे अर्जुन के बारे में पूछा। मेरी वेशभूषा देख उसने मुझसे पूछना भी मुनासिब न समझा कि मैं कौन हूँ। बस इशारा करके मुझे अन्दर के कमरे में ले गयी। वहाँ बिस्तर पर बहुत बुरे हाल में अर्जुन लेटा हुआ था। बिस्तर पर बिछी चादर निहायत पुरानी और घिसी हुई थी लेकिन उसके सिरहाने फ़ोन नया था। उसकी ज़ुबान हकला रही थी और वह कुछ भी कह पाने की स्थिति में नहीं था।

मैंने उससे पूछा कि क्या वह मुझे मौली की हत्या के बारे में कुछ भी बता सकता था। उसने अपने हाथ को देखा जो बाँह टूट गयी होने की वजह से एक पट्टी में बँधा हुआ था। उसके मुँह पर भी ठुड्डी के नीचे के ज़ख़्म के कारण पट्टी बँधी थी तो उसके सिर के ऊपर से गुज़री हुई थी। ऐसे में उसका पूरा मुँह खुल पाना मुश्किल था। उसकी पत्नी ने मुझे बताया कि अर्जुन को फ़िलहाल सिर्फ़ पीने की ही इजाज़त है, इसलिए उसे जूस और सूप वग़ैरह ही देते हैं।

'कैसे हुआ यह,' मैंने उसकी पत्नी से पूछा।

उसने बताया कि मयूर विहार से लौटते हुए जब वह पाण्डवनगर होते हुए मण्डावली के लिए मुड़ा तो रेलवे अंडरब्रिज के नीचे उसे एक गाड़ी ने टक्कर मार दी। अर्जुन लगभग रोज़ अंडरब्रिज पार करके अपने एक दोस्त की दुकान पर बैठकर सिगरेट या अपना पेग लगाकर ही घर लौटता था।

मैंने अपनी क़िस्मत को कोसा। मकतूला के फ़्लैट में दाख़िले की मेरी एकमात्र उम्मीद बिस्तर पर मरणासन्न पड़ी थी। तभी मैंने देखा गों-गों कर के अर्जुन ने मुझे बुलाने की कोशिश की। मैं तुरन्त उसकी ओर आकर्षित हुआ। उसने 'आर पो सिस म' करके कुछ कहने की कोशिश की।

मैंने पूछा 'आर पो।' उसने इनकार में सिर हिलाया। 'आर गो।' मैंने फिर अन्दाज़ा लगाया। उसने आँखों से मुझे देखा और फिर आँखें पास पड़ी पानी की बोतल की तरफ़ मोड़कर इशारा किया। मुझे लगा कि वो शायद पानी पीना चाहता था। मैंने बोतल उठायी और उसकी तरफ़ बढ़ायी। उसने असहाय भाव से अपनी बीवी को देखा। इशारा समझकर वो आगे बढ़ी। वो हम दोनों के साथ घिसटता हुआ किचन में पहुँचा और आर ओ सिस्टम के आगे जाकर खड़ा हो गया।

'ओह! आरओ सिस्टम।'

उसने हाँ में सिर हिलाया और फिर बेड पर पहुँचकर बमुश्किल बोला–'आरओ वाला।' मेरे दिमाग़ ने दौड़ लगायी। ज़रूर वो मुझे मौलश्री के क़त्ल के मामले में कोई लीड दे रहा था।

मैंने पूछा, 'आरओ सिस्टमवाला। मयूर विहार में?'

उसने हाँ में सिर हिलाया। फिर सामने लगी फ़ोटो की ओर अपने बायें हाथ से इशारा किया।

'फ़ोटो?' मैंने पूछा, 'सीसीटीवी में?'

उसने हाँ में सिर हिलाया। वो मुझे अपेक्षा सोसाइटी के सीसीटीवी में किसी आरओ सिस्टमवाले की पड़ताल करने को कह रहा था। मैंने फिर भी तस्दीक़ करनी चाही।

'मौली मैडम के मामले में?' उसने हाँ में गर्दन हिलायी। मैं जाने के लिए उठा। उसने याचना-भरी नज़रों से मेरी तरफ़ देखा और बायें हाथ से पेग का इशारा किया। मैंने उसकी बीवी की तरफ़ देखा। उसने उन्हीं तकलीफ़-भरी नज़रों से अपनी बीवी को भी देखा।

मुझे रुख़सत करने जब वह दरवाज़े के पास आयी तो मैंने धीरे-से कहा, 'तुम्हारा पति मुझसे शराब माँग रहा था?'

'वो तो मैं समझ रही हूँ। पर मैं कैसे ठेके से शराब लाकर दूँ,' कहकर उसने दरवाज़ा बन्द कर दिया। मैं गाड़ी तक गया। टीचर्स की बोतल को अख़बार में लपेटकर वापस उसके घर पहुँचा। दरवाज़ा उसकी बीवी ने खोला और मुझे देखकर रास्ते से हट गयी। मैं अन्दर दाख़िल हुआ और बोला, 'अगर आपको एतराज़ न हो तो मेरी गाड़ी में शराब थी। इससे शायद इसे कोई राहत भी मिल जाये।' उसने सहमति से सिर हिलाया। मैंने बोतल टेबल पर रख दी। घर की हालत देख मुझे लगा कि इन दिनों अर्जुन को कुछ पौष्टिक आहार भी चाहिए होगा। मैंने जेब से वॉलेट निकालकर पाँच हज़ार रुपये उसकी पत्नी के हवाले किये और उसको अच्छा खिलाने-पिलाने की हिदायत के साथ फिर लौटने का वादा करके उसके घर से निकला। मुझे लग रहा था कि मामला अब सिर चढ़ जायेगा।

तिरपन

मैं वापिस अपेक्षा हाउसिंग सोसाइटी पहुँचा। शर्मा जी चाय पीने में मसरूफ़ थे। मैं उनके पास के स्टूल पर बैठ गया। वहीं सोसाइटी का प्लम्बर भी बैठा था।

'कैसे हैं, शर्मा जी!'

'आप बताओ सर, कुछ पता चला?'

'अभी तो कुछ नहीं पर एक बात बताओ, शर्मा जी, यहाँ सोसाइटी में आरओ सिस्टम का क्या सीन है?'

'मैं समझा नहीं। क्या मतलब?'

'मेरा मतलब यहाँ कोई सेंट्रलाइज़्ड आरओ सिस्टम है। यानी सोसाइटी के सब घरों में पाइपलाइन है या फिर सब के अपने-अपने सिस्टम हैं।'

'सोसाइटी का तो ऐसा कोई बन्दोबस्त नहीं साब', प्लम्बर बोला। 'पुरानी सोसाइटी है, यहाँ तो कुछ करना ज़्यादा ही मुश्किल है।'

'तो फिर सबके अपने-अपने सिस्टम हैं। शर्मा जी, एक मदद कर दो। यह बताओ कि ऐसे अगर कोई सोसाइटी में आता है तो उसकी एंट्री होती है या...'

'नहीं सर, ऐसे तो हर आदमी की एंट्री बाक़ायदा की जाती है। उसका नम्बर भी लिखा जाता है।'

'आप रजिस्टर में देखकर बता सकते हैं कि क्या मौली की हत्या के दिन उसके यहाँ कोई आरओ सिस्टम वाला गया था?'

शर्मा जी ने कुछ झिझक के साथ रजिस्टर खोला। फिर रुके और बोले, 'आप सोसाइटी के सेक्रेटरी से पूछ लो, सर, कोई पंगा न पड़ जाये।'

'अरे इसमें क्या पंगा है! प्लीज़!' मैंने प्रार्थना की।

शर्मा जी तब तक 30 जनवरी के पन्ने पर पहुँच चुके थे। रजिस्टर में किसी आरओ सिस्टमवाले की एंट्री नहीं थी। मेरा मन डूब गया। मेरी जाँच का सारा सिलसिला

अब इसी लीड पर टिका था जो मुझे अब तक की सबसे सॉलिड लीड लग रही थी। लेकिन यहाँ तो कुछ मिला ही नहीं।

मैंने शर्मा जी से सोसाइटी के प्रधान का पता पूछा। उसने मुख्य द्वार के साथ के ही एक टावर के ग्राउंड फ़्लोर की ओर इशारा किया। मैंने उनसे मिलने की इच्छा ज़ाहिर की। शर्मा जी ने नम्बर मिलाया। फ़ोन पर शर्मा जी के जवाबों से लगा, वे कुछ हुज्जत कर रहे थे लेकिन आख़िर मान गये। मैं वहीं से सटे सोसाइटी के दफ़्तर में बैठ गया। थोड़ी ही देर में मफ़लर, टोपी और जैकेट में लदे-लिपटे नाटे क़द के एक बुज़ुर्ग ने दफ़्तर में क़दम रखा। मैं मुश्किल से मफ़लर के पीछे उनकी आँखें ढूँढ़ पाया।

'बताइए।' इस एक लफ़्ज़ को उनके मुँह में निकलने के लिए मफ़लर से ख़ासा संघर्ष करना पड़ा। मैंने अपना परिचय दिया और बताया कि मैं मौलश्री के केस की पड़ताल कर रहा हूँ।'

'सोसाइटी की बड़ी बदनामी हो गयी इसमें। लोगों के घर किराये पर नहीं चढ़ रहे। आये दिन पुलिस की आवाजाही से रेजिडेंट्स परेशान हैं। क्या करें।'

प्रधान जी ने उसके बाद अपनी हाँकनी शुरू कर दी। 'अब वैसी पुलिस कहाँ? मैं जब एडीए था, पुलिस तय समय में चार्जशीट फ़ाइल कर देती थी। यूँ चुटकियों में लोगों को पकड़ लेती थी। लेकिन अब तो ऐसा कुछ है ही नहीं। दस साल एक मामले को पुलिस जाँच करती है और अगले 15 साल सीबीआई या ईडी और मुलज़िम मौज करता रहता है।'

मैंने सहमति में सिर हिलाया। फिर मैंने कहा, 'मैं 30 जनवरी के दिन की मुख्यद्वार पर लगे कैमरे की सीसीटीवी फ़ुटेज देख सकता हूँ?'

'देखो बेटा, यह पुलिस का मामला है। इसमें हम ऐसा कोई फ़ैसला नहीं ले सकते और फिर पुलिस तो पहले ही वो फ़ुटेज़ देख चुकी है। कुछ नहीं मिला।'

'जनाब, आप तो समझदार हैं। जानते हैं कि हमारे और पुलिस के काम में थोड़ा फ़र्क़ है। आप प्लीज़ एक बार मेहरबानी कर दें।'

प्रधान जी ने मुझे देखा और फिर बोले, 'सोसाइटी का ही एक लड़का यह मैनेज करता है। अगर होगा तो मैं शर्मा जी से कहता हूँ कि उसे बुला दें।'

फिर वे दोनों हाथ मलते हुए कमरे से निकले। उनके पीछे ही मैं भी निकला। शर्मा जी ने लड़के को जिसका नाम अश्विनी था, फ़ोन लगाया। उसने कहा कि वह आधे घण्टे से पहले नहीं आ सकता। मैंने शर्मा जी को अपना नम्बर दिया कि अगर वो पहले आ जाये तो मुझे बता दें और सोसाइटी के बाहर की ओर बढ़ा।

लेकिन तभी मुझे मिसेज़ शर्मा की याद आयी जो मौली की पड़ोसन थी। मैं मुड़ा और मौली के टावर की ओर बढ़ चला।

मिसेज़ शर्मा दूसरे फ़्लोर पर अपने फ़्लैट के जाली वाले दरवाज़े के पीछे बैठी दिखायी दे रही थीं। मैंने बिना बेल बजाये जाली के बाहर से ही उनका अभिवादन किया। वे उठकर दरवाज़े के पास आयीं, 'बोलो, बेटा!'

एक ही दिन में यह दूसरी बार था कि मुझे किसी ने बेटा कहकर बुलाया।

'गुड आफ़्टरनून, मिसेज़ शर्मा। मुझे आपसे कुछ बात करनी है। क्या मैं अन्दर आ सकता हूँ।'

मिसेज़ शर्मा ने दरवाज़ा खोला। मैं दरवाज़े के साथ ही सटे सोफ़े पर बैठ गया। मैंने अपना परिचय दिया। वृद्धा ने एक नयी दिलचस्पी के साथ मुझे देखा।

'बेटा, यह तो नावेलों में ही पढ़ा था। किसी जासूस को देखा आज पहली बार। लेकिन कोई सिगार नहीं, हैट नहीं, ओवरकोट नहीं। पिस्तौल-विस्तौल है या वह भी?'

फिर वह अपने ज़ोक पर खुलकर हँसीं। मेरी भी हँसी छूट गयी। उसने अपने चुटकले की अगली क़िस्त जारी की।

'तुम्हारे तो लगता है कि अभी दूध के दाँत भी नहीं टूटे। कुछ दिन पहले टीवी पर मर्डर आन द ओरियंट एक्सप्रेस देखी थी। उसमें तो जासूस कोई मेरी उम्र के ही थे।' वह फिर हँसी। इस बार मैं ख़ाली मुस्कराया। वह अगाथा क्रिस्टा के नावेल पर बनी फ़िल्म का ज़िक्र कर रही थी जिसमें केनेथ बरानाह ने हरक्यूल पायरोट की भूमिका निभायी थी।

'आपको क़त्ल के रोज़ की कुछ ख़ास बात याद हो तो।'

'पुलिस को बताया तो था सब कुछ।'

'कौन-कौन लोग आते थे मरने वाली के पास?'

'अमृतलाल जो बिल्डर हैं, वे तो रेग्युलर आते थे। उसके अलवा एक क्लासिकल डांसर भी कभी-कभार आती थी। मन्त्री जी का स्टाफ़ भी काफ़ी रेग्युलर था।'

'क़त्ल के दिन जो लड़की उसके साथ आयी थी?'

'वो तो उस दिन पहली बार ही आयी थी। बाक़ी बेटा, पता थोड़े चलता है। मैं कौन सी कोई 24 घण्टे की चौकीदारी करती हूँ। लोग तो ग़लत समझते हैं। मेरे पास अब दिन बिताने का क्या साधन है, बस दरवाज़ा देखती रहती हूँ।' मैंने उसके दर्द को समझने की कोशिश की पर समझ न सका कि अगर काम नहीं है तो दरवाज़ा क्या देखना है।

फिर उसने कहा–'मेरा बेटा जो तुमसे थोड़ा बड़ा ही होगा, लोकल में ही रहता है पर बहू आने नहीं देती उसको। कभी-कभार आता है पर आस तो रोज़ रहती है।' वह भावुक हो गयी। महानगर में नाज़ुक रिश्तों की ऐसी दास्तान शायद हर घर में मिल जायेगी।

'चाय पियोगे?' मैंने घड़ी देखी। अभी महज़ 10 मिनट ही हुए थे।

'क्यों ख़ामख़्वाह ज़हमत करती हैं आप।'

'अरे इसमें ज़हमत क्या। मैं भी पिऊँगी। दूधवाली पिओगे या आज के छोकरों जैसी ग्रीन टी।'

'नहीं, दूधवाली चलेगी।'

थोड़ी देर में वो चाय के दो बड़े मग लेकर आयी। टेबल पर रखते ही बोली–'उस दिन जो इंस्पेक्टर आया था। वह भी जवान ही था। मैं उसे आवाज़ ही देती रह गयी पर वो तो यह जा और वह जा। उसकी रफ़्तार से मुझे लगा था कि अमृतलाल को तो वो पकड़ ही मँगवायेगा पर कोई ख़बर तो नहीं आयी। बड़े लोग हैं, भई!' मैंने मग उठाया। गाढ़ी चाय में से उड़ती अदरक की ख़ुशबू ने मेरे जैसे सारे मसाम खोल दिये।

वृद्धा फिर बोली–'मैंने उसे आवाज़ दी थी यह बताने के लिए कि मन्त्री की बेटी के यहाँ से जाने के बाद एक और व्यक्ति घर में गया था जो कन्धे पर एक बैग लटकाये हुए था।'

मैं सँभलकर बैठा। चाय का घूँट मुझे ग्लेनफिडिक के घूँट जैसा लगा।

'कितनी देर रुका होगा वह अन्दर?'

'मैं दरअसल उस समय मन्दिर जाने की तैयारी कर रही थी। सोसाइटी के गेट के साथ ही मन्दिर में दिया जलाकर जब मैं लौटी तो उस समय वह गेट से निकल रहा था। तो ज़ाहिर है कि मुश्किल से दस-बारह मिनट रुका होगा।' मुझे लगा कि घर के अन्दर तो शायद वह पाँच मिनट भी न ठहरा हो। तभी वृद्धा के दिमाग़ की घण्टी भी पहली बार बजी। वो बोली, 'लेकिन एक बात समझ नहीं आयी। उसके कुछ ही देर बाद तो पुलिस आ गयी थी। मन्दिर से लौटकर मैं खाना बनाने को किचन में चली गयी थी।' अब मुझे यह समझ आ गया था कि मैं क्यों उसकी नज़रों में नहीं आया।

'लेकिन एक बात तो है। अगर उस समय तक मौली मर चुकी थी तो उस आरओ वाले ने शोर क्यों नहीं मचाया।' अगला वाक्य स्वयमेव ही उसके मुँह से निकला—'हे भगवान कहीं उसी ने तो...'

मैंने चाय पर तवज्जो दी। वृद्धा के दिमाग़ में अब ज्ञान का प्रकाश हो चुका था। सम्पूर्ण। मैं चाय का मज़ा ले रहा था और फ़ोन की घण्टी का इन्तज़ार कर रहा था जो आख़िर बजी और मैंने वृद्धा से इजाज़त ली।

चौवन

सोसाइटी का कम्प्यूटर ऑपरेटर अश्विनी एक जवान लड़का था जिसने शायद एक-दो साल पहले ही अपना कॉलेज ख़त्म किया हो। वह मुझसे ख़ासा प्रभावित दिखायी दिया।

ख़ुशी से दमकते हुए उसने मुझसे कहा कि मेरी मदद करने के लिए वह ख़ुद को ख़ुशक़िस्मत महसूस कर रहा था।

'ऐसी भी क्या बात है।' मैंने मुस्कराते हुए पूछा।

'सर, मैंने सारा सिडनी शेलडन, जेफ़री आर्चर और इर्विंग वालेस को पढ़ रखा है। यह मामला अगर मेरी ज़रा-सी भी मदद से सुलझा तो समझिए कि मैंने यूनिवर्सिटी टॉप कर लिया।'

मेरे आने से पहले ही उसने फ़ुटेज को 30 जनवरी की शाम को 5 बजे पर फ्रीज कर रखा था। 5 बजकर 10 मिनट पर चित्रांगदा की कार सोसाइटी में बूम बैरियर को क्रॉस करके आगे बढ़ी। उसने कैमरे के उस शॉट पर फ्रेम को फ्रीज कर दिया जहाँ चित्रागंदा और मौलश्री के चेहरे साफ़ दिखायी दे रहे थे। 6.15 बजे सोसाइटी में अमृतलाल की गाड़ी दाख़िल हुई। हैरत की बात यह थी कि अमृतलाल ने गाड़ी वहाँ पार्क करके गार्ड रूम का रुख़ किया और फिर कुछ ही देर में गाड़ी अन्दर की ओर बढ़ चली। 6 बजकर 50 मिनट पर मेरी गाड़ी अन्दर गयी। उसने फ्रेम को फ्रीज किया। इस बीच कई गाड़ियाँ अन्दर गयीं लेकिन उसके मुताबिक़ उनमें ज़्यादातर रेजिडेंट्स की ही थीं क्योंकि यही सबके दफ़्तर से लौटने का समय होता है। 7 बजकर 27 मिनट पर इंस्पेक्टर विक्रम नरूला की जिप्सी सोसाइटी में दाख़िल हो गयी। इस दौरान किसी आरओ सिस्टमवाले की सोसाइटी में आमद नहीं हुई। मैं निराश हो गया।

मैंने अश्विनी का शुक्रिया अदा किया। और फिर ख़ाली हाथ ही वहाँ से विदा होने की सोची कि अश्विनी बोला, 'सर, बैक गेट पर भी कैमरा है। चैक कर लें?'

मैंने प्रशंसनीय नज़र से उसे देखा क्योंकि उसी समय मेरे दिमाग़ में मिसेज़ शर्मा का बयान कौंधा कि जब वे मन्दिर से लौट रही थीं, उस समय वह आरओ सिस्टम वाला बाहर जा रहा था।

उसने कम्प्यूटर की-बोर्ड से छेड़छाड़ की और स्क्रीन पर पिछले गेट का दृश्य उभर गया। 5 बजकर 34 मिनट पर चित्रांगदा की गाड़ी सोसाइटी के गेट से निकल गयी। 5 बजकर 50 मिनट पर वृद्धा गेट के साथ सटे मन्दिर में दाख़िल होते दिखायी दी और 6 बजकर 2 मिनट पर वह वापस दाख़िल हो रही थी। अन्दर दाख़िल होते ही उसने पीछे मुड़कर देखा। उसकी नज़र के साथ ही हमारी नज़र भी घूमी और हमें कन्धे पर बैग लटकाये एक व्यक्ति बाहर की ओर लपकता हुआ दिखायी दिया। अश्विनी ने फ़ुटेज को 5 मिनट पीछे कर स्लोमोशन में चलाया। कन्धे पर बैग न होता तो वह व्यक्ति कभी आरओ सिस्टमवाला न लगता चाहे उसने एक धारीदार खुली शर्ट भी पहन रखी थी जो आमतौर पर घरों में काम करने आने वाले लोग पहनते हैं।

इतना साफ़ था कि मिसेज़ शर्मा ने उस व्यक्ति का चेहरा बख़ूबी देखा। मैंने अश्विनी को धन्यवाद दिया। उसको अपना कार्ड थमाया और कहा कि अगर कभी मुझे कम्प्यूटर के किसी काम की ज़रूरत पड़ी तो मैं उसे याद करूँगा। वह विभोर हो गया।

क़ातिल अब मेरी पहुँच से ज़्यादा दूर नहीं था। मैंने उसकी क़दकाठी से उसे साफ़ पहचाना था। मैंने कॉल बेल बजायी। मिसेज़ शर्मा ने मुझे देखा और दरवाज़ा खोला। मैंने अपने फ़ोन की स्क्रीन पर एक चेहरा तब तक ब्लोअप कर लिया था। मैंने उसे वृद्धा के चेहरे के आगे किया। मिसेज़ शर्मा के मुँह से बरबस निकला। 'अरे यही तो था वो आरओ सिस्टमवाला।'

शुक्र है भगवान! मैं तो नाउम्मीद ही हो चुका था। यह मेरी ख़ुशक़िस्मती थी कि क़ातिल का पुख़्ता निशाँ मुझे मिलना था वरना वृद्धा ने तो विक्रम को भी यह बताना चाहा था। और फिर अर्जुन के एक्सीडेंट से भी मेरा माथा ठनका था। हो न हो उसके हादसे का क़त्ल से कोई नाता ज़रूर निकलेगा, यह मेरा पक्का विश्वास था।

पचपन

मैंने अपनी कार डिफ़ेंस कॉलोनी की तरफ़ बढ़ायी। दोनों मामलों में क्या रिश्ता था, यह मैं अभी समझ नहीं पाया था। लेकिन कुछ था ज़रूर, इस बारे में मैं निश्चिन्त था। मैंने कार कमल कुन्दन के घर के बाहर पार्क की और फिर उसके फ़्लैट की ओर लपका। कमल के फ़्लैट के बाहर एक पुलिसिया मौजूद था। लेकिन मैं नाउम्मीद न हुआ। मैंने विक्रम को फ़ोन लगाया। वह अमृतलाल की तरफ़ जा रहा था। इस बार गिरफ़्तारी वारंट के साथ क्योंकि मौलश्री के फ़्लैट में चित्रांगदा के बाद उसकी आमद का अब उसे पता था। विक्रम एक क़ाबिल पुलिस अफ़सर था। फ़र्क़ इतना था कि मैं उससे बस एक ही क़दम आगे चल रहा था।

'मेरे भाई, बस आज का दिन दे दो। मैं वादा करता हूँ, आज शाम तक क़ातिल तुम्हारे पास होगा।'

'लेकिन अब तो उसके ख़िलाफ़ एअर टाइट केस है। वह चित्रांगदा के बाद फ़्लैट में गया। वहाँ उसका लाइटर और सीसीटीवी की फ़ुटेज। सब मिलकर उसकी गिरफ़्तारी का आधार बने। बाक़ी पुलिस के आगे भूत भागते हैं। शाम तक यह पूरी कहानी गा-गाकर सुनायेगा।'

'यार, बस एक अहसान कर दो। मुझे कमल के फ़्लैट में दाख़िल करवा दो। सिर्फ़ एक बार। और अमृतलाल की गिरफ़्तारी शाम तक रोक दो।' मैंने गुहार की।

'अरे साला मैं उसको क्या जवाब दूँगा जो दिन-रात हेडक्वार्टर बुलाकर मुझे डाँटता रहता है।'

'यार, बस शाम तक। मेरे भाई!' मैंने मिन्नत की। जब उसका जवाब नहीं आया तो मैंने उसे बताया–'विक्रम, अमृतलाल क़ातिल नहीं है। मैं तुम्हें गारंटी करता हूँ। तुम्हें पता नहीं है कि मुझे इस मामले की जाँच के लिए अमृतलाल ने ही हायर किया

है। यह भी याद रखो कि जब मरने वाली की लाश संस्कार के लिए लावारिस पड़ी थी तब वही उसके संस्कार के लिए आगे आया था।'

वह नरम पड़ा। 'ठीक है पर शाम तक।'

मैंने कहा नहीं, पर कहना चाहता था कि शायद अगले एक घण्टे में ही।

मैंने फ़्लैट के गेट पर बैठे हवलदार से अन्दर जाने की प्रार्थना की। वह भड़क गया।

'बाउ जी, यह कोई कम्पनी बाग़ नहीं है। न ही लाजपत नगर की मार्केट जो आप जहाँ चाहो घुस जाओ। समझे। अपना रास्ता पकड़ो। यहाँ हत्या हुई है।'

मैंने विक्रम को फ़ोन लगाया और फिर उससे बात करके हवलदार को थमा दिया।

'हेलो।' वह बोला।

उधर से विक्रम ने मुझे अपना बताया तो हवलदार के कसबल ढीले हो गये। 'जय हिन्द, जनाब!' कह उसने फ़ोन रख दिया।

मैं फ़्लैट के अन्दर दाख़िल हुआ। सब कुछ ज्यों का त्यों पड़ा था। मैंने बारीक तलाशी लेनी शुरू की। पुलिस केस मैटीरियल ले जा चुकी थी। मैंने देखा बेड बाक्सवाला था। मैंने वार्डरोब की महीन तलाशी ली पर कुछ नहीं। तिजोरी पर दुबारा निगाह डाली पर कुछ नहीं। मैंने वाशरूम की फ़्लश की टंकियों को देखा। कुछ नहीं। सोफ़े के कोने खुदरे तलाशे पर कुछ नहीं। आख़िर मेरी निगाह बेड पर अटक गयी। मैंने बेड के बक्सों में झाँकने का मन बनाया। पहले एक गद्दा उठाया। अन्दर कुछ सामान था। लगता था, पुलिस ने इस तरफ़ तवज्जो नहीं दी। कुछ नहीं था। मैंने अन्दर पड़े कम्बल-चादरों को भी देखा। मैं नाउम्मीद ही हो चला था कि मुझे दूसरी तरफ़ से झाँकता हुआ एक चमकदार बक्सा दिखायी दिया।

मैंने बेड को दूसरी तरफ़ से खोला। सामने बहुत-सी बेडशीट्स और एक रज़ाई पड़ी थी। मैंने रज़ाई को उठाया तो उसके नीचे एक वैनिटी बॉक्स पड़ा था। बेड में वैनिटी बॉक्स का क्या काम। मैंने उसे उठाया। खोलने की कोशिश की तो वह लॉक था। मैंने मुख्यद्वार की तरफ़ देखा, कहीं हवलदार अन्दर न आ गया हो। फिर मैंने अपनी की रिंग निकाली और उसमें लगी एक विशेष तार से वैनिटी बॉक्स के ताले को खोलने की कोशिश की। ज़रा-सी मशक़्क़त के बाद ही वह क्लिक करके खुल गया। वैनिटी बॉक्स के अन्दर के सब बॉक्सेज़ को तोड़कर खोखला किया जा चुका था और वह दो-दो हज़ार की गड्डियों से खचाखच भरा था। मुझे सारी बात समझ में आ गयी थी। मैंने बॉक्स की फ़ोटो खींची, सब कुछ यथावत् किया और फिर बाहर निकला। अब मुझे यहाँ क़ातिल की आमद का निशान ढूँढ़ना था। फ़्लैट के कैमरे

की फ़ुटेजवाली हार्ड डिस्क तो ग़ायब थी। यह अमीर लोगों का इलाक़ा था लिहाज़ा यहाँ और भी कैमरे लगे होंगे।

मैंने आसपास के दो आमने-सामने के घरों के कैमरे जिनका रुख़ अलग-अलग दिशा में था, हलवदार को साथ लेकर क़त्ल के टाइम के आसपास से चैक किये। नतीजा सिफ़र निकला। मैंने कमल के ग्राउंड फ़्लोरवालों को सम्भावित क़ातिल की वही तस्वीर दिखायी जो मिसेज़ शर्मा को दिखायी थी। उन्होंने अनभिज्ञता ज़ाहिर की।

'वी डोंट गेट इन टू सच स्नूपिंग दैट हूज कमिंग टू हूज हाउस।' उसने कहा। मुझे उसकी आँखों में पहचान की झलक साफ़ दिखायी दी। यही बस दिल्ली का मिज़ाज है। किसी की मदद नहीं करती। न मरने से पहले और न बाद में। लोगों की आँखों के सामने सड़कों पर क़त्ल हो जाते हैं और वे वीडियो बनाते हैं। पुलिस को कॉल नहीं लगाते। बिना वजह का लफड़ा कौन मोल ले! कौन गवाही दे और अपना समय नष्ट करे! मरने वाला तो मर गया आख़िर! कितनी बेमुरव्वत है यह दिल्ली!

मैं कमल कुन्दन के फ़्लैट के पास से निकलकर सिगरेट सुलगाकर वहीं सड़क पर चहलक़दमी करने लगा। सामने लाजपत नगर मेट्रो स्टेशन था। मैं आर्यन आर्ट गैलरी के पास ही था कि मेरी नज़र मेट्रो की साइड में लगे बोर्डों पर पड़ी। हे भगवान! मेरा दिल ज़ोर से लरज़ा। मुझे लगा कि मेरी खोज आज समाप्त हो ही जायेगी। सामने कई चमकदार बिल बोर्ड्स थे जिनमें दबा हुआ एक और बोर्ड था जिस पर पेंट से ही लिखा था 'नक़्क़ाश'। मैंने गाड़ी लेकर चैक करने की ठानी। मुझे पता था कि वहाँ तक जाने के लिए मुझे लम्बा यू-टर्न लेकर आना पड़ा था लेकिन सड़क पर गाड़ियों की क़तारें देखकर मेरी सड़क पार करने की हिम्मत न हुई। मैं गाड़ी की ओर बढ़ा और मुख्य सड़क पर लाकर मेट्रो स्टेशन के बग़ल वाले मार्केट में पहुँचा। 'नक़्क़ाश' एक बुज़ुर्गवार सिक्ख दुकानदार थे। दुकान बड़ी थी लेकिन उसमें 'फ्रेजर एंड हाज' जैसी फूं फां नहीं थी। ज़्यादातर सामान हाथी दाँत से जड़ा छोटा फ़र्नीचर था।

'आओ जी, काका जी!'

मैंने उनको अपना परिचय दिया। उन्होंने हैरानी से मुझे देखा।

'ओ बई। असीं वी फ़िल्मां देखदे सी। दो जसूस वेक्खी सी पर ओ जसूस तो वड्डी उम्र दे हट्टे कट्टे सी। फिर एक सीरियल वी वेखिया 'कर्मचन्द जसूस'। ओ वी साड्डे जिड्डा आदमी ही सी।'

बुज़ुर्ग पंजाबी में शुरू हो गये। मेरे पंजाबी ख़ून ने भी जोश मारा और मैंने अपनी मिली-जुली पंजाबी में कहा। वहाँ रखे विजिटिंग कार्ड से पता चल रहा था कि सरदार जी का नाम हरिनाम सिंह है।

‘आदमी ता मैं वी हैगा सरदार जी। बस जरा छोटा हां।’

फिर मैंने उनसे पूछा कि उनके पास क्या-क्या सामान मिलता है।

‘दरअसल काका जी, असी सहारनपुर तो इत्थे आये सी। साड्डे शहर विच हाथी दंद दा बड़ा कम्म सी। हुन ता लोक हाथी दंद दे ना ते प्लास्टिक जड़ के बेची जांदे।’

‘फिर जब मॉडर्न फ़र्नीचर के चलते धन्धा मन्दा हुआ तो और चीज़ें भी रख लीं और उनको ऐंटीक शॉप की तरह इस्तेमाल करना शुरू किया। पर बाक़ी जगहों की तरह फड़ मार के नहीं पर सच बोलकर कि सामान जो है, वह नक़ल ही है।’ उन्होंने मुझे बताया और फिर इशारा किया–‘अन्दर आ जाओ।’ वे मुझे पीछे के कमरे में ले गये और एक ही बटन से वह कमरा रोशन हो गया। बुज़ुर्ग पुराने थे लिहाज़ा बत्ती तभी जलाते थे जब ग्राहक हो। लेकिन इस बत्ती के जलते ही मेरा दिमाग़ रोशन हो गया। सामने शैल्फ पर हू-ब-हू वही चाक़ू पड़ा था। वैसे ही नक़्क़ाशीदार मूठ। मैंने इशारा किया।

‘यह भापा जी!’

‘हाँ जी यह भी। थोड़ा मैंगा है पर है बढ़िया।’

‘पर यह तो बड़ा ब्लंट है। किसी को मार तो नहीं सकते!’

सरदार जी हँसे। ‘काका जी, यह सजावटी चीज़ें हैं मरने मारने की क्यों सोचते हो। वेक्खी किते फँसा न देना।’

मैंने उनके चाक़ू को देखने की इच्छा ज़ाहिर की। हालाँकि मैंने उनको अपना परिचय पहले ही दिया था लेकिन वे दो जमा दो करने में कामयाब नहीं रहे कि मुझे मर्डर वैपन की तलाश थी।

‘वैसे अगर कोई चाहे तो इसका फल तेज करवा सकदा है।’ उन्होंने उसके फल पर अपना अँगूठा फेरते हुए कहा–‘ठीक कैंदे ओ काका जी, ए ता खुंडा है। पर तुसी चावो ते नाल दी गली विच एक सानगर कैंदां है जो इसका फल तेज कर देता है। वैसे ते ओ गली गली जा के करदा है पर इत्थे घर विच वी कर देंदा है।’

मेरे मस्तिष्क के सारे कपाट खुल गये। मैंने जेब से फ़ोन निकाला और बुज़ुर्गवार को फ़ोटो दिखायी।

उन्होंने तस्दीक़ की कि यह इन्सान ऐसे दो चाक़ू ख़रीदकर जा चुका है।

मैंने सरदार जी का शुक्रिया अदा किया। वे फिर बोले–‘देक्खी काका किते फँसा न देना।’ मैंने दुकान से बाहर आकर चित्रांगदा सिंह को फ़ोन लगाया और उसे डिफ़ेंस कॉलोनी आने को कहा।

छप्पन

'आलो!' वो अपने ही अन्दाज़ में हेलो बोली।

'अभिमन्यु, उम्मीद है पहचान लिया होगा। मेरा आपसे मिलना ज़रूरी है। अभी के अभी।'

'और मेरा आपसे मिलना बहुत ज़रूरी नहीं है। न अभी न कभी।'

'यह फ़ैसला तुम (मैंने शिष्टाचार से फ़ौरन नाता तोड़ा) यह जानने के बाद करना कि मुलाक़ात की जगह क्या है।'

उसने फ़ोन तो नहीं काटा पर ख़ामोश रही।

मैंने 'द इलीट' के उसके पेंट हाउस का पता बोला। फ़ोन पर ख़ामोशी बदस्तूर बनी रही।

'आलो लाइन पर हो।' मैंने पूछा।

'क्या चाहते हो?' उधर से नागिन की तरह फुफकारती हुई बोली।

'तेरे इश्क़ की इन्तहा चाहता हूँ। मेरी सादगी देख क्या चाहता हूँ। जानेमन मिलने के लिए निकलो। सीधे अनारकली पहुँचो। मैं भी वहीं पहुँच रहा हूँ।'

'जवानी में ही तुम्हारी याददाश्त बूढ़ों जैसे हो गयी है। लगता है भूल गये हो, किससे बात कर रहे हो। अपने ये 'चीप थ्रिल्स' किसी और के लिए सँभाल के रखो।'

'ठीक आधे घण्टे बाद। वरना...' मैंने वाक्य अधूरा छोड़ दिया।

'साला कुत्ता!' मुझे उसकी धीरे-से दी हुई गाली भी साफ़ सुनायी दी लेकिन मैंने बुरा न माना। मैं उसकी मनोस्थिति समझ सकता था। वो बिल्कुल वैसी थी जैसे रँगे हाथों पकड़े गये किसी चोर की होती। मैंने गाड़ी अनारकली की तरफ़ दौड़ायी।

वो मेरे से पहले ही एक कोने की टेबल पर बैठी थी। मैंने मुस्कुरा के उसे आँख मारी। वो उसे दरकिनार करके बोली, 'शूट।'

'न कर देना।' मैंने उसके सुर में सुर मिलाया।

'मेरे पास वक़्त नहीं है। और चूँकि मैं समझ रही हूँ कि यह मुलाक़ात एक क़त्ल से जुड़ी है। इसीलिए मैं यहाँ हाज़िर हूँ।' उसने कहा।

'एक नहीं, दो क़त्ल और एक सड़क हादसा' मैंने उसकी बात में संशोधन किया।

उसने हैरान होकर मुझे देखा, फिर बोली, 'दो क़त्ल?'

'जी! मौलश्री और कमल कुन्दन की हत्या और अपेक्षा सोसाइटी के गार्ड के साथ हुआ या सही मायनों में किया गया सड़क हादसा।'

वो हैरानी से मुझे देखती रही। मुझे उसकी हैरानी नक़ली न लगी। फिर उसने पूछा, 'क्या मौली और कमल कुन्दन के क़त्ल का आपस में कोई रिश्ता है?'

'बेदर्दी मेरे सैंया! अन्दर से बड़े ज़ालिम बाहर से बड़े भोले!' मैंने तरन्नुम में गाया।

'भाड़ में जाओ।' वो गुर्रायी।

टेबल पर वेटर हाज़िर हुआ। ट्रे में मेरे लिए ग्लेनफ़िडिक का पेग, एक अतिरिक्त पेग, एक वोदका, एक जूस और एक कोल्डड्रिंक पड़ा था। कुछ ऐसा ही रुतबा था इस नाचीज़ का दिल्ली शहर के इस हाई एंड बार एंड रेस्टोरेंट में। वेटर ने ग्लेनफ़िडिक का पेग मेरे सामने रखा और बाक़ी ट्रे मैडम की तरफ़ करके उनकी च्वायस पूछी। उसने भी व्हिस्की का पेग ही उठाया। वेटर ने सोडा डालना चाहा तो उसने रोका—नहीं। मेरे लिए सोडा और पानी दोनों मिलाये गये। वेटर रुख़सत हो गया। मैंने चीयर्स बोला और एक बड़ा घूँट लेकर तृप्त हो गया। 'अब से हर बात गम्भीर तरीक़े से की जायेगी।'

वो हँसी। 'लगता है कुत्ते की दुम वाली मसल नहीं सुनी।' मैंने इग्नोर किया और पूछा।

'कृपया मुझे 30 जनवरी के बारे में थोड़ा विस्तार से बतायें।'

'मैं पहले बता चुकी हूँ।'

'देखो मेरे सब्र का इम्तहान न लो प्लीज़। तुम्हारी और मौलश्री की बैठक फ़िक्स होने से लेकर उसके घर से निकलकर अपने घर पहुँचने तक। सब कुछ।'

वो कुछ कहने को हुई पर फिर ख़ुद को रोककर बोली, 'मुलाक़ात मैंने कहकर तय करवायी थी। रोहित अपनी फ़ाइल को लेकर बहुत टेंशन में था। उसकी आइन्दा ज़िन्दगी का उससे गहरा ताल्लुक़ था। जिमख़ाना में जिस तरह मौलश्री ने उसकी बेइज़्ज़ती की थी, उससे वो बहुत नाराज़ था। कम-से-कम दस बार बोला, 'देख लूँगा साली को।' मैंने उसे शान्त करने की बहुत कोशिश की लेकिन उसका गुस्सा तो थमने का नाम ही नहीं ले रहा था। आख़िर मैंने उससे रिक्वेस्ट की कि वह एक

चांस मुझे लेने दे क्योंकि मौली का जैसा मेरे डैडी पर इन्फ्लूएंस था उसके चलते उसकी मर्ज़ी के बिना फ़ाइल का ओके होना असम्भव था।' वह रुकी और फिर उसने व्हिस्की का एक और बड़ा घूँट भरा और फ़िश का एक पीस अपनी प्लेट में रखा।

'तुम्हारी बात उसने मानी?'

'मुझे लगा तो नहीं, पर हाँ इतना ज़रूर मान गया कि मैं चांस ले लूँ। लेकिन अगर वो न मानी तो फिर वह अपने तरीक़े से चीज़ों को हैंडल करेगा। वह विदा हो गया था।'

चित्रांगदा ने बताया कि उसके बाद वो अपने घर गयी तो पाया कि मौली वहाँ नहीं थी। उसने अगले दिन उससे बात करने का फ़ैसला किया। अगले दिन चित्रांगदा ने मौली से कहा कि वह उससे कुछ बात करना चाहती है। मौली फ़ौरन तैयार थी लेकिन चित्रांगदा ने ही ऑफ़र किया कि शाम को उसे घर छोड़ देगी और रास्ते में बात हो जायेगी। वह राज़ी हो गयी। आईटीओ पर जाम होने की वजह से ज़्यादा बात न हो सकी। फिर मौलश्री ने कहा, 'मुझे पता है तुम और तुम्हारी माँ मुझे पसन्द नहीं करतीं लेकिन मेरी अपनी मजबूरियाँ हैं। आप लोग मन्त्री से कहकर मेरी बदली करवा दें। वरना आपको भी परेशानी और मुझे भी तनाव।'

वह कुछ क्षण रुकी। फिर बोली, 'चलो अब थोड़े वक़्त की बात है। मैं थोड़े अरसे में तय करूँगी कि मुझे आगे क्या करना है।'

'फिर हम घर पहुँचे। जहाँ उसने फ़ौरन वोदका के दो पेग बनाये और मुझसे मेरे आने का कारण पूछा।'

मैंने ग़ौर से उसके चेहरे के हाव-भाव नोट करने की कोशिश की लेकिन कुछ हासिल न हुआ।

'फिर।' मैंने पूछा।

'मैंने उससे रिक्वेस्ट की कि वह रोहित की फ़ाइल पर ओके कर दे। उसने कहा कि उसे कोई एतराज़ नहीं पर वो तो वही करती है जो मेरे डैडी कहते हैं।'

'देखो मेरे ओके करने से कुछ नहीं होता। फ़ाइल अन्ततः मन्त्री जी से ओके होगी। तुमने पहली बार किसी के लिए बोला है तो लो।' यह कहकर वो फ़ाइल लायी और रोहित की फ़ाइल पर अप्रूवल का नोट बना दिया।

मुझे यक़ीन नहीं हुआ। अति तो तब हुई जब वह अमृतलाल की फ़ाइल भी उठा लायी और उसे नामंज़ूर कर दिया। उसकी जो आख़िरी अहम बात मुझे याद है उसके यह अल्फ़ाज़ थे–

'देखो इस फ़ाइल की मंज़ूरी का तब तक कोई मतलब नहीं जब तक इसके मुक़ाबले जो दूसरी फ़ाइल है वो नामंज़ूर न हो जाये। लेकिन मेरी बात याद रखना फ़ाइनल अप्रूवल अमृतलाल जी की फ़ाइल का ही होगा।'

'मैंने उसे यक़ीन दिलाया कि मन्त्री जी से बात मैं ख़ुद कर लूँगी।' मेरा व्हिस्की का गिलास ख़त्म था, उसका पेग अभी शुरू ही हुआ था, लेकिन रोहित को यह ख़ुशख़बरी देने के चक्कर में मैंने शिष्टाचार को ताक पर रखा और वहाँ से विदा हुई। घर से निकलने से पहले मैंने दरवाज़े के साथ रखे सूटकेस की ओर इशारा कर के पूछा, 'कहीं जा रही हो।'

वो मुस्करायी और बोली, 'अभी दो सप्ताह के लिए बाक़ी फ़ैसला बाद में।'

मैंने और नहीं पूछा। मुझे रोहित से बात करने की जल्दी थी।

'तो क्या आपने रोहित को बताया?'

'अरे कहाँ! गाड़ी में से मैंने फ़ोन लगाया लेकिन फिर मेरा मन उसको तड़पाने का किया। मैंने उसे कहा कि मौलश्री मेरे कहने से ज़्यादा गुस्सा हो गयी और उसने फ़ाइल को रिजेक्ट कर दिया।' उसकी हवा निकल गयी। मुझे मज़ा आया। मुझे यह भी लगा कि इस तरह उसे यह भी लगेगा कि कितनी मुश्किल से उसका काम हुआ।

'काम जितना बड़ा होगा उसके बदले में मिलने वाला लाभ भी उतना बड़ा होगा। यानी फ़्लैट की जगह पेंट हाउस।'

वो खफ़ा हो गयी।

'देखो मैं पूरा कोआपरेट कर रही हूँ और तुम मेरी बेइज़्ज़ती कर रहे हो। यह ठीक नहीं।'

मैंने माफ़ी माँगी। 'फिर रोहित ने क्या कहा।'

'कहना क्या था। तिलमिलाता रहा होगा। फ़ोन तो उसने पटक दिया था। मुझे उसे कलपा के मज़ा आ रहा था। मुझे इस बात की सख़्त हैरानी थी कि मौलश्री ने तुरन्त ही मेरी बात को मान लिया था।'

'फिर रोहित को कब बताया।'

'मेरे बताने की नौबत ही कहाँ आयी। अगले दिन मेरे जागने से कई घण्टे पहले अख़बार में सब कुछ आ चुका था। और उसको सब पता था। मेरा सारा मज़ा किरकिरा हो चुका था। पिछले रोज़ मुझे उससे सहानुभूति-सी हो गयी थी। बात तो उसकी सच थी। असली दोष तो मेरे बाप का था। लेकिन बाप तो बाप है। वो भी मन्त्री।'

उसने धीमे स्वर में बोला और वेटर को ड्रिंक रिपीट करने को बोला।

सत्तावन

ज़ाहिर था कि चित्रांगदा का यह झूठ मौलश्री पर भारी पड़ा था और इसी के कारण रोहित उसकी घर की तरफ़ लपका होगा। कितना बड़ा इत्तेफ़ाक़ था कि क़त्ल के आसपास तीन सन्दिग्ध लोग फ़्लैट पर बस मिनटों के अन्तराल में पहुँचे। चित्रांगदा, अमृतलाल और रोहित कापड़ी। क्या कोई चौथा भी था जो इस दौरान आया हो। घटना में ऐसे किरदार शामिल थे जिन्हें क़त्ल के लिए ख़ुद हाथ-पाँव चलाने की कोई ज़रूरत नहीं थी। मेरे शक को सौ प्रतिशत ख़रा साबित होना था तभी किसी पर हाथ डाला जा सकता था।

अठावन

चित्रांगदा से विदा होने के बाद मैंने इंस्पेक्टर विक्रम नरूला को फ़ोन लगाया। वह मेरे से ख़फ़ा दिखायी दिया। मैंने उसे बताया कि मामले में बड़ी सॉलिड लीड हाथ लगी है और क़ातिल बस मेरी मुट्ठी में है। वह उधर से हँसा और फिर बोला, 'तुम साला अपनी मुट्ठी बन्द रखना और मैं उसे जेल में ठूँस दूँगा।'

मैंने उससे पूछा कि क्या यह सम्भव है कि अगर मामले में कोई वित्तीय ऐंगल हो तो उसे अलग से डील किया जायेगा या इसी में हो जायेगा।

'देखो भई जासूस साहब, अगर इसका ताल्लुक़ इसी मामले से होगा तो इसी एफ़आईआर में धारा जुड़ जायेगी। क्या बड़ी बात है?'

मैंने उससे रिक्वेस्ट की कि वह आज ही शाम थाने में अमृतलाल, रोहित कापड़ी और चित्रांगदा सिंह को बुला ले। लेकिन उससे पहले मुझसे तुरन्त मिले ताकि कुछ सबूत इकट्ठे किये जा सकें। वह फ़ौरन सहमत हुआ। मैं उसे लेकर पहले अपेक्षा हाउसिंग सोसाइटी पहुँचा और फिर मिसेज़ शर्मा का बयान मुहरबन्द किया जिसमें उसने आरओ इंजीनियर के वेश में आये क़ातिल को बख़ूबी पहचाना।

मिसेज़ शर्मा से फ़ारिग़ होकर हम मण्डावली अर्जुन के घर पहुँचे और वहाँ पर फिर से आरओ इंजीनियर के रूप में क़ातिल की पहचान तय हुई। अर्जुन की हालत पहले सी ख़स्ता बनी थी। टीचर्स की ख़ाली बोतल उसके सिरहाने पड़ी थी। एक और बोतल के लिए उसकी आँखों में विनती थी। मैंने सोचा कि लौटकर उसका यह काम भी कर दूँगा।

वहाँ से सीधे हम लाजपत नगर पहुँचे और फिर नक़्क़ाश पहुँचे। सरदार जी ने सशंक निगाहों से मुझे देखा लेकिन फिर इंस्पेक्टर को देखते ही सब समझ गये। उन्होंने मर्डर वैपन को साफ़ पहचाना। दोनों चाक़ू उनकी दुकान से ख़रीदे

गये थे और ख़रीददार की पहचान उन्होंने पुख़्ता तौर पर की। इस बार तस्वीर मेरे मोबाइल पर नहीं बल्कि विक्रम के प्रभाव से रास्ते में हासिल की गयी फ़ोटो से की गयी।

लाजपत नगर मेट्रो के आगे से निकलकर हमने यू-टर्न लिया और सामने आर्यन आर्ट गैलरी के आगे से होते हुए कमल कुन्दन के घर पहुँचे। मैंने बेड बॉक्स को खोलकर वैनिटी बैग को इंगित किया और उसे खोलकर उसमें से दो-दो हज़ार के नोटों की गड्डियाँ बरामद कीं। कुल रक़म जो बेड के अन्दर पड़े कपड़ों की तहों और दूसरे कोनों में छुपाकर रखी थी, 50 लाख बनी। विक्रम ने गहरी साँस ली। लेकिन मुझे लगा नहीं कि वह सारे सिलसिले के तार आपस में जोड़ पाया था। लेकिन उसके पास अब क़ातिल की गिरफ़्तारी का पूरा सामान था। उसने एक कृतज्ञता-भरी नज़र से मुझे देखा।

मैंने पूछा, 'अभी गिरफ़्तार करोगे या...'

'नेकी और पूछ-पूछ।' और फिर हम उसकी जिप्सी की ओर बढ़े। इससे पहले कि वह ड्राइवर को क़ातिल के दफ़्तर की ओर मोड़ता, मैंने कहा, 'जिमख़ाना क्लब चलो।'

विक्रम नरूला अपने पुलिसिया रौब से दनदनाता क्लब में दाख़िल हुआ। कार्ड पूछने वाले गार्ड को उसने पीछे धकेला और सीधा बार काउंटर पर पहुँचा। जहाँ क़ातिल अपने अपराध से बेख़बर शराब के जाम में डूबा हुआ था। सारे हॉल के सामने विक्रम ने उसे बाँह से पकड़कर किसी गुड्डे की भाँति खड़ा किया और फिर कर्कश स्वर में बोला–

'मिस्टर रोहित कापड़ी! यू आर अंडर अरेस्ट फ़ॉर डबल मर्डर एंड करप्शन।'

रोहित ने उसकी पकड़ से छूटकर भागने की कोशिश की लेकिन विक्रम ने सीधे हाथ का एक ज़बर्दस्त तमाचा उसके गाल पर जड़कर उसका बाज़ू उमेठकर उसकी पीठ से लगा दिया। क्षण भर में उसके कसबल ढीले पड़ गये। भरी महफ़िल में हुई बेइज़्ज़ती ने उसका मुँह लाल कर दिया। उसका नशा काफ़ूर हो गया।

'मुझे एक बार अपने डैडी से बात करने दो,' वो घिघियाते हुए बोला।

'पहले बड़े डैडी से तो मिल लो।' कहकर विक्रम उसे घसीटता हुआ बाहर ले चला। उसने मेरी तरफ़ देखा, फिर नफ़रत– भरे स्वर से बोला, 'यू बास्टर्ड!'

विक्रम ने उसे चेतावनी दी। एक भी शब्द और निकाला तो यहीं तमाशा होगा। वह चुप हो गया। उसके मुँह से जैसे सारा ख़ून निचुड़ गया हो। कुछ ही देर बाद

विक्रम ने उसे अपने कमरे में धकेला जहाँ अमृतलाल और चित्रांगदा पहले से मौजूद थे। वह बैठने लगा लेकिन विक्रम ने हुक्म जारी किया।

'चुपचाप साइड में खड़े हो जाओ। तुम यहाँ मेहमान नहीं हो।'

फिर वह साथवाले कमरे में गया। शुरुआती रपट बनाते हुए उसने पेंट हाउसवाला ऐंगल डालते हुए भ्रष्टाचार निरोधक क़ानून की धाराएँ भी जोड़ने में कोताही न की।

फिर हम दोनों ने सीट ग्रहण की।

'चल भई शुरू हो जा। सारी कहानी कह दे कैसे हुआ सब। तेरा पर्दाफ़ाश हो चुका है।'

'मेरी मेरे डैडी से बात कराओ। मैंने तुम्हें सस्पेंड न करवा दिया तो! चित्रा, तुम, तो मेरी मदद करो, अपने पापा को फ़ोन लगाओ।'

चित्रांगदा का हाथ फ़ोन की ओर बढ़ा। मैं उसके नज़दीक हुआ और उसके कान में बोला, 'ग़लती मत करना वरना पेंट हाउस से हाथ धोना पड़ेगा। इसे जेल जाने से कोई नहीं बचा सकता।'

फिर मैंने रोहित का रुख़ किया। उसने कहर-भरी नज़रों से मुझे देखा। मैंने चित्रांगदा को देखा, फिर बोला।

'चित्रांगदा की एक छोटी-सी ग़लती जो उसने अपनी कोशिश को बढ़ा-चढ़ा के पेश करने की नीयत से की, दो क़त्ल का कारण बनी और इसी वजह से एक ग़रीब आदमी ज़िन्दगी भर के लिए अपाहिज होने के ख़तरे से जूझ रहा है।'

चित्रांगदा ने चिहुंककर मेरी तरफ़ देखा, फिर बोली, 'मेरी क्या ग़लती! यह क्या बकवास है!'

'बिल्कुल तुम्हारी ग़लती। पहली यह कि तुमने रोहित को बताया कि तुम मौलश्री के पास उसके घर जाकर उससे एक बार प्रार्थना करोगी कि वह रोहित की फ़ाइल को ओके कर दे। यह तभी तुम्हारे पीछे लग गया था। फिर तुमने इसे वहाँ जाने का वक़्त भी बता दिया तो यह तुमसे भी पहले जाकर सोसाइटी की पार्किंग में बैठ गया।'

अमृतलाल को अभी भी कुछ समझ नहीं आ रहा था।

'दरअसल चित्रांगदा ने तो एक ही बार मौलश्री से रोहित की फ़ाइल मंज़ूर करने को कहा और उसने यह कहकर कि उसने पहली बार कोई रिक्वेस्ट की है, उसे मंज़ूर दिया। लेकिन, इस चेतावनी के साथ कि फ़ाइनल ओके तो मन्त्री जी यानी चित्रा के पिता जी करेंगे। ख़ास बात यह रही कि चित्रा ने शायद रोहित के कहे मुताबिक़ उसे यह भी कहा कि इस मंज़ूरी का कोई मतलब नहीं जब तक अमृतलाल जी की फ़ाइल नामंज़ूर नहीं होगी। उसने वह भी किया।'

अमृतलाल ने हैरत-भरी नज़रों से चित्रा को देखा। 'सॉरी अंकल, लेकिन यह सच है कि यह मुझे रोहित ने ही कहा था।'

'यू बिच। कल तक मेरे साथ शादी के सपने देखती थी और आज...' उसने हिंसक निगाहों से चित्रांगदा को देखा। चित्रा के गाल लाल हुए लेकिन मैंने उसके हाथ पर हाथ रखकर दबाया और आँखों से ही उसे शान्त रहने को कहा।

'चित्रा अपनी यह कामयाबी रोहित को तुरन्त बताना चाहती थी। लेकिन फ़ोन मिलाने के बाद उसे लगा कि इस तरह तो रोहित को लगेगा कि काम यूँ ही हो गया। लिहाज़ा उसने उसे कहा कि मौली ने उसे धमकाकर घर से भगा दिया। या कुछ और...?'

'नहीं कुछ ऐसा ही था। मैंने कहा कि उसने मना कर दिया और अब मुझे पापा से ही बात करनी पड़ेगी। मुझे बहुत अफ़सोस है कि मैंने मौलश्री के बारे में खराब भी बोला। इसने भी उधर से उसे गाली दी और मैंने कितनी बड़ी ग़लती की। उसने मेरा साथ दिया, मेरे कहे की इज़्ज़त रखी और मैंने...इसका साथ दिया। बेचारी।' उसकी आँखें भर आयीं।

'चित्रांगदा को तो पता भी नहीं था कि जब वो फ़ोन कर रही थी तो रोहित जो पहले से ही कुछ हिंसक फ़ैसला किये बैठा था, वहीं सोसाइटी की पार्किंग में छुपा बैठ था। यह तो उसकी कल्पना से भी परे था।

'मैंने तो यह सोचा भी नहीं था कि यह कुछ ऐसा कर सकता है। और इसका कोई कारण भी नहीं था।'

'कारण था और कारण यही था कि उसका भविष्य धूमिल था। इस प्रोजेक्ट की नामंज़ूरी इसे सड़क पर ला देती। अपने पुराने प्रोजेक्ट्स को समय पर पूरा न करने के लिए इसके ऊपर सात सौ से भी ज़्यादा क़ानूनी मामले चल रहे हैं। यह प्रोजेक्ट इसके लिए सोने की खान साबित होता क्योंकि इसकी लोकेशन के हिसाब से जो इसकी कम्पनी को प्रीव्यूज़ मिले, वे बहुत उत्साहवर्धक थे। क्यों भई, मैंने ग़लत कहा!' मैंने रोहित की तरफ़ इशारा करके पूछा।

'मेरी डैडी से बात करवा दो एक बार। सब सही ग़लत का हिसाब हो जायेगा। बकवास कर रहे हो और यह इंस्पेक्टर बैठा सुन रहा है।' वह विक्रम का उपहास उड़ाता हुआ बोला। विक्रम बिजली की रफ़्तार से उठा और उसे दो करारे झापड़ जड़ दिये।

'बैठा कहाँ सुन रहा हूँ! हाँ, लेकिन अगर तुम चाहते हो कि मैं बैठा रहूँ तो ज़ुबान को लगाम दो।'

'ठहरो, पहले इसे समझा तो दूँ।' मैंने कहा। 'इस सबके लिए बड़ा टाइम है आपके पास। यह तो उम्र भर के लिए अन्दर जायेगा। चूँकि इसको अन्देशा था कि चित्रा शायद ही कामयाब हो सके; इसने ख़ुद के लिए भी प्लान बना रखा था। चित्रा के फ़ोन के बाद इसका ग़ुस्सा सातवें आसमान पर पहुँच गया और यह आरओ इंजीनियर का वेश बनाकर उसके घर पहुँच गया। जहाँ इसने उसका क़त्ल कर दिया।'

वो पागलों की तरह हँसने लगा। 'आरओ इंजीनियर।'

'बिल्कुल। उसके लिए तुमने कन्धे पर एक बैग लटका रखा था और एक एक्स्ट्रा शर्ट पहन रखी थी और सिर पर एक फेल्ट कैप थी ताकि तुम्हारा चेहरा न दिखे।' मेरे इस विवरण पर वह साफ़-साफ़ चिन्तित दिखायी दिया। अचानक वो बिजली की रफ़्तार से भागता हुआ कमरे से निकल गया। मैंने और विक्रम ने उसके पीछे छलाँग लगायी और उसे थाने के मुख्यद्वार के पास से घसीटते हुए अन्दर लाये। रास्ते में जहाँ हुआ विक्रम उस पर हाथ आज़माता गया। आख़िर एक हवलदार और एक सिपाही उसे कस के पकड़कर खड़े हो गये।

'झूठ है सब। ये कैसी जाँच की है तुम लोगों ने। ये किसकी बातों में आ रहे हो? ये यहाँ कहानी बना रही है और तुम लोग उस पर भरोसा कर मुझ पर इल्ज़ाम लगा रहे हो। इसे समझना तो मेरे बस की बात नहीं, तुम लोग तो समझो। दो-दो क़त्ल का इल्ज़ाम मुझ पर डाल रहे हो।' रोहित कातर भाव से रोते हुए चिल्ला रहा था।

विक्रम ने तब अपेक्षा सोसाइटी की सीसीटीवी फ़ुटेज चला दी जहाँ सवा चार बजे के आसपास उसकी गाड़ी सोसाइटी में दाख़िल होते दिखायी दी। 4 बजकर 35 मिनट पर उसकी गाड़ी पिछले गेट से निकल गयी। उसके बाद पिछले गेट पर ही मिसेज़ शर्मा से उसका आमना-सामना होता दिखा लेकिन इस बार कैमरे की ओर उसकी पीठ थी।

'अब भी डैडी को फ़ोन लगाओगे?'

'हरामज़ादी!' उसने चित्रा को देखकर गाली दी, लेकिन बात करते हुए ज़िक्र मक़तूल का किया। 'मैंने मौली को नहीं मारा। हाँ, मैं बहुत ग़ुस्से में उसके घर गया था, सोचा ख़ंजर की नोक पर उससे दस्तख़त करवा लूँगा। लेकिन, यह देखकर मैं ही अधमरा हो गया कि वह पहले से मरी पड़ी थी। मेरे ख़िलाफ़ एक गहरी साज़िश है। मेरी कोई डैडी से बात करवा दो। मैं तुम सबको देख लूँगा।' रोहित इतना ही कह पाया कि विक्रम ने उसे ज़ोर का तमाचा जड़ा और ग़ुस्से में उसके जबड़े को हाथ में पकड़कर कहा, 'अब तो अपराध क़बूल कर ले। बड़ा आया मासूम बनने कि पहले से मरी पड़ी थी।'

चित्रागंदा की आँखें अविश्वास से फटी पड़ी थीं। उसका पूरा शरीर काँप रहा था। अमृतलाल अपनी आँखें मल रहा था। फिर वो बोला, 'लेकिन फिर कमल कुन्दन को क्यों?'

रोहित खड़े-खड़े काँप रहा था तो विक्रम ने बोलना शुरू किया–'कमल कुन्दन का मामला बहुत साफ़ था। वहाँ तो यह गया ही क़त्ल के इरादे से था। उसे मालूम था कि मौलश्री के केस में उस पर शक की सूई ज़रूर जायेगी, इसलिए उसने उसे विश्वास में लिया और कहा कि वह तमाम वक़्त अपने घर पर था लेकिन उसकी यह एलीबाई शायद उसके काम न आये। अगर पुलिस पूछताछ उस तक पहुँची तो वह कह दे कि वह उसके साथ था।'

'सोती थी मेरे साथ वो। उसके रहन-सहन सबका ख़र्चा उठाता था मैं। प्रोग्राम तो उसे महीने-दो महीने में एकाध ही मिलता था। दिमाग़ ख़राब हो गया था उसका लेकिन मैंने नहीं मारा...'

रोहित की बातों को अनसुना करते हुए विक्रम ने अपनी थ्योरी जारी रखी। 'कमल को यह अहसास हो गया था कि मौली के क़त्ल से उसका सीधा वास्ता था। उसने अपनी एलीबाई की क़ीमत डाल दी। जो रोहित ने कुछ रकम तक माँग पूरी की भी।'

विक्रम ने बोलना जारी रखा–'कमल कुन्दन रोहित कापड़ी से एक करोड़ माँग रही थी। कहती थी– इसके लिए हाथ का मैल है। अच्छे दिनों में सच भी था लेकिन अच्छे दिन तो कबके काफ़ूर हो गये थे। रोहित ने जितने पैसे दिये लेकिन बाक़ी के लिए एक दिन इन्तजार करने को कमल तैयार न थी। तो रोहित ने 700 का ख़ंजर ख़रीदने पर ध्यान दिया।'

विक्रम के बोलते रहने के दौरान ही रोहित ने चित्रांगदा की ओर देखते हुए कहा, 'साली कुतिया, तू क्या इन लोगों की बात सुन रही। मेरे को तूने फँसाया है।' चित्रांगदा को उसकी ये गालियाँ पसन्द न आयीं। वह उठी और उसने उसके मुँह पर ज़ोरदार तमाचा जड़ दिया। कोई कुछ न बोला। रोहित की आँखों से आँसू निकल आये।

अभिमन्यु भी हतप्रभ था। फिर भी उसने विक्रम से कहा, 'चलो अब अर्जुन का भी बता दो कि रोहित ने उसे क्यों टक्कर मारी?'

विक्रम बोलता रहा, 'ऐसा लगता है कि रोहित को शक हो गया था कि अर्जुन उसे पहचान न ले। आख़िर अर्जुन को आरओ वाले पर शक हो ही गया था। वह मौलश्री से सहानुभूति भी रखता था और क़ातिल को पकड़वाने में वह अपनी हर सम्भव मदद कर रहा था।'

सारी कहानी साफ़ थी। विक्रम ने रोहित कापड़ी को हवालात में ले जाने का हुक्म सुनाया। हवलदार उसे खींचता हुआ ले गया। रोहित जिस तरह से चीख़-चिल्ला रहा था उसे देखकर मुझे थोड़ी हैरानी हुई। वैसे भी सारा बयाननामा विक्रम की तरफ़ से था जो मुझे उसी वक़्त अजीब लगा। लगा, इस केस के साथ अपने कन्धे पर एक तमग़ा और पाने के लिए विक्रम थोड़ा तेज़ चल गया।

कमरे में सन्नाटा छाया हुआ था। सबसे पहले चित्रांगदा उठी और बिना किसी को कुछ कहे रुख़सत हो गयी। उसके निकलते ही विक्रम ने कॉफ़ी के दूसरे दौर की पेशकश की जो फ़ौरन क़ुबूल हुई। अमृतलाल ने सिगरेट पीने की अनुमति माँगी, जिससे इनकार की कोई सम्भावना ही नहीं थी। तीनों को ही सिगरेट की तलब थी। कमरा धुएँ से भर गया। सिगरेट अमृतलाल के लाइटर से सुलगायी गयी। 'जनाब आज अपना लाइटर सँभालकर रखें। इस लाइटर पर तो 'ए' भी लिखा है।'

अमृतलाल मुस्कराया। फिर बोला, 'यह तो मामूली बात है। इस लाइटर पर 'ए' मेरा नाम नहीं है। इसको बनाने वाली कम्पनी एवन का इनसिगनिया है और कहीं से भी हासिल किया जा सकता है।'

'ओह!' मैंने कहा। 'लेकिन रोहित तो इसको मौलश्री के घर प्लांट करके एक पन्थ दो शिकार करना चाहता था। मैंने तो 'ए' से आपका नाम भी समझा और फिर कमल कुन्दन के घर पर आपका विजिटिंग कार्ड।'

'यक़ीन नहीं होता। हमारा धन्धा ऐसा है कि रिश्वतखोरी के बिना तो चल ही नहीं सकता पर हत्या!'

'जनाब, जम़ाना एडवांस हो रहा है। बहरहाल कॉफ़ी के लिए शुक्रिया।' फिर मैं उठा और मेरे साथ ही अमृतलाल। बाहर निकलते ही वे बोले, 'कल दफ़्तर में मिलता हूँ।'

मैंने अपने फ़ोन को म्यूट से हटाने के लिए स्वाइप किया तो सामने चित्रागंदा का सन्देश था।

'प्लीज़ कॉल मी।' मैंने फ़ोन मिलाया। उसने मिलने की इच्छा जतायी। मैं दिन भर की मशक़्क़त से थक चुका था फिर भी रात 8 बजे का समय तय हुआ। तभी अमृतलाल जी बाहर निकलकर वापस आकर मेरी ओर बढ़ रहे थे। बोले–'क्या हम लोग अभी मिल सकते हैं।' थाने के पास ही के एक कॉफ़ी हाउस की तरफ़ इशारा करके बोले। लेकिन मेरा मन घर जाकर कुछ सुस्ताने का था, सो मैंने उनसे इजाज़त चाही।

उनसठ

रात 8 बजे राजधानी के रायल प्लाजा के आलीशान रेस्टोरेंट में वो मेरे सामने थी। घुटनों के ऊपर तक उठी मिनी स्कर्ट और कमर से लेकर उरोज तक के समतल शरीर का दर्शन करवाते सिमरी हाल्टर नेक क्रॉप टॉप। कानों में बड़ी-बड़ी बालियाँ। आँखों में पहले से ही पी हुई वोदका का सुरूर। गालों पर हल्की लाली जो उसे कश्मीर की कली का दर्जा भी दिलवा सकती। स्लीवलेस परिधान में उसकी बाँहें भी दिलकश नज़र आ रही थीं। मुझे देखते ही वह उठी और मेरे साथ बग़लगीर हुई। काउंटर से कमरे की चाबी लेकर हम लोग तेरहवें फ़्लोर के एक कमरे में पहुँचे। उसने कमरे के मिनी बार से अपने लिए वोदका और मेरे लिए व्हिस्की का पेग बनाया।

रात जवान हो रही थी और जवानी बेक़ाबू।

'शुक्रिया, मेहरबानी।' वो तरन्नुम में बोली। 'कमीने ने शुरुआत में तो मेरे पर ही इल्ज़ाम लगवा दिया था।'

'लेकिन शादी की क्या बात थी?' मैंने पूछा।

सवाल सुनते ही वो हैरान हो गयी। लेकिन फिर सँभली। 'यह सच है कि रोहित मुझे पसन्द था। सब कुछ ठीक करता था। कभी शराब के नशे में था जब उसने मेरे अहसान के बदले में मुझे एक तोहफा, जो अब तुम जानते हो 'द इलीट' का पेंट हाउस था, दिया तो मेरे मन में ख़याल आया था। सच है यह बात।'

फिर वह संजीदा हुई। 'कुछ पारिवारिक हालात और मेरी उम्र भी ऐसी थी। बहरहाल वो क़िस्सा ख़त्म।' वो मेरे नज़दीक सरक गयी। उसके उरोज़ उसके दिल की धड़कन के साथ ही उठ गिर रहे थे। मेरे सीने से सटते ही उसके उरोजों की थिरकन तो बन्द हुई लेकिन मेरे बदन में 440 वोल्टेज़ का करंट दौड़ गया।

'सुनो, उसने मेरे हाथ को अपने हाथ में लिया। तुम मेरी मदद करोगे?'

उस समय तो मैं शायद उसके लिए ज़हर भी पी लेता। मैंने फ़ौरन हामी भरी।

‘तो देखो इस मामले में मेरे ज़िक्र को एवायड किया जा सकता है। तुम कुछ करो न, इंस्पेक्टर तुम्हारा दोस्त है!’

‘लेकिन अगर रोहित ने मुँह फाड़ दिया तो!’

‘उस कुत्ते की कौन सुनेगा। तुम इंस्पेक्टर से बात करो प्लीज़।’

मैंने कमरे से बाहर निकलकर विक्रम को फ़ोन लगाया। उसने बिदक के दिखाया। मैंने उसे समझाया, ‘भई, इसमें ख़ाली लड़की की बदनामी है। उसका बाप करोड़ों रुपये खा गया, उस तक तो पहुँच नहीं पायेंगे। कोई बात नहीं जाने दो।’

बहुत ज़बर्दस्त मिन्नत के बाद उसने ‘देखता हूँ’ कहकर फ़ोन काटा। लेकिन मैं आश्वस्त था कि अब शायद यह काम हो जायेगा।

मैंने कमरे में वापस क़दम रखा तो मेरा दम निकलते-निकलते बचा। वह सामने अपने बर्थ डे सूट में खड़ी थी। उसका जिस्म जो थोड़े से कपड़ों के बन्धन में था, उससे आज़ाद हो चुका था। मैंने व्हिस्की का पेग गले में उड़ेला और उसकी ओर झपटा। कमरा उसके अभिसार की कराहों से गूँज उठा।

उसकी गहराइयों में ख़ुद को खोने के पहले मैंने अपने कान के नीचे एक काल्पनिक काला टीका लगाया जैसे कभी मेरी माँ करती थी कि मेरी क़िस्मत को किसी की नज़र न लगे।

साठ

अगले दिन अख़बार में ख़बर छपी। उसमें रोहित की गिरफ़्तारी का चेहरा दिल्ली पुलिस के होनहार इंस्पेक्टर विक्रम नरूला के सिर पर बँधा था। 'द इलीट' के फ़्लैट का कहीं जिक्र न था। लेकिन एक बात और बड़ी अहम थी और वह यह थी कि पुलिस को कमल कुन्दन के फ़्लैट से ब्लैकमनी के सिर्फ़ पचास लाख रुपये ही बरामद हुए थे। यानी 20 लाख कहीं उड़ गये। विक्रम ने एक मेरी मानी और एक अपनी कर ली। 'फ़ेयर एनफट!' आख़िर राजबीर के परिवार की शॉपिंग और अपने परिवार की जरूरतें भी तो थीं। कली मेरे कमरे में कॉफ़ी लेकर आयी। मैंने कुटिलतापूर्ण नज़रों से उसे देखा और उसके इंक्रीमेंट पर फ़ैसला करके बोला, 'अमृतलाल आने वाला है। कमरा थोड़ा सेट करवा दो। मैं कॉफ़ी पीकर आता हूँ।'

'जो हुकुम।' कहकर वह बाहर निकली। मुझे दिल्ली शहर की बेमुरव्वत ज़िन्दगी रास आने लगी। ऐसे ही सोचते हुए मुझे 'ज़ोरबा द ग्रीक' की बात याद आयी। इस महान कृति में निकोस कज़ानज़ाकिस का यादगार किरदार ज़ोरबा अपने बॉस से कहता है, 'बॉस तुम में सब कुछ है। बस कमी थोड़े जुनून की है।' मुझे अहसास हो चुका था कि दिल्ली शहर में वही कामयाब है जिसमें एक कमी नहीं हो और वह है हरामीपन की। विक्रम नरूला का 20 लाख, राजबीर सिंह की मुफ़्तख़ोरी, चित्रांगदा का पेंट हाउस और रायल प्लाज़ा के तेरहवें माले पर जो हुआ, वह मेरा हरामीपन था। ख़ालिस। अब मैं था दिल्ली का दिलदार।

अमृतलाल ने दफ़्तर में क़दम रखा। वो एक थ्री पीस सूट में सजे-धजे थे। कल तक जो हत्या के प्राइम सस्पैक्ट थे, आज बेफ़िक्र थे और क़ातिल सलाख़ों के पीछे था।

मेरा शुक्रिया करते उनका मुँह नहीं थक रहा था। फिर उन्होंने जेब से पहले से दस्तख़तशुदा अपना चेक निकाला जिस पर अढ़ाई लाख की रक़म दर्ज थी। 'बरख़ुरदार, उम्र के इस पड़ाव में मेरी इज़्ज़त को कलंकित होने से बचाने के लिए

तुम्हारे प्रयासों की कोई क़ीमत नहीं। यह तो बस एक सहमति की बात थी। अपने ख़र्चे बता देना। वह भी भुगतान हो जायेंगे।'

'कोई बात नहीं, जनाब! अगर हो सके तो एक कष्ट कर दीजिए। इस सारे सिलसिले में अपेक्षा सोसाइटी के अर्जुन नाम के गार्ड को भी वक़्त की मार पड़ी है। अगर हो सके तो उसकी मदद कर दें।'

अमृतलाल ने एक लाख का चेक अर्जुन के नाम और एक लाख का एक और चेक मेरे नाम काटकर सामने रख दिया। मैंने कली की ओर देखा, वो फूल की तरह मुस्करायी।

इकसठ

शाम ढलते ही हर किसी को दिल्ली पर रहम आता था। एक तरफ़ जहाँ अन्धकार अपना फन फैलाता था, वहीं दूसरी ओर अनगिनत वाहनों का शोर और धुआँ शहर को किसी गैस चेम्बर में बदल देता था। दिल्ली आज से दो दशक पहले के हालात से कई गुना बेहतर थी। जहाँ शहर के ट्रैफ़िक को सामान्य करने के लिए तब की मुख्यमन्त्री शीला दीक्षित ने अंडरपास, फ़्लाईओवर और मेट्रो जैसी व्यवस्था की, लेकिन शहर की हर रोज़ बढ़ती आबादी ने कभी उसे साँस लेने ही न दी। इस मामले में कई इलाक़ों पर तो जैसे प्रदूषण का क़हर ही था।

लाजपत नगर की मार्केट उन्हीं में से एक थी। एक तरफ़ जहाँ छोटे-छोटे घरों को कई मंज़िल उठाकर एकल हाउसिंग कॉलोनियों में बदल दिया गया था, वहीं सड़क के उस पार डिफ़ेंस कॉलोनी और गुलमोहर पार्क जैसे सम्भ्रान्त इलाक़े थे। मार्केट में लोग कीड़े-मकोड़ों की तरह रेंग रहे थे। ज़्यादातर दुकानदारों ने सड़क तक अपनी दुकान बढ़ा ली थी। जिन्होंने नहीं बढ़ायी थी या जिनका सामान ऐसा नहीं था कि उसे मार्केट के आने-जाने के रास्ते पर सजाते, वहाँ फड़ीवालों ने अपनी फड़ियाँ जमा रखी थीं। मार्केट के आगे से गुज़रने के लिए कन्धों से कन्धों का टकराव ज़रूरी शर्त था।

रात के 8 बजने को थे। अब उन्हीं दुकानों के अन्दर भीड़ थी जहाँ कपड़े या खाने-पीने का सामान था। बाक़ी दुकानदारों ने अपनी दुकान समेटनी शुरू कर दी थी। मेट्रो से सटे मार्केट में नक़्क़ाश का मालिक हरनाम सिंह कुम्हलाया हुआ सा बैठा था। वो अपलक अख़बार के उस पन्ने को घूर रहा था जिसमें मौलश्री की हत्या की ख़बर छपी थी। ख़बर में रोहित कापड़ी की तस्वीर भी थी। सुबह से कई बार हरनाम सिंह उस ख़बर को पढ़ चुका था। लेकिन दिमाग़ में कहीं एक सुकून भी था। सहारनपुर से जब वह दिल्ली आया था तो उसकी पत्नी कर्मजीत भरपूर जवानी की

मलिका थी। लम्बी-चौड़ी सरदारनी के साथ हरनाम सिंह का कोई मैच नहीं था। वो सड़क पर निकलते तो सबकी तवज़्जो कर्मजीत पर ही रहती।

कर्मजीत का नाम तो कर्मजीत था लेकिन वो अपने कर्मों को कभी जीत न पायी। हरनाम सिंह ने दुकान में लगी गुरुनानक देव की तस्वीर को देखा और फिर अपनी पगड़ी के नीचे छुपे कानों को पगड़ी के ऊपर से ही छुआ और वाहे गुरु के दरबार में मत्था टेका। हरनाम सिंह ने कर्मजीत के साथ हर वैद्य-हकीम और बड़े से बड़े डॉक्टर का दरवाज़ा खटखटाया पर कोई भी उसकी गोद भरने की दवा न कर सका। इसलिए दिन-रात मत्था टेकने वाला हरनाम सिंह बाप न बन सका। अब जब वो तेज़ी से बुढ़ापे की तरफ़ जा रहा था तो उसका एकमात्र सहारा कर्मजीत ही थी जो उससे दस साल से भी ज़्यादा छोटी थी।

हरनाम सिंह ने इतना तो पैसा इकट्ठा कर लिया था कि उसका रोटी-पानी चलते रहते पर इतना भी न कर सका कि परिवार में किसी बड़े ख़र्च को झेल पाता। क़रीब छह महीने पहले कर्मजीत को जब वह डॉक्टर के पास लेकर गया तो उसकी दुनिया में जैसे भूचाल आ गया था। दरअसल कई दिनों से कर्मजीत गुमसुम और थकी-थकी रहने लगी थी। अक्सर उसके गले में दर्द रहता। कई साल तो वो निमुस्लाइड की गोलियाँ खाकर दर्द को दबाती रही लेकिन छह महीने पहले जब वो अपने आप में सिमट गयी तो हरनाम सिंह उसे ज़बरन डॉक्टर के पास ले गया।

कई दिनों के बेशुमार परीक्षणों के बाद डॉक्टर ने आख़िर एक दिन बम फोड़ा। कर्मजीत के कर्मों का शायद अभी बहुत उधार लम्बित था। डॉक्टर ने उसे थर्ड स्टेज कैंसर बताया। दोनों मियाँ-बीवी पर जैसे वज्रपात हो गया। दोनों को इतना सदमा लगा कि अगले ही दिन डॉक्टर को दोनों को मनोचिकित्सक के पास भेजना पड़ा। क़रीब तीन हफ़्ते की मशक़्क़त के बाद डॉक्टर उनको समझा पाया कि कैंसर का इलाज अब सम्भव है। मनीषा कोइराला से लेकर युवराज सिंह जैसे कई कैंसर पर जीत दर्ज करने वाले उदाहरण दिये गये।

'अगर आप ऐसे ही परेशान रहे तो आपकी पत्नी का वक़्त सिकुड़ता जायेगा और कैंसर फैलता जायेगा। आप दोनों सदमे से बाहर आइए और इलाज की दिशा में क़दम बढ़ाइए। कर्मजीत को कीमो और रेडिएशन दोनों की ज़रूरत है। जल्दी फ़ैसला कीजिए वरना इनकी ज़िन्दगी के साल महीनों में या फिर दिनों में बदल जायेंगे।' डॉक्टर ने इक रोज़ तंग आकर उन्हें अल्टीमेटम दे दिया।

इलाज की पर्ची उनके सुपुर्द करते हुए डॉक्टर ने हिदायत की कि वो हॉस्पिटल की रिसेप्शन से ख़र्च का ब्योरा पूछ लें। ख़र्च सुनकर हरनाम सिंह के होश फ़ाख़्ता हो गये। इलाज छह महीने तक चलना था और अन्दाज़न ख़र्च तीस लाख के आसपास था।

अगले ही दिन हरनाम सिंह अपनी पत्नी को लेकर एम्स पहुँच गया। लेकिन एक कमरे से दूसरे कमरे तक सरकारी व्यवस्था ने ऐसा बिठाया और दौड़ाया कि हरनाम सिंह ने अपनी दुकान बेचने का फ़ैसला कर लिया। वैसे भी काम चलता नहीं था कुछ ख़ास। बस एक बैठने का ठीया था। इस तरह कर्मजीत का इलाज भी हो जाता और एक मोटी रक़म का फ़िक्स्ड डिपॉजिट बन जाता और दोनों आराम से अपनी बाक़ी ज़िन्दगी बसर कर लेते। लेकिन, यहाँ भी क़िस्मत ने धोखा दे दिया। कोरोना की दूसरी लहर ने देश के व्यापार को तबाह कर दिया था। जिस दुकान से उसे कई करोड़ की उम्मीद थी, उसकी मार्केट प्राइस सुनकर उसे दिल का दौरा पड़ने जैसा हो गया था।

तभी उसकी ज़िन्दगी में एक ऐसा इन्सान आया कि उसने अपनी ज़िन्दगी का एक अहम फ़ैसला कर डाला। उस रोज़ को याद करके हरनाम सिंह के बदन में जैसे करंट दौड़ गया। वो एक बीमार की तरह उठकर धीरे-धीरे दुकान के पिछवाड़े की तरफ़ बढ़ा जहाँ गुरुनानक देव की एक बड़ी-सी तस्वीर के आसपास रंग-बिरंगे बल्बों वाली लड़ी जगमगा रही थी। लेकिन लड़ियों की जगमगाहट हरनाम सिंह के अन्दर के अँधेरे को और गहरा कर गयी।

आँखों में आँसू लिये हरनाम सिंह तस्वीर के आगे नतमस्तक हो गया और फिर फ़र्श पर नाक रगड़-रगड़कर वाहे गुरु के दरबार में अपनी गुनाह बख़्शी करवाने लगा। आत्मक्षोभ में कब एक घण्टा गुज़र गया, उसे पता ही न चला। उसके हाथ की घड़ी ने बीप से उसे 9 बजने की सूचना दी। थका-माँदा-सा हरनाम सिंह उठा और दुकान के अगले हिस्से में पहुँचा।

ठीक इसी समय दुकान में अमृतलाल के क़दम पड़े।

'सत श्री अकाल, सरदार जी।' अमृतलाल ने कहा।

हरनाम सिंह ने जवाब में दोनों हाथ जोड़ दिये। बिना कोई और बात किये अमृतलाल ने दुकान के काउंटर पर एक फूला हुआ ख़ाकी लिफ़ाफ़ा रख दिया।

'पूरे पचास हैं। वैसे ही जैसे तय हुआ था।' अमृतलाल ने कहा।

'मेहरबानी जनाब,' कहकर हरनाम सिंह ने फिर हाथ जोड़ दिये। अमृतलाल दुकान से बाहर निकल गये।

थोड़ी देर पहले की आत्मग्लानि नये नोटों की सूरत में आयी उम्मीदों के समन्दर में बह गयी। हरनाम सिंह ने लिफ़ाफ़ा अपने कोट की जेब में रखा। लिफ़ाफ़ा उठाते ही नीचे पड़े अख़बार पर फिर रोहित कापड़ी की गिरफ़्तारी की ख़बर नुमाया हो गयी।

हरनाम सिंह ने तिरस्कार-भरी नज़रों से अख़बार को देखा। फिर यह कहकर अपने अपराधबोध से मुक्त हो गया कि 'सब अपने-अपने कर्मों का फल है।'

अमृतलाल ने बाहर पहुँचकर खुले आसमान को देखा। जैसे ही उसने नज़र आसमान से नीचे की ओर की तो मेट्रो स्टेशन के गेट पर एक चमचमाता बोर्ड दिखायी दिया।

'दिल्ली में अमन है। क़ानून का राज है' नारे के साथ देश के नवनियुक्त गृहमन्त्री देवराज सिंह की खिलखिलाती हुई तस्वीर थी।

जहाँ हरनाम सिंह ने रोहित कापड़ी की गिरफ़्तारी की ख़बर देखी, वहीं उससे कुछ ही दूरी पर एक और तस्वीर छपी थी जिस पर मेरी नज़रें गड़ी हुई थीं। तस्वीर ज़ायरा ख़ान की थी जिसे देवराज सिंह ने अपनी ऑफ़िसर आन स्पेशल ड्यूटी तैनात किया था। ख़बर ने मुझे इस बात का अहसास करवा दिया था कि ज़ायरा ख़ान से मेरी मुलाक़ात महज़ एक संयोग नहीं थी।

बासठ

अभिमन्यु के मोबाइल पर बधाई सन्देश का ताँता लगा हुआ था। हर सन्देश को पढ़ते हुए उसे थाने में रोहित कापड़ी का रोता हुआ चेहरा ध्यान आता था।

आज दिल्ली के मुख्य अख़बार के पेज थ्री पर अभिमन्यु का इंटरव्यू छपा था। सुबह अख़बार खोलते ही वह चौंका। उसकी नज़र अपने इंटरव्यू नहीं वरन् उसके नीचे छपे विज्ञापन पर थी। प्रेगा न्यूज़ की। शिल्पा शेट्टी के हँसते हुए चेहरे में एक बार फिर उसे रोहित का रोता चेहरा दिखा। फिर उसे याद आयी मौलश्री के वाशरूम में रखी गुड न्यूज़ देती हुई प्रेग्नेंसी स्ट्रीप। आख़िर वह इतनी अहम चीज़ को भूल कैसे गया?

गुस्से में उसने अख़बार को मोड़ा और नीचे फेंक दिया। उसका सिर फटा जा रहा था। मौलश्री की पोस्टमार्टम रिपोर्ट से साफ़ था कि वह प्रेग्नेंट नहीं थी और वहाँ सिर्फ़ दो ही महिलाएँ थीं। इसका मतलब–चित्रांगदा...।

चौंसठ

अभिमन्यु परेशानी के दौर में ख़ूब पैदल चलता था। इसी तरह ख़ुद को थकाकर वह कुछ हल्का हुआ था। आज मण्डी हाउस से पैदल चलते-चलते वह कब कनाट प्लेस पहुँच गया, पता ही नहीं चला। जब थोड़ी थकान महसूस हुई तो वह खड़क सिंह मार्ग पर हनुमान मन्दिर के बाहर सीढ़ीनुमा बेंच पर बैठ गया। आज मंगलवार होने के कारण भीड़ ज़्यादा थी। कुछ लड़कियाँ मेहँदी लगाने वालों से मोल-भाव कर रही थीं। उनकी नोक-झोंक के बीच अचानक उसे सामने से जो आता दिखा, उसके बाद वह ख़ुद पर क़ाबू नहीं पा सका। वह उछलकर मन्दिर से नंगे पैर निकल रहे अमृतलाल के पास खड़ा हो गया। अभिमन्यु से नज़रें मिलाते ही अमृतलाल ज़रा भी नहीं चौंका, गोया इसी दिन के इन्तज़ार में था।

'क्यों?'

अभिमन्यु के इस सवाल पर अमृतलाल ने आँखें बन्द कर लीं, जैसे इसका जवाब देने के लिए वह ख़ुद ही तड़प रहा था।

'क्यों? उसने जो मेरी बेटी के साथ किया, मैंने उसकी बेटी के साथ किया। मैं अपनी बेटी को मार सकता हूँ, उसके जैसा बुजदिल बाप तो यह सब देखते हुए रोज़ सौ-सौ मौत मरेगा।' अभिमन्यु की आँखें चौंक-चौंककर गीली हो रही थीं। अमृतलाल ने प्रसाद के टोकरे से एक लड्डू निकालकर अभिमन्यु के हाथ में रखकर उसके गले में गेंदे की माला डाल दी। अमृतलाल बिना जूते पहने ही कार की ओर बढ़ा। मैं वहीं रुका का रुका रह गया। लेकिन फिर मुझे अपने क़दम आगे बढ़ाने की वजह मिल गयी। जीवन का यही सबक़ तो माँ ने घुट्टी की तरह बचपन में पिला दिया था। इन्सान की फ़ितरत भी वक़्त की मानिन्द ही होती है। बस चलते जाना। अब सिर्फ़ यह तय करना था कि दिशा कौनसी होगी? तानसेन मार्ग या आईटीओ पर पुलिस मुख्यालय? या नए केस के लिए क्नाट प्लेस के इनर सर्मल में 'फैशनपरस्त' के शोरूम में।

❑❑❑